Autorin

Angelika Schwarzhuber lebt mit ihrer Familie in einer kleinen Stadt an der Donau. Sie arbeitet auch als erfolgreiche Drehbuchautorin für Kino und TV, unter anderem für das mehrfach mit renommierten Preisen, unter anderem dem Grimme-Preis, ausgezeichnete Drama »Eine unerhörte Frau«. Zum Schreiben lebt sie gern auf dem Land, träumt aber davon, irgendwann einmal die ganze Welt zu bereisen.

Weitere Weihnachtsromane von Angelika Schwarzhuber:

Der Weihnachtswald · Das Weihnachtswunder · Das Weihnachtslied · Das Weihnachtsherz · Die Weihnachtsfamilie

Angelika Schwarzhuber

Die Weihnachtsüberraschung

Roman

blanvalet

MIX
Papier | Fördert
gute Waldnutzung
FSC® C014496

Penguin Random House Verlagsgruppe FSC® N001967

1. Auflage

Dieses Werk wurde vermittelt durch die Literarische Agentur
Thomas Schlück GmbH, 30161 Hannover.
Redaktion: Alexandra Baisch
Umschlaggestaltung: © Johannes Wiebel | punchdesign,
unter Verwendung von Motiven von stock.adobe.com
(Look!, New Africa, Mapics, Subbotina Anna, Comauthor, 123levit)
LH · Herstellung: sam
Satz: Uhl + Massopust, Aalen
Druck und Bindung: GGP Media GmbH, Pößneck
Printed in Germany
ISBN 978-3-7341-1239-3

www.blanvalet.de

Für Heide

Kapitel 1

Auf dem Weihnachtsmarkt

Colmar im Elsass – 1. Adventssonntag

Es kommt mir vor, als wären wir in eine magische Weihnachtswelt eingetaucht«, murmelte Lotte und griff nach Nicolas' Hand.

Eingepackt in dicke Wintermäntel, spazierten sie durch das zauberhafte Viertel Petite Venice. Der schmale Kanal der Lauch neben ihnen schlängelte sich durch das malerische, tief verschneite Colmar, vorbei an weihnachtlich geschmückten Fachwerkhäusern, kleinen Cafés, Geschäften und vielen kleinen Buden mit Leckereien und Handwerkskunst. Manche Häuser waren farbig beleuchtet, und über die Fassaden huschten weiße Lichter mit weihnachtlichen Motiven. In den Straßen standen geschmückte Tannenbäume, der Duft von knisterndem Holzfeuer, Glühwein und gebrannten Mandeln lag in der klirrend kalten Luft, und aus Lautsprechern schallte das Lied *Petit Papa Noël*.

»Es gibt einige sehr schöne Weihnachtsmärkte im Elsass, und hier in Colmar sind es, glaube ich, sogar sechs über die Innenstadt verteilt, aber am liebsten mochte ich immer diesen hier«, verriet Nicolas mit seinem charmanten französischen Akzent.

Und tatsächlich hatte der Stadtteil Klein-Venedig, der Lotte seit ihrem ersten Besuch in Colmar besonders gefiel, sich im Advent vor allem für Kinder in ein wahres Weihnachtsparadies verwandelt. Es gab eine große Krippe, ein Karussell, auf dem die kleinen Besucher mit glücklich strahlenden Augen auf Holzpferden saßen. Bei jeder Runde winkten ihnen die Eltern oder Angehörigen zu. Und in einen riesigen Briefkasten durften die Kinder ihre Post mit Wünschen an den Weihnachtsmann einwerfen.

»Für ein Kind muss das hier geradezu märchenhaft sein. Geballte Weihnachtsidylle, fast wie in Disneyland. Und dann noch der viele Schnee!«, meinte Lotte.

»*La magie de Noël.* Ich hab das natürlich alles extra für dich so inszeniert, mein Schatz!«, beteuerte Nicolas grinsend und gab ihr einen Kuss auf die kalte Nasenspitze.

»Danke, mein Magier ...«

Lotte klappte den Kragen ihres Mantels hoch.

»Ist dir kalt?«, fragte er.

»Es geht schon. Ich hätte einfach nur eine Mütze aufsetzen sollen.«

»Ich möchte nicht, dass du dich womöglich erkältest. Oder dir die Ohren abfrierst. Das müssen wir gleich ändern. Komm.«

Er zog sie etwas weiter bis zu einem der Stände, der unter

anderem auch gestrickte Schals, Handschuhe und Mützen anbot.

»Schau mal. Wie gefällt dir die hier?«

Er reichte ihr eine goldgelbe Strickmütze.

»Ganz hübsch«, fand Lotte und setzte sie auf. »Und?«

Nicolas' Augen strahlten.

»Sie passt herrlich zu deinen roten Locken, *Chérie*. Und zu deinem türkisfarbenen Mantel!«, schwärmte er.

»Findest du?«

Er nickte.

»Na gut. Dann nehme ich sie.«

Sie griff in ihre Tasche, um die Geldbörse herauszuholen. Doch er schüttelte den Kopf.

»Nichts da. Die Mütze kriegst du von mir geschenkt. Zum Auftakt des Advents.«

Bevor sie protestieren konnte, wandte er sich schon an die Verkäuferin.

Lotte lächelte und schloss für einen kurzen Moment die Augen. Sie konnte es immer noch nicht ganz glauben, wie sehr ihr Leben sich innerhalb kurzer Zeit auf den Kopf gestellt hatte.

Noch vor einem Jahr hatte die gebürtige Hamburgerin in Brasilien gelebt und sich darum bemüht, einen Käufer für ihre kleine Strandbar zu finden. Dann war alles sehr schnell gegangen, und eine Woche vor Weihnachten hatte die damals dreißigjährige Powerfrau ihre Zelte in Salvador da Bahia abgebrochen. Ohne einen konkreten Plan für ihre Zukunft war sie zurück nach Deutschland gekommen. Gerade rechtzeitig vor den Weihnachtsfeiertagen hatte sie ihre beste Freundin Katja in deren niederbayerischer Heimat überrascht.

Die beiden Frauen hatten sich vor über zehn Jahren in Hamburg kennengelernt und waren ein paar Jahre später gemeinsam nach Brasilien ausgewandert. Katja, um dort als gelernte Goldschmiedin ihre Fertigkeit des Edelsteinschleifens zu perfektionieren, und Lotte, um sich ihren Traum einer eigenen Bar am herrlichen Strand des Atlantiks zu erfüllen.

Dann war Katjas Vater gestorben, und Katja hatte von einem Tag auf den anderen zurück in ihre alte Heimat nach Bayern gemusst, um das elterliche Schmuckgeschäft weiterzuführen. Doch ohne ihre beste Freundin in der Nähe hatte Lotte sich einsam gefühlt. Außerdem war sie der ewigen Sonne, des Meeresrauschens und wild feiernder Urlauber ohnehin schon seit einer Weile überdrüssig gewesen. Es war längst wieder Zeit für eine Veränderung geworden.

Katja hatte es kaum fassen können, als Lotte kurz vor den Feiertagen mit ihren wenigen Habseligkeiten und einem breiten Grinsen im Gesicht plötzlich vor ihr stand. Gemeinsam mit Katjas zusammengewürfelter Familie waren die Freundinnen einen Tag vor Heiligabend ins Elsass gereist, um auf dem Weingut von Katjas französischer Verwandtschaft das Weihnachtsfest mit einer besonderen Familienzusammenführung zu verbringen.

Dort hatte Lotte den charmanten Weinbauern Nicolas Leclaire kennengelernt. Ein Großcousin von Katja. Oder Urgroßcousin? Die genauen Verwandtschaftsverhältnisse waren für Lotte immer noch etwas verwirrend. Jedenfalls hatte es zwischen den beiden ziemlich schnell gefunkt. Und nachdem sie einige Turbulenzen überstanden hatten, war Lotte vor einem halben Jahr ins Elsass gezogen und lebte inzwischen mit Nicolas zusammen auf dem Weingut Beaulieu.

»Möchtest du noch einen passenden Schal dazu?«, riss Nicolas sie aus ihren Gedanken.

»O nein, die Mütze reicht. Danke dir, Nicolas!« Sie gab ihm einen Kuss auf die Wange.

»Aber gern.«

Sie nickten der Verkäuferin noch einmal zu und gingen dann weiter.

»Es ist schön, endlich mal wieder ein paar Stunden nur mit dir zu verbringen«, sagte Nicolas. Es war tatsächlich der erste Tag seit Wochen, an dem die beiden sich von ihrer Arbeit und der Familie hatten loseisen können.

»Und mit Tausenden von Weihnachtsmarktbesuchern«, scherzte Lotte. Colmar lockte in der Adventszeit besonders viele Besucher ins Elsass, auch aus dem benachbarten Deutschland. Sogar aus Übersee kamen Gäste angereist, um in den Genuss des besonderen Weihnachtsflairs zu kommen. Sie nutzten die Gelegenheit, um den Winterurlaub in Europa zu verbringen.

»Möchtest du an einem der Marktstände etwas essen, oder soll ich fragen, ob ich noch einen Tisch bei Jerome für uns bekomme?«

Jerome war ein alter Schulfreund von Nicolas und mit seinem kleinen Hotel mit Restaurant in Colmar auch ein langjähriger Kunde des Weingutes Beaulieu.

»Ich bin gar nicht sehr hungrig. Lass uns eine Kleinigkeit irgendwo auf dem Weihnachtsmarkt essen.«

Als sie sich zehn Minuten später inmitten unzähliger Menschen durch die verwinkelten Gassen schoben, bereute Lotte ihren Vorschlag fast schon ein wenig. Das Gedränge hatte am frühen Abend seinen Höhepunkt erreicht. An den Ständen warteten lange Schlangen.

»Heute ist echt besonders viel los«, meinte Nicolas, doch es schien ihn nicht weiter zu stören. Überhaupt brachte ihn selten etwas aus der Ruhe, was Lotte besonders an ihm schätzte.

»Komm, wir gehen in die Markthalle und essen dort Flammkuchen.«

In der historischen Markthalle schien noch mehr los zu sein als draußen. Doch sie hatten Glück und ergatterten einen kleinen Stehtisch, den Lotte verteidigte, während Nicolas an einem der Stände das Essen holte.

»Hm. Der Flammkuchen ist so lecker!«, schwärmte sie kurz darauf mit vollem Mund, nachdem sie in die knusprige lauwarme Köstlichkeit gebissen hatte. Dazu trank Lotte Glühwein und Nicolas heißen, mit Zimt gewürzten Apfelsaft.

»Stell dir vor, meine Mutter will uns an Weihnachten besuchen kommen«, sagte Nicolas plötzlich.

»Deine Mutter? Ist das denn okay für deinen Vater?«

Nicolas' Eltern waren seit vielen Jahren geschieden. Seine Mutter Sarah sogar schon zum zweiten Mal. Und vor wenigen Wochen war auch die letzte Beziehung der Anwältin in die Brüche gegangen.

»Vater wird sowieso nur den Heiligabend mit uns verbringen. Die paar Stunden wird er schon überstehen.«

Lotte nickte und nahm einen Schluck Glühwein.

»Ich bin schon gespannt darauf, sie persönlich kennenzulernen«, sagte sie dann. Bisher hatte es noch keine Gelegenheit dafür gegeben, da Sarah in Paris lebte und beruflich immer sehr beschäftigt war.

»Sie kann manchmal ein wenig anstrengend sein und mischt sich gerne überall ein, aber du wirst sicher mit ihr klarkommen.«

Hoffentlich, dachte Lotte, sprach es aber nicht laut aus.

»Sag mal, *Chérie,* was hältst du denn davon, wenn wir auch deine Eltern an Weihnachten zu uns einladen?«

»Meine Eltern?« Lotte sah ihn perplex an und lachte dann kurz auf.

»Ja. Das wäre doch eine wunderbare Gelegenheit, damit wir uns alle mal kennenlernen.«

Lotte strich sich eine Haarsträhne hinters Ohr und suchte nach den richtigen Worten.

»Weißt du, Nicolas, meine Eltern und Weihnachten – das geht irgendwie überhaupt nicht.«

»Wie meinst du das?«

»Hm. Wie erkläre ich das am besten? … Also, die beiden finden Weihnachten ganz schrecklich«, sagte Lotte dann ziemlich unumwunden. »Der in ihren Augen völlig unnötige Konsum. Dazu Stress vor und an den Feiertagen, der in vielen Familien ja regelrecht in Streit ausarten kann. Und vor allem der moralische Druck, mitmachen zu müssen. Das ist für die beiden gar nichts.«

»War das schon in deiner Kindheit so?«

Sie nickte.

»Schon immer. Weihnachten wurde bei uns nicht gefeiert. Meistens waren wir in dieser Zeit irgendwo auf Reisen, worüber meine Großeltern besonders enttäuscht waren. Noch dazu, da ich ihr einziges Enkelkind bin.«

Nicolas sah sie fast ein wenig mitleidig an. »Deine Großeltern konnten dich an Weihnachten nicht sehen?«, fragte er ungläubig.

»Grundsätzlich hätten wir uns schon sehen können. Aber das wäre nur möglich gewesen, wenn sie uns auf den Reisen begleitet hätten. Und dann natürlich auch nur ohne jegliches Weihnachtsgedöns. Vor allem Mama war da sehr entschieden.«

»Das ist ja schrecklich!«

Lotte zuckte mit den Schultern.

»Ich hab's überlebt. Mein erstes richtiges Weihnachten habe ich gefeiert, als ich mit Katja zusammengewohnt habe. Wir hatten sogar einen echten kleinen Weihnachtsbaum. Ehrlich gesagt, gefiel mir das sehr. Seither habe ich fast jedes Weihnachtsfest mit Katja verbracht.«

Sie trank wieder einen Schluck Glühwein, der inzwischen nur mehr lauwarm war.

»Und im letzten Jahr dann auch mit ihrer ganzen Familie – und mit mir!« Nun lächelte Nicolas wieder.

Lotte spürte dieses herrlich warme und gleichzeitig aufregend prickelnde Gefühl, als sie in seine dunklen Augen sah. Und wie so oft dankte sie insgeheim dem Schicksal, das sie mit diesem wunderbaren Mann zusammengebracht hatte.

»Ja. Du warst sozusagen das beste Weihnachtsgeschenk, das ich je bekommen habe, Nicolas Leclaire.«

Sie beugte sich über den Tisch zu ihm und gab ihm einen Kuss.

»Und du meines, Lotte Müller.«

Er griff nach ihrer Hand und drückte sie kurz.

»Wenn du meine Eltern unbedingt kennenlernen möchtest, dann besuchen wir sie einfach irgendwann im neuen Jahr mal auf Föhr«, schlug sie vor. Dorthin waren die beiden gezogen, kurz nachdem Lotte mit Katja in Hamburg eine Wohngemeinschaft gegründet hatte. Marion und Udo hatten sich auf der Nordseeinsel ein Meditations- und Yoga-Zentrum aufgebaut, das mit einem angrenzenden Hotel zusammenarbeitete.

»Wir können sie natürlich auf Föhr besuchen, aber es ist trotzdem ein wenig schade, dass es an Weihnachten nicht klappt.«

»Glaub mir, sosehr ich meine Eltern mag, aber das würde niemandem Spaß machen«, beteuerte Lotte. »Außerdem bekommen wir ja auch Besuch aus Bayern.«

Katja würde die Feiertage mit ihrem Freund Jonas, ihrer Stiefmutter Julia und der kleinen Halbschwester Ella bei der Familie im Elsass verbringen.

»Und wenn deine Mutter auch noch kommt, dann haben wir genügend Rummel.«

Nicolas nickte und putzte sich die Finger an einer Serviette ab.

»Ja, dann wird viel los sein bei uns … Möchtest du noch irgendwas Süßes?«

»Nein danke, der Flammkuchen hat völlig gereicht«, winkte Lotte ab.

In diesem Moment klingelte Nicolas' Handy. Er sah auf das Display, dann steckte er das Handy wieder in die Hosentasche, wo es noch kurz weiterbimmelte.

»Willst du nicht rangehen?«, fragte Lotte erstaunt.

»Nein. Das ist nicht so wichtig jetzt«, beteuerte er, ohne zu sagen, wer angerufen hatte. »Sollen wir uns mal so langsam auf den Heimweg machen?«

Sie nickte.

»Ich würde nur gern an dem Stand dort drüben ein wenig Käse für daheim einkaufen.«

»Gute Idee. Und für Onkel Bernard sollen wir ein Glas Heidelbeermarmelade mitbringen.«

»Okay ... Aber danach sollten wir wirklich bald nach Hause, damit Patricia Feierabend machen kann.«

Patricia arbeitete schon seit vielen Jahren als Haushälterin auf dem Winzerhof. Doch sie sprang auch als eine Art Hausdame für Nicolas' siebenundneunzigjährigen Urgroßonkel Bernard ein, und für dessen Tochter Maria fungierte sie als eine Art Betreuerin. Während Bernard körperlich noch einigermaßen rüstig war und geistig so fit, dass er noch in der Firmenleitung der Winzerei mitmischte, litt Maria an einer Demenzerkrankung. Ihre Tage verliefen sehr unterschiedlich. Die meiste Zeit war sie weitgehend klar, und man sah der immer noch feschen Frau Mitte siebzig die Erkrankung nicht an. An manchen Tagen waren es nur einzelne Worte und Namen, die ihr nicht einfielen, oder was sie zu Mittag gegessen hatte. Doch an schlechten Tagen hatte sie Momente oder Phasen, in denen sie weder ihren Vater, noch Nicolas oder Lotte mehr erkannte und auch nicht wusste, wo sie überhaupt war. Glücklicherweise war Letzteres noch nicht allzu oft der Fall, meistens nur dann, wenn sie ein besonders aufregendes Erlebnis hatte oder sehr aus ihrer gewohnten Routine gerissen wurde. Trotzdem war es wichtig, dass immer jemand ein Auge auf Maria hatte.

»Na gut, dann komm, lass uns gehen«, riss Nicolas sie aus ihren Gedanken.

Zwanzig Minuten später drängten sich die beiden mit einem Päckchen verschiedener Käsesorten und Marmelade durch die Ströme der Weihnachtsmarktbesucher zu einem der Parkhäuser in der Nähe der Altstadt.

»Danke für den wunderschönen Ausflug, Nicolas!«, sagte Lotte, bevor sie in den Wagen stiegen.

»Ich danke dir sehr für deine charmante Begleitung, mein Liebling«, entgegnete Nicolas in seiner manchmal etwas altmodischen Art, sich in der deutschen Sprache auszudrücken, die er zwar sehr gut beherrschte, die jedoch trotzdem seine Zweitsprache war. »Was hältst du davon, wenn wir beide uns später noch eine Flasche Pinot Noir aufmachen und es uns gemütlich machen?«

»Davon halte ich sehr viel!«

Kapitel 2

Noël

Sie waren keinen halben Kilometer mehr von der Abzweigung in die kleine private Straße entfernt, die zu ihrem Anwesen mitten in den Weinbergen führte, als am Straßenrand kurz nach einer Kurve ein kleiner Wagen mit laufendem Motor auftauchte. Plötzlich wurde eine der hinteren Türen aufgerissen, und etwas flog heraus und landete in einem Schneehaufen im Straßengraben. Gleich darauf wurde die Tür zugeschlagen, und der Wagen raste mit quietschenden Reifen davon.

»Was war das denn eben?«, rief Lotte verdutzt.

»Entsorgen die hier vielleicht ihren Abfall?«, fragte Nicolas ärgerlich und fuhr nun langsamer.

»Sieht ganz danach aus!«

»Was für eine Riesensauerei! Das kann man doch nicht machen!«

Er hielt an der Stelle an, stieg aus und ging um den Wagen herum. Lotte ließ das Fenster an der Beifahrerseite herunter.

Nicolas leuchtete in der Dunkelheit mit der Taschenlampe seines Handys auf einen Karton, der etwas größer war als eine Schuhschachtel, und beugte sich nach unten. Plötzlich zuckte er erschrocken zurück.

»Was ist?«

»Der Karton bewegt sich!«

»O nein! Pass bloß auf, Nicolas!«

Lotte stieg nun ebenfalls aus dem Wagen.

Sie vernahmen ein leises Kratzen aus dem Karton, der fest mit dickem Klebeband umwickelt war.

»Hörst du das, Nicolas?«, fragte Lotte leise.

»*Merde!* Da … da ist ein Tier drin. Vielleicht sogar mehrere.«

»Nein! Wer steckt denn Tiere in eine Schachtel und wirft sie einfach so weg?«

»Keine Ahnung. Aber es gibt leider genügend Idioten auf dieser Welt, denen ich so etwas zutraue. Was sollen wir denn jetzt tun?«, fragte er.

Wieder hörten sie ein Kratzen und ein leises Fiepen.

»Wir müssen jedenfalls nachsehen und es befreien.«

»Aber wie gehen wir vor? Wenn wir den Karton öffnen, könnte es uns anspringen und sogar beißen. Und vermutlich würde es – was auch immer da drin ist – sofort in der Dunkelheit das Weite suchen.«

»Hm. In wenigen Minuten sind wir daheim. Wir nehmen die Schachtel mit und machen sie in der Garage auf.«

»Na gut. Aber beeilen wir uns.«

Fünf Minuten später stellte Nicolas den Karton mit dem zappelnden und winselnden Inhalt auf den Boden in der geschlossenen Garage und schlüpfte in dicke Arbeitshandschuhe.

»Mir wäre es lieber, du würdest draußen warten, bis ich weiß, um was es sich handelt!«, sagte Nicolas. Doch Lotte schüttelte den Kopf.

»Ich lasse dich damit doch nicht allein!«

Sie reichte ihm ein Tapetenmesser aus der Werkzeugkiste und griff zur Sicherheit nach einem Besen. Vorsichtig schlitzte Nicolas das Klebeband auf. Dabei drückte er mit der anderen Hand noch gegen den Deckel. Das Kratzen wurde immer wilder.

»Jetzt!«

Er nickte Lotte zu, ließ den Deckel los und ging rasch einen Schritt zurück. Die Klappen des Kartons wurden nach oben gedrückt, und mit einem Satz sprang ein seltsames kleines Etwas heraus.

»Was ist das denn?«, rief Lotte erschrocken, als das Tier zu kläffen anfing und verschreckt zwischen Nicolas und Lotte hin- und herblickte.

»Wenn das nicht eine Mutation aus Katze, Fledermaus und einer Drahtbürste ist, die eine Fremdsprache beherrscht, würde ich sagen, wir haben es hier mit einem kleinen Hund zu tun«, scherzte Nicolas, sichtlich erleichtert, dass aus dem Karton keine Ratte oder sonstiges Getier gesprungen war.

Der Hund war etwas kleiner als eine ausgewachsene Hauskatze. Sein magerer dunkelbrauner Körper erinnerte an einen Rauhaardackel. Zottelige Ohren in allen möglichen Braunschattierungen standen wie Flügel von dem kleinen Kopf mit der spitzen Schnauze ab und passten von den Proportionen her nicht so recht zum restlichen Körper.

»So einen Hund hab ich noch nie gesehen«, murmelte Lotte und stellte den Besen zur Seite.

»Ich auch nicht.«

Inzwischen hatte er aufgehört zu kläffen und begann zu zittern und leise zu jaulen.

»Hey, du brauchst keine Angst vor uns zu haben«, sagte Lotte ruhig und ging in die Hocke, ganz langsam, um ihn nicht zu erschrecken. »Bei uns bist du in Sicherheit.«

Sie wagte es noch nicht, ihn zu streicheln.

»Was machen wir denn jetzt mit ihm?«, fragte Nicolas.

»Er braucht bestimmt Wasser und etwas zu fressen.«

»Okay … ich geh was holen«, sagte Nicolas.

Kurz darauf kam er mit einer Plastikschüssel mit Wasser und einem zweiten Behälter mit Deckel zurück. Er stellte zuerst die Schüssel mit Wasser auf den Boden.

»Komm, mein Kleiner«, lockte Lotte ihn, die froh war, dass der Hund inzwischen aufgehört hatte zu zittern. »Du bist bestimmt durstig.«

Noch ein wenig misstrauisch tippelte der Hund näher, doch als er erkannte, was in der Schüssel war, begann er hastig zu trinken, so, als wäre er tatsächlich fast am Verdursten.

»Was hast du denn zu fressen für ihn mitgebracht?«, fragte Lotte.

»Im Kühlschrank war noch etwas Grillhähnchen von heute Mittag. Ich habe die Haut entfernt und das Fleisch schon in Stücke geschnitten. Ich hoffe, das passt? Mit Hunden kenne ich mich leider nicht aus.«

»Ja. Hähnchen ist gut. Das mochte mein Balu immer besonders gern.« Der Labradoodle Balu war der Familienhund aus ihren Kindertagen gewesen. Hunde waren für sie also kein Neuland.

Nicolas reichte ihr den Behälter, und sie zog den Deckel ab. Der Hund hob den Kopf und sah Lotte an. Er hatte das Fressen gewittert.

Lotte ging wieder in die Hocke und nahm ein kleines Stück Hähnchenfleisch.

»Schau mal, ich hab was ganz Leckeres für dich.«

Kaum hielt sie ihm das Fleisch entgegen, schnappte er schon danach und schlang es gierig hinunter.

»Noch was?«, fragte sie unnötigerweise. Doch es erschien ihr wichtig, mit dem Tier zu kommunizieren, während er das nächste Stück verputzte.

»Gib du ihm auch ein Stück«, forderte sie Nicolas auf, der es ihr nachmachte. Dem Hund schien es egal zu sein, von wem er die Leckerbissen bekam.

Schließlich stellte Lotte die Box mit dem Fleisch auf den Boden, und innerhalb kurzer Zeit hatte der Hund alles aufgefressen.

»Der arme kleine Kerl war total ausgehungert«, sagte Lotte voller Mitleid.

»Weißt du was? Ein alter Schulfreund meines Vaters ist Tierarzt. Den rufe ich an und frage, was wir mit dem ausgesetzten Tier machen sollen.«

»Ausgesetzt? Diese widerlichen Unmenschen haben

den Hund mitten im Winter in einem engen Karton in den Straßengraben geworfen. Die hätten ihn qualvoll sterben lassen!« Lotte kochte innerlich vor Zorn und Abscheu.

»Ja. Das ist schrecklich. Und ich ärgere mich, dass ich nicht auf das Autokennzeichen geschaut habe, um die Leute anzuzeigen.«

»Ich leider auch nicht. Aber mit so was hätte man ja nicht rechnen können.«

»Allerdings nicht.«

Nicolas holte sein Handy aus der Hosentasche und rief den Tierarzt an.

Lotte verstand den größten Teil des Gesprächs, auch wenn ihre Französischkenntnisse noch nicht ganz so gut waren, wie sie es sich wünschte, und sie sich die Bedeutung einiger Worte erst zusammenreimen musste.

Als er aufgelegt hatte, sah er sie mit einem Stirnrunzeln an.

»Pierre will den Vorfall bei der Polizei melden, auch wenn er sich kaum Hoffnungen macht, dass die Leute gefunden werden.«

»Immerhin ein Versuch.«

»Er meint, dass das Tierheim leider derzeit total überfüllt ist. Deswegen hat er mich gebeten, den Hund bis morgen hierzubehalten. Dann sollen wir ihn in die Praxis bringen, und er wird ihn durchchecken und schauen, ob er einen Chip oder eine Tätowierung hat, um den Besitzer zurückzuverfolgen.«

»Okay. Dann bleibt der Kleine heute also hier.«

»Ist er ein Er oder eine Sie?«

»Sieht ganz nach einem Er aus«, antwortete Lotte mit einem Grinsen. »Und vermutlich muss er auch bald mal sein Geschäftchen machen.«

»Aber wenn wir ihn rauslassen, dann haut er uns vielleicht ab«, warf Nicolas ein.

In Ermangelung einer Hundeleine mussten sie improvisieren. Sie banden ihm für den kurzen Gang nach draußen ein kariertes Geschirrtuch um den Hals und befestigten einen Spanngurt daran. Damit konnte er sich nicht aus dem Staub machen.

Kaum waren sie ein paar Meter zu einer schneefreien Stelle unter dem Dach hinter der Garage gegangen, verrichtete der Hund auch schon sein Geschäft.

»Das war wohl schon ganz schön eilig. Du bist ein ganz Braver!«, lobte Lotte ihn und führte ihn rasch wieder hinein.

»Wo soll der Kleine denn eigentlich heute Nacht schlafen?«, fragte Nicolas. »Hier in der Garage ist es zu kalt.«

»Ja. Er hat heute schon genug mitgemacht. Und wer weiß, wie lange vorher schon.«

»Andererseits wissen wir auch nicht, ob er nicht vielleicht irgendeine Krankheit oder Ungeziefer hat«, gab Nicolas zu bedenken.

»Richten wir ihm ein Bettchen in dem kleinen Abstellraum neben unserem Schlafzimmer ein«, schlug Lotte vor.

Und als ob er Lotte verstanden hätte, dass er bei ihnen bleiben durfte, bellte er einmal und wedelte mit dem Schwanz.

»Er scheint sich schnell von dem Schreck erholt zu haben«, sagte Nicolas.

»Das Fressen hat vermutlich seinen Teil dazu beigetragen. Ich hoffe, dass er vorher nicht allzu lange in der Schachtel eingesperrt war.« Sofort kroch wieder die Wut auf die Menschen in ihr hoch, die den kleinen Kerl einfach so entsorgt hatten.

»Komm, mein Kleiner.«

Als sie durch die Seitentür von der Garage aus die Diele des Anwesens betraten, war es kurz vor halb neun. Lotte hatte den Eingangsbereich zum ersten Adventswochenende gestern stimmungsvoll dekoriert. Maria hatte ihr geholfen und dabei Geschichten aus ihrer eigenen Kindheit erzählt.

»Ihr seid schon zurück? Ich dachte, ihr würdet vielleicht noch irgendwo zu Abend essen.«

Bernard war aus dem Wohnzimmer gekommen, aufgestützt auf seinem Gehstock. Er hatte im Krieg ein Bein verloren und trug deswegen eine Prothese.

Er wirkte deutlich jünger als siebenundneunzig, und Lotte war immer wieder erstaunt, wie agil er noch war. Erst vor einem Jahr hatte Bernard erfahren, dass aus einer Liebesbeziehung in den Wirren des letzten Kriegsjahres in Deutschland eine Tochter hervorgegangen war: Maria. Marias Mutter Marianne war immer davon ausgegangen, dass ihre große Liebe Bernard im Krieg noch vor der Geburt des gemeinsamen Kindes ums Leben gekommen war. Nur durch einen Zufall war Nicolas mittels eines Medaillons aus der damaligen Zeit der Wahrheit auf die Spur gekommen und hatte mit Marias Enkeltochter Katja Kontakt aufgenommen. An Heiligabend im letzten Jahr waren Vater und Tochter dann zum ersten Mal aufeinandergetroffen. Nachdem die beiden so viel gemeinsame Lebenszeit hatten verpassen müssen, hatte Bernard alles darangesetzt, dass Maria zu ihm ins Elsass kam. Alle hatten von Anfang an zusammen geholfen, um den beiden die begrenzte Zeit, die ihnen noch gemeinsam vergönnt sein würde, so unbeschwert wie möglich zu gestalten.

»Wir haben eine Kleinigkeit auf dem Weihnachtsmarkt gegessen und wollten es nicht zu spät werden lassen«, sagte Nicolas.

»Und was habt ihr denn da für einen Hund dabei?«, fragte Bernard verwundert.

»Jemand hat ihn in einer Schachtel im Straßengraben entsorgt«, erklärte Lotte.

Der Hund, immer noch an seiner provisorischen Leine, beäugte den großen weißhaarigen Mann und seinen Gehstock etwas misstrauisch.

Bernard schüttelte schockiert den Kopf.

»Unglaublich, was es für grausame Menschen gibt!«, brummte er zornig.

»Wir behalten ihn heute Nacht hier und bringen ihn morgen zu Pierre in die Praxis«, erklärte Nicolas. »Der wird versuchen, die Besitzer ausfindig zu machen, falls das Tier registriert ist. Oder einen Platz in einem Tierheim für ihn zu finden, falls das nicht der Fall sein sollte.«

Bernard nickte.

»Ich hoffe, er findet wieder nach Hause.«

»Das hoffen wir auch. Wie geht es Maria?«, erkundigte sich Lotte.

»So weit gut. Sie hatte nur am Abend ein wenig Kopfschmerzen und eine Tablette genommen. Sie schläft schon.

Deswegen konnte ich Patricia bereits nach Hause schicken«, sagte Bernard. »Und ich gehe jetzt auch in mein Zimmer. Habt ihr die Türen abgeschlossen?«, fragte er.

»Haben wir, Onkel Bernard«, versicherte Nicolas.

Vor ein paar Wochen war Maria in der Nacht aus dem Haus verschwunden. Lotte war noch im Wohnzimmer gewesen, um sich mit Katja per Videochat zu unterhalten. Sie wollte ein Glas Wasser aus der Küche holen, als ihr die offene Haustür aufgefallen war. Zum Glück war Maria erst ein paar Meter weit gekommen. Seither achteten alle besonders darauf, dass die Türen vor allem am Abend immer abgeschlossen waren.

»Na dann, gute Nacht, ihr zwei. Oder besser gesagt, ihr drei!«

»Gute Nacht.«

Lotte holte einen geflochtenen Wäschekorb aus dem Hauswirtschaftsraum, legte ihn mit alten Handtüchern und einer Decke aus und stellte ihn in den kleinen Abstellraum.

»So, Kleiner, hier darfst du schlafen. Komm her«, ermunterte sie ihn freundlich, ins Körbchen zu steigen. Und tatsächlich sprang der Hund hinein, schnüffelte an der Decke und legte sich hin. Doch als Lotte das kleine Zimmer verlassen wollte, hüpfte er wieder heraus und winselte gottserbärmlich.

»Schau mich doch nicht so an, mit deinen kleinen süßen Knopfaugen.« Lotte seufzte. »Du willst nicht alleine sein, oder?«

Wieder ein Winseln.

»Na gut. Dann komm mit!«

Eine halbe Stunde später saßen Lotte und Nicolas bei einem Glas Pinot Noir im Wohnzimmer und verfolgten im Fernsehen eine Talkshow. Der kleine Hund lag in seinem Körbchen auf dem Boden neben ihnen und schlief.

»So einen seltsamen Mix hab ich echt noch nie gesehen«, sagte Lotte, die mehr auf den Hund als auf den Fernseher schaute.

»Keine Ahnung, was sich da für Rassen eingeschlichen haben. Er sieht irgendwie aus, als hätte man ihn aus lauter unterschiedlichen Teilen zusammengesetzt, die überhaupt nicht zusammenpassen«, meinte Nicolas.

Lotte lachte.

»Ja. Ein wenig schräg, aber vielleicht gerade deswegen auf eine besondere Weise ziemlich süß … Sag mal, sollen wir ihm einen Namen geben?«

»Du weißt schon, dass wir ihn morgen früh gleich zum Tierarzt bringen und ihn dann nicht mehr wiedersehen werden?«, erinnerte sie Nicolas.

»Ja, das weiß ich … Aber falls er wirklich ins Tierheim kommt, braucht er ja auch dort einen Namen, findest du nicht?«, fragte sie, während der Hund im Schlaf kurz die Vorderpfoten bewegte, als würde er im Traum an einer Tür kratzen. Oder an den Innenwänden eines viel zu engen Kartons.

»Ich weiß auch nicht. Hm … Aber immerhin haben wir ihn gerettet. Vielleicht sollten wir ihm dann doch einen Namen geben.«

»Eben!«

»Nur, wenn ich ihn so anschaue, passt irgendwie gar kein Name so richtig zu ihm«, murmelte er nachdenklich.

»Wir haben ihn aus einer Schachtel geholt, wie ein Weihnachtsgeschenk. Und heute ist auch noch der 1. Advent. Was hältst du denn von Noël?«

»Noël? Bedeutet das nicht der an Weihnachten Geborene oder so ähnlich?«

»Ja. Wir wissen zwar nicht, wann er tatsächlich geboren wurde. Aber heute hat er definitiv seinen zweiten Geburtstag, nachdem wir ihn vor dem sicheren Tod gerettet haben. Und das zu Beginn der Weihnachtszeit. Ich finde, Noël passt zu ihm.«

»Na gut. Wenn du meinst, dann nennen wir ihn Noël«, stimmte Nicolas zu.

In diesem Moment klingelte sein Handy. Er warf einen Blick aufs Display und stand rasch auf.

»Entschuldige, da muss ich rangehen.«

Er ging aus dem Zimmer, und Lotte hörte nur noch, wie er *Ja hallo, tut mir leid, aber vorhin …* sagte, bevor er die Tür hinter sich schloss. Das Klingeln des Handys hatte Noël wieder aufgeweckt. Er hob den Kopf und sah Lotte aus seinen kleinen dunklen Augen an.

»Schon gut. Du kannst weiterschlafen, Noël … Noël, das ist jetzt dein neuer Name. Ich hoffe, du magst ihn.«

Der Hund gähnte herzhaft, legte den Kopf auf die Vorderpfoten und schloss die Augen. Offenbar schien ihm sein neuer Name ziemlich egal zu sein.

Lotte versuchte, sich wieder auf die Talkshow zu konzentrieren, fragte sich jedoch, mit wem Nicolas so lange telefonierte. Mit seiner Mutter? Oder seinem Vater? David war im Familienbetrieb vor allem für den Vertrieb der Weine und Kundenbetreuung zuständig und bis kommenden Mittwoch auf einer Geschäftsreise in den Niederlanden.

Erst nachdem fast eine halbe Stunde vergangen war, kam Nicolas wieder zurück und setzte sich neben Lotte aufs Sofa.

»War das dein Vater?«

»Äh, ja.«

»Und? Wie geht es ihm? «

»Ganz gut.«

Er griff nach dem Weinglas und nahm einen Schluck.

Wieder war Noël aufgewacht. Er stand auf, drehte sich ein paarmal um die eigene Achse und suchte sich dann eine neue Schlafposition.

»Was hältst du davon, wenn wir bald ins Bett gehen?«, schlug Nicolas vor.

»Hm. Vielleicht bleibe ich besser noch eine Weile hier und warte, bis der Hund endlich tief eingeschlafen ist«, überlegte Lotte.

»Ich kann dir aber auch noch Gesellschaft leisten.«

»Musst du nicht. Ich komme sicher bald nach.«

»Wie du meinst. Aber lass mich nicht zu lange warten«, murmelte er an ihrem Ohr, und sie bekam eine wohlige Gänsehaut.

»Tu ich nicht«, sagte sie leise und verstärkte das Versprechen mit einem ausgiebigen Kuss.

Lotte erwachte durch ein leises Fiepen an ihrem Ohr und brauchte eine Sekunde, bis ihr klar war, dass sie auf dem Sofa eingeschlafen war. Im schwach flackernden Licht des Fernsehers sah sie Noël, der sie, beide Vorderpfoten auf dem Sofa, direkt anstarrte.

Lotte setzte sich langsam hoch und schob die Decke beiseite.

»Hey, kleiner Kerl, du sollst doch schlafen«, murmelte sie müde.

Mit einem Satz sprang Noël aufs Sofa und machte es sich neben Lotte bequem, als hätte er das schon Hunderte Male getan.

Sie musste grinsen.

»Damit meinte ich nicht auf dem Sofa, du kleiner Schlawiner.«

Doch sie brachte es nicht übers Herz, ihn vom Sofa zu scheuchen. Vor allem nicht, als er wieder leise winselte.

Vorsichtig streichelte sie über seinen kleinen Kopf.

»Ich habe keine Ahnung, was du alles mitgemacht hast«, sagte sie leise. »Aber jetzt bist du in Sicherheit.«

Das Streicheln und ihre bedächtigen Worte schienen ihm zu gefallen, und er wurde ruhig.

»So ist es gut, mein Kleiner …«

Nach einer Weile griff sie zu ihrem Handy. Es war kurz nach halb eins. Sicherlich war Nicolas inzwischen längst eingeschlafen. Da sie kein gutes Gefühl hatte, Noël allein zu lassen, beschloss sie, ausnahmsweise im Wohnzimmer zu übernachten. Sie nahm die Decke und legte sich auf die andere Seite des L-förmigen Sofas.

»Ich schlafe hier, und du bleibst auf deinem Platz. Verstanden?«

Er sah sie an.

»Und ich kann nur hoffen, dass du keine Flöhe oder sonstiges Ungeziefer hast! Hm. Aber eigentlich siehst du relativ gepflegt aus.«

Noël hatte die Augen wieder geschlossen. Sie griff nach der Fernbedienung auf dem Tisch und schaltete das Gerät aus. Nun war es ganz dunkel im Zimmer.

Gleich morgen früh würden sie Noël zum Tierarzt bringen, und der würde hoffentlich seinen Besitzer oder zumindest einen guten Platz für ihn finden.

Kapitel 3

Familienzuwachs

Ich hab es einfach nicht übers Herz gebracht zuzulassen, dass Noël im Tierheim landet«, sagte Lotte am nächsten Vormittag, als sie die Tierarztpraxis mit dem Hund verließen und zum Parkplatz gingen. Pierre, der Schulfreund von Nicolas' Vater, hatte ihnen eine geeignete Transportbox mitgegeben, damit Noël bei der Autofahrt gut gesichert war. Außerdem hatte er auch noch ein passendes Halsband mit Hundeleine für sie gefunden.

»Irgendwie war mir das schon seit heute Morgen klar, als ich euch beide im Wohnzimmer entdeckt habe«, meinte Nicolas mit einem Lächeln. Noël war es in der Nacht gelungen, am Fußende unbemerkt zu Lotte unter die Decke zu schlüpfen, so dass nur seine kleine spitze Schnauze herausschaute. Nicolas hatte ein Foto der beiden gemacht und es Lotte gezeigt, nachdem er sie geweckt hatte.

»Du bist mir doch nicht böse?«, fragte Lotte unsicher. Immerhin hatte sie die Entscheidung, den Hund wieder mitzunehmen, ziemlich spontan getroffen.

»Nein. Bin ich nicht. Mir wäre es ja auch total schwergefallen, Noël bei Pierre und danach einem ungewissen Schicksal zu überlassen. Aber ich weiß nicht, was Onkel Bernard und Maria dazu sagen werden. Auch wenn wir dort wohnen, das Anwesen gehört immer noch Onkel Bernard.«

»Ich hoffe, er kann es verstehen, vor allem, wenn er die Geschichte von Noël hört.«

Durch das Auslesen des implantierten Chips hatte der Tierarzt schnell die Besitzerin des Hundes ausfindig gemacht, der unter dem Namen Clown registriert und dreieinhalb Jahre alt war. Doch der Anschluss dieser Frau war nicht erreichbar gewesen.

Pierre hatte mehrere Telefonate mit anderen Tierarztpraxen in der Gegend geführt, und schließlich konnte ihm eine befreundete Kollegin weiterhelfen. Bei ihr war Clown in regelmäßiger Behandlung gewesen, und der Hund hatte auch alle notwendigen Impfungen und Untersuchungen erhalten. Und sie kannte auch das Frauchen des Hundes, eine alleinstehende sechsundsechzigjährige Rentnerin aus Colmar, die jedoch vor neun Wochen überraschend verstorben war. Ihre Nachbarin hatte sich dazu überreden lassen, das Tier aufzunehmen. Doch dann war der Hund nur ein paar Tage später durch die offene Wohnungstür entwischt. Wo das Tier seither gewesen war, wusste niemand. Letztlich war er leider bei Leuten gelandet, die ihn wie Abfall entsorgt hatten. Pierre hatte die Nachbarin darüber informiert, dass der Hund wiederaufgetaucht war, doch die wollte ihn nicht mehr zurückhaben.

»Dann müssen wir den kleinen Clown vorerst doch im Tierheim unterbringen!«, hatte Pierre bedauernd gesagt.

Aber Lotte hatte den Kopf geschüttelt.

»Wir nehmen ihn wieder mit!«

Der Tierarzt hatte gelächelt und versprochen, sich darum zu kümmern, dass sie die Papiere und den Impfausweis von Clown zugeschickt bekamen.

Inzwischen waren sie am Auto angelangt. Nicolas öffnete die hintere Tür, stellte die Transportbox auf die Rückbank und sicherte sie mit dem Gurt. Lotte setzte sich daneben.

»Können wir noch schnell bei einem Supermarkt vorbeifahren?«, bat sie. »Wir brauchen unbedingt Hundefutter.«

»Klar.«

»Ich finde, der Name Clown passt überhaupt nicht zu ihm. Können wir es bei Noël belassen?«, schlug Lotte vor.

»Sehr gern ... Zu Clowns habe ich ohnehin kein gutes Verhältnis. Die mochte ich als Kind schon nicht, ich hatte sogar Angst vor ihnen. Ich finde sie nämlich eher gruselig als lustig«, verriet Nicolas.

»Da bist du nicht der Einzige, dem es so geht. Meine Mutter findet Clowns auch ganz schrecklich. Dafür gibt es sogar einen Fachbegriff: Coulrophobie. Übermäßige Angst vor einem Clown«, erklärte Lotte.

»Ach ja? Jedenfalls ist Noël definitiv nicht gruselig«, beteuerte er.

»Das ist er wirklich nicht.«

Zehn Minuten später parkte Nicolas auf dem Parkplatz eines großen Supermarktes mit einer Abteilung für Tierzubehör.

»Kannst du alleine reingehen? Ich bleib solange bei Noël.«

Noël schien nicht sonderlich begeistert darüber, in der Box eingesperrt zu sein, und hatte zu winseln begonnen. Lotte musste beruhigend auf ihn einreden.

»Und welches Futter soll ich für ihn kaufen?«, fragte Nicolas.

»Nimm einfach ein paar verschiedene Dosen und Trockenfutter. Und Leckerli.«

»Okay.«

Nicolas war kaum im Laden verschwunden, da klingelte sein Handy, das in der Mittelkonsole lag. Lotte beugte sich zwischen den Vordersitzen nach vorn. Das Display zeigte einen Anruf von Nicolas' Vater an. Sie schnappte sich das Handy und ging ran.

»Hallo David, hier ist Lotte.«

»*Bonjour,* Lotte. Kann ich bitte Nicolas sprechen?«, fragte er mit stark französischem Akzent.

»Er ist gerade im Supermarkt beim Einkaufen. Kann er dich zurückrufen?«

»Eigentlich wollte ich mich nur kurz aus Amsterdam melden. Ist bei euch auf dem Hof alles in Ordnung?«, fragte er.

»Ja. Bei uns passt alles. Und bei dir?«

»Auch. Vielleicht kann Nicolas mich bitte später mal anrufen?«, bat er.

»Ich sag es ihm.«

»Danke. Er wird sich bestimmt freuen zu hören, dass die Gespräche mit den Kunden in den letzten Tagen gut gelaufen sind.«

»Das wird er.«

»Gut, dann bis später. *Au revoir,* Lotte.«

»*Au revoir,* David.«

Lotte war verwundert. Hatte David nicht gestern Abend erst mit Nicolas telefoniert?

Nachdenklich legte sie das Handy wieder zurück in die Konsole. Irgendwie fand sie es seltsam, dass die beiden gestern so lange telefoniert hatten, ohne dass David erwähnt hätte, wie gut die Gespräche mit den Kunden gelaufen waren.

Das hörte sich eher so an, als ob die beiden gestern gar nicht telefoniert hätten. Aber sie hatte Nicolas doch gefragt, ob es sein Vater gewesen war. Warum hätte er ihr eine falsche Antwort geben sollen? Sie überlegte kurz, die letzten Anrufe auf seinem Handy zu überprüfen. Dann wüsste sie sofort Bescheid. Sie kannte seine Pin, und er würde das noch nicht einmal bemerken. Trotzdem tat sie es nicht, das wäre ein zu großer Vertrauensbruch.

Sie sah durch das Gitter in die Transportbox.

»Es wird sicher eine ganz harmlose Erklärung geben«, murmelte sie. »Nicht wahr, Noël?«

Der Hund hatte sich inzwischen beruhigt und seinen Kopf auf die Vorderpfoten gelegt.

Ein paar Minuten später kam Nicolas zurück. Er hatte nicht nur Hundefutter, das für ein ganzes Rudel reichen würde, und Spielzeug für Noël dabei, sondern auch eine große Schachtel Pralinen, die Lotte besonders mochte. Er öffnete die hintere Wagentür.

»Hier, mein Schatz. Die sind für dich!«

»Du bist süß, vielen Dank, Nicolas!«

»Hauptsache, du gibst mir ein paar davon ab.«

»Mit dem größten Vergnügen.«

»Ich kann es kaum erwarten«, sagte er und gab ihr einen Kuss. Dann schloss er die hintere Tür und stieg vorne ein.

»Ach übrigens, dein Vater hat eben angerufen. Er bittet um Rückruf. Habt ihr nicht erst gestern Abend telefoniert?«, fragte sie wie nebenbei.

»Äh ja, aber nur ganz kurz. Ich rufe ihn später zurück«, sagte er, während er den Sicherheitsgurt anlegte.

»Ich dachte, ihr hättet länger geplaudert?«

»Nein, denn dann kam ein anderes Gespräch rein, das ich annehmen musste.«

»Ach so.«

Das hörte sich nach einer plausiblen Erklärung an, auch wenn er keine Anstalten machte, ihr zu sagen, mit wem er sonst noch telefoniert hatte. Womöglich erschien ihm das einfach nicht für wichtig. Und Lotte würde es damit auf sich beruhen lassen.

»So, und jetzt ganz schnell ab nach Hause mit unserem neuen Familienmitglied.«

Er lächelte Lotte kurz im Rückspiegel zu und startete den Wagen.

»Ich hoffe nur, dass Onkel Bernard nichts dagegen hat, Noël bei uns zu behalten.«

»Das hoffe ich auch. Sehr.«

Sie hätten sich überhaupt keine Gedanken machen müssen. Bernard hatte nichts gegen den putzigen neuen Mitbewohner.

»Ganz früher, noch bevor du zur Welt kamst, Nicolas, hatten wir hier immer Hunde auf dem Weingut. Auch wenn sie wesentlich größer und eindeutig einer Rasse zuzuordnen waren im Gegensatz zu diesem Exemplar hier«, sagte er und betrachtete Noël, der mit einem Kauspielzeug in Form eines Eclairs beschäftigt war, das Nicolas ihm gekauft hatte.

»Ich finde es schön, wenn wieder ein Vierbeiner zu unserer Familie gehört.«

Doch am meisten freute sich Maria über den Familienzuwachs. Die Kopfschmerzen vom vergangenen Abend waren verschwunden, heute ging es ihr wieder gut.

»Ella wird aus dem Häuschen sein, wenn sie uns an Weihnachten besuchen kommt und das Hündchen sieht«, sagte sie. Marias zehnjährige Enkelin Ella war die Halbschwester von Katja. »Ella wollte immer gern ein Haustier haben, aber irgendwie hat das nie geklappt. Ich weiß gar nicht mehr, warum eigentlich nicht?«, grübelte sie und hielt Noël ein Leckerli hin. Sofort ließ er von seinem Spielzeug ab und schnappte es sich.

»Ja, Ella wird sich bestimmt freuen«, stimmte Lotte ihr zu und sah dann auf die Uhr. Durch die Fahrt zum Tierarzt war sie mit ihrer Arbeit bereits in Verzug. Sie musste unbedingt ins Büro, das sich praktischerweise im Haus befand, und sich um die eingegangenen Bestellungen kümmern. Das Weingut Beaulieu belieferte nicht nur Händler, Restaurants und Hotels, sondern auch private Kunden, die über die Homepage bestellen konnten. Gerade in der Vorweihnachtszeit war deswegen besonders viel zu tun, weil Weinkisten und Geschenksets verschickt werden mussten. In den letzten Jahren hatten sich Nicolas und sein Vater darum gekümmert. Nachdem Lotte zu Nicolas gezogen war, hatte er seine Freundin im Büro eingearbeitet und sie die Abwicklung der Bestellungen übernommen. Inzwischen machte sie vieles schon alleine, auch wenn es ab und zu noch sprachliche Hürden gab, die sie jedoch mit Übersetzungsapps oder mithilfe von Bernard und Nicolas überwinden konnte. Nur für die Buchführung und Steuerangelegenheiten kam einmal wöchentlich eine zusätzliche Bürokraft.

Nicolas war schon im Weinkeller. Dort gab es auch im Dezember einiges zu tun. Vor allem musste er die jungen Weine im Blick haben, die Gärung und Temperatur überwachen, regelmäßig verkosten und zum richtigen Zeitpunkt die Hefe am Boden des Fasses abziehen. Das war nur ein Teil seiner vielfältigen Arbeit als Winzer.

»Ich muss jetzt dringend an den Schreibtisch. Und du kommst am besten mit mir mit, Noël!«, sagte Lotte in Richtung des Hundes.

»Du kannst ihn gern bei uns lassen«, schlug Maria vor. »Er kann Patricia und mich bei unserem Spaziergang begleiten. Heute scheint die Sonne so schön.«

»Na gut. Aber lasst ihn nicht von der Leine. Und bleibt besser nicht zu lange mit ihm draußen. Es ist zwar nicht mehr so kalt wie in den letzten Tagen, aber …«

Lotte merkte selbst, dass sie sich schon nach dieser kurzen Zeit wie eine Helikoper-Hundemama anhörte.

»Mach dir keine Sorgen, wir passen gut auf den kleinen Kerl auf.«

Kapitel 4

Zukunftspläne

2. Adventssonntag

Noël war nun seit einer Woche auf dem Weingut, und inzwischen hatte Lotte bereits herausgefunden, was er besonders gern fraß. Vor allem abends wollte er nicht allein sein, als ob er Angst hätte, wieder verlassen zu werden. Dann suchte er ganz besonders den Kontakt zu Lotte. Deswegen war sie immer so lang wie möglich im Wohnzimmer geblieben und dort meistens irgendwann eingeschlafen. Bis es Nicolas nach ein paar Tagen zu dumm geworden war.

»Er kann ins Schlafzimmer mitkommen, aber nur in sein Körbchen, nicht ins Bett. Sonst muss er wieder raus«, sagte er.

Als ob der Hund ihn verstanden hätte, blieb er tatsächlich in seinem Korb, der am Boden neben Lottes Bettseite stand.

Da fast immer jemand im Haus war, hatte er tagsüber ständig Gesellschaft. Doch oft war er bei Lotte im Büro, wo inzwischen ein weiterer Hundekorb neben ihrem Schreibtisch stand, in dem er die meiste Zeit schlief.

David war von seiner Geschäftsreise zurückgekommen. Sie hatten gemeinsam alle Hände voll zu tun, die noch für dieses Jahr in Auftrag gegebenen Weine zur Auslieferung vorzubereiten.

David war der Einzige aus der Familie, der nicht auf dem Weingut lebte, sondern in einer kleinen Etagenwohnung mitten in Colmar. Dort hatte er auch ein eigenes Büro, von wo aus er sich hauptsächlich um Vertrieb und Kundenbetreuung kümmerte. Trotzdem kam er mehrmals die Woche auf den Hof.

Auch an diesem Sonntag saß die ganze Familie gemeinsam beim Mittagessen am großen Tisch im Esszimmer. Nicolas hatte Hühnchen in Estragon-Soße mit Prinzess-Kartoffeln und Butterbohnen gekocht. Eines der Lieblingsgerichte von Bernard.

»Heute in zwei Wochen ist schon Weihnachten!«, erinnerte Lotte. Heiligabend fiel in diesem Jahr auf den 4. Adventssonntag. »Wir sollten uns echt bald Gedanken darüber machen, was wir an den Feiertagen essen wollen, damit wir die Einkäufe rechtzeitig erledigen können.«

»Wie ihr wisst, fliege ich am ersten Weihnachtsfeiertag eine Woche in Urlaub. Mich könnt ihr bei der Planung also weitgehend außen vor lassen«, sagte David, der generell kein sonderlich großer Fan von Familienfeierlichkeiten war. Und seitdem er wusste, dass seine Exfrau zu Besuch aufs Weingut kommen würde, war ihm die Lust noch mehr abhandengekommen.

»Dann rufe ich heute am besten mal Katja an und bespreche alles mit ihr. Oder besser noch mit Julia«, überlegte Lotte. Katjas Stiefmutter war, was das Kochen betraf, wohl die bessere Ansprechpartnerin.

»Wie? Kommen Julia und Katja mich im Seniorenheim besuchen?«, fragte Maria, die plötzlich etwas unruhig wirkte. Heute hatte sie keinen allzu guten Tag. Vergangenheit und Gegenwart vermischten sich immer wieder in ihrer Gedankenwelt. Bevor sie ins Elsass zu ihrem Vater gezogen war, hatte sie in einer Seniorenresidenz in ihrer niederbayerischen Heimatstadt gewohnt. Diese Entscheidung hatte sie damals selbst getroffen, sehr bald nachdem die beginnende Demenz diagnostiziert worden war. Maria war es wichtig gewesen, niemandem zur Last zu fallen, wenn ihr Zustand sich im Laufe der Zeit unweigerlich verschlimmern würde. Doch Bernard hatte sie unbedingt zu sich holen wollen. Hier war sie nicht nur im Kreis ihrer erst kürzlich hinzugekommenen Familie gut aufgehoben, sie wurde auch medizinisch und therapeutisch bestmöglich versorgt.

»Dann muss ich mir etwas Hübsches für den Besuch anziehen, oder?« Sie schob ihr Glas nervös hin und her.

Bernard legte ihr beruhigend eine Hand auf den Arm.

»Julia und Katja kommen uns mit Ella an Weihnachten hier besuchen, Maria. Das ist aber erst in zwei Wochen. Du musst dich jetzt nicht umziehen«, erklärte er freundlich.

»An Weihnachten? In zwei Wochen? Aber ich habe noch keine Geschenke eingepackt.«

»Das machen wir gemeinsam«, beteuerte er. »Möchtest du dich vielleicht ein wenig hinlegen?«

Sie nickte.

»Ja. Ich bin müde.«

»Dann komm, ich begleite dich auf dein Zimmer.«

Da Nicolas gekocht hatte, übernahm Lotte es, nach dem Essen die Küche aufzuräumen. Maria und Bernard machten ein Mittagsschläfchen, David war wieder in seine Wohnung gefahren, und Nicolas drehte draußen eine kleine Gassirunde mit dem Hund.

Während Lotte Geschirr und Besteck in den Geschirrspüler räumte, telefonierte sie über Kopfhörer mit ihrer Freundin Katja.

»Es wird Maria bestimmt guttun, wenn sie euch bald wiedersieht. Und ich kann es echt auch kaum mehr erwarten, bis ihr endlich hier seid, Katja«, sagte sie.

»Ich vermisse Oma auch schon sehr. Und es wird höchste Zeit für einen gemütlichen Frauenabend, nur wir beide.«

»Und eine Flasche Riesling!«

»Nur eine?«

Sie lachten.

»Sag mal, kannst du mir vielleicht einen Tipp geben, was ich Nicolas schenken könnte?«, wechselte Lotte das Thema. »Ich weiß, dass du ihn auch nicht viel länger kennst als ich, aber ich hab überhaupt keinen blassen Schimmer, worüber er sich besonders freuen könnte. Vielleicht hast du ja eine Idee.«

»Puh, das ist echt schwierig. Es hat schon lange genug gedauert, bis mir ein passendes Geschenk für Jonas einfiel. Wir haben nämlich vereinbart, dass es nur eine Kleinigkeit sein darf, damit es am Ende nicht irgendwie ausufert. Das machte die Sache aber nicht einfacher, das sag ich dir. Ganz im Gegenteil.«

»Was schenkst du ihm denn?«

»Er hat sich vor Kurzem ein neues Fahrrad gekauft. Dazu bekommt er von mir eine besondere Fahrradklingel im Retrodesign.«

Lotte lachte kurz auf, während sie eine große Kasserolle spülte.

»Gute Idee ... Vielleicht sollte ich mit Nicolas auch vereinbaren, dass wir uns nur was ganz Kleines schenken. Wenn es nach mir ginge, müsste er mir überhaupt nichts schenken. Ich bin hier mit ihm im Elsass sowieso wunschlos glücklich.«

»Aber was ist, wenn er schon etwas für dich besorgt hat?«, gab Katja zu bedenken. »Das hättet ihr besser schon früher vereinbaren sollen.«

»Hm. Du hast recht ... Wobei es wirklich schwierig ist, etwas für ihn zu finden.«

»Dir wird schon noch was einfallen, Lotte«, sagte Katja und klang sehr zuversichtlich. »Und ich muss jetzt leider auch aufhören und in die Werkstatt. Das Weihnachtsgeschäft läuft momentan besonders gut. Zum Glück. Vor einem Jahr wussten wir nicht, ob wir das Schmuckgeschäft überhaupt halten können.«

»Ich kann mich gut erinnern, wie schwer ihr es hattet. Umso mehr freut es mich für euch, dass sich das geändert hat. Das habt ihr wirklich verdient, du und Julia.«

»Danke. Aber das bedeutet eben auch viel Arbeit. Ich

hab noch ein paar eilige Sonderanfertigungen und muss mich ranhalten.«

»Dann leg dich mal ins Zeug. Und vergiss bitte nicht, Julia nach ihren Vorschlägen für das Weihnachtsmenü zu fragen, wenn sie zurück ist.«

»Mache ich. Auf jeden Fall besteht Ella auf die Weihnachtsschnitzel. Das ist für meine Schwester schon immer Tradition.«

»Da habe ich sicher nichts dagegen. Die schmecken toll.«

Lotte hatte sie im vergangenen Jahr an Heiligabend zum ersten Mal gegessen.

»Sicher hat niemand etwas dagegen. Also steht das schon mal fest. Sobald ich von Julia mehr weiß, melde ich mich wieder. Servus, Lotte.«

»Danke und tschüss, Katja.«

Inzwischen war die Küche aufgeräumt. Lotte brühte sich eine Kanne Orangentee auf, den sie mit etwas Zimt würzte, und ging damit ins Wohnzimmer. Sie wartete darauf, dass Nicolas bald zurückkam, denn sie wollte etwas mit ihm besprechen, das ihr schon seit einer Weile durch den Kopf ging.

Es dauerte nicht lange, bis sie draußen die Haustür hörte. Kurz darauf kam Nicolas mit Noël ins Wohnzimmer. Der Hund wedelte freudig mit dem Schwanz, als er sie sah, dann hüpfte er in sein Körbchen und gähnte herzhaft.

»Wie wär's mit Tee und Mandelplätzchen?«

»Du hast wohl meine Gedanken gelesen«, sagte er lächelnd und setzte sich zu ihr aufs Sofa.

Sie schenkte ihm ein und reichte ihm die dampfende Tasse.

»Danke, mein Schatz.«

Er nahm sich ein mondförmiges Plätzchen aus der Schale.

»Mm. Die sind gut. Hast du die gemacht?«

»Nein, das waren Patricia und Maria.«

»Sehr lecker. Leider. Ich kann mich da immer nur schwer beherrschen«, sagte er und verputzte gleich noch eins.

»Hör mal, Nicolas, ich denke schon eine Weile über etwas nach«, begann sie. »Und ich würde gern mit dir darüber sprechen.«

»Ach ja, worüber denn?« Er sah sie neugierig an und biss ins nächste Gebäck.

»Als ich letztes Jahr aus Brasilien zurückkam, da hatte ich zwar noch keine konkreten Pläne, was ich machen möchte, aber eines wusste ich genau. Mit dem Geld aus dem Verkauf der Strandbar wollte ich unbedingt in etwas Eigenes investieren.«

Er nickte.

»Das hast du mir damals erzählt. Du wolltest ein Café oder eine Kneipe eröffnen, oder?«

»Genau. In der ersten Zeit, in der ich nach meiner Rückkehr bei Katja in Osterhofen gewohnt und dort vorübergehend in einem Gasthaus gejobbt habe, habe ich mich in der Gegend nach einem passenden Objekt umgesehen. Aber ich war wohl ein wenig abgelenkt, denn da gab es auch noch diesen unverschämt attraktiven und vor allem charmanten Weinbauern im Elsass, der mir schon nach unserer ersten Begegnung nicht mehr aus dem Kopf gegangen war.«

»Ach ja? Attraktiv und charmant?« Er grinste sie frech an.

»Und wie!«

»Umgekehrt ging mir diese Wahnsinns-Rothaarige ebenfalls nicht mehr aus dem Sinn.« Er strich ihr zärtlich eine der Locken hinters Ohr. »Und je öfter wir uns sahen, desto schlimmer wurde das.«

Durch den Umzug von Maria aus Niederbayern zu ihrem Vater ins Elsass war es notwendig gewesen, öfter nach Frankreich zu fahren, um Marias Sachen zu bringen und ihr die Eingewöhnung in der fremden Gegend zu erleichtern. Lotte begleitete Katja und auch Julia mehrmals bei den Fahrten. Und bei einem dieser Besuche kamen sie und Nicolas sich schließlich bei einem Spaziergang durch die Weinberge näher. Kurz darauf überraschte er sie mit einem Besuch in Bayern, und die Sache zwischen den beiden wurde immer ernster. Bis sie schließlich beschlossen, dass die Strecke doch ein wenig zu weit war, um zweimal im Monat abwechselnd hin- und herzupendeln. Und so bat Nicolas sie, zu ihm zu ziehen, und bot ihr eine Stelle auf dem Weingut an. Lotte war zu dem Zeitpunkt längst Hals über Kopf in ihn verliebt und musste nicht lange überlegen. Auch die Stelle auf dem Weingut nahm sie an. Egal ob im Büro, beim Versand, in den Weinbergen bei der Weinlese oder beim Abfüllen im Weinkeller, sie sprang überall ein, wo sie gebraucht wurde und helfen konnte. Und es machte ihr Spaß, so viel wie möglich von Nicolas und Bernard über den Weinanbau zu lernen. Doch in den Jahren zuvor war sie selbstständig gewesen und hatte als Gastronomin ihre eigenen Entscheidungen getroffen. Auch wenn Nicolas und sie als Paar zusammen waren, so war sie beruflich doch nur eine Angestellte des Weingutes Beaulieu.

»Jetzt rück schon raus mit der Sprache. Was hast du dir überlegt, Lotte?«

»Also …« Sie nahm noch mal einen Schluck Tee, dann sprudelte es auch schon aus ihr heraus: »Es gibt doch im Nebengebäude bei der Scheune zwei unbenutzte große Räume, die eigentlich nur als Rumpelkammern benutzt werden.«

»Ja …?«

»Was hältst du davon, wenn wir sie umbauen und renovieren? Den einen Raum könnte man mit einer Wand teilen in eine Küche und einen WC-Bereich. Wasseranschlüsse sind ja vorhanden. Und den anderen Raum könnte man als Gastraum nutzen. Stell dir ein kleines nettes Weinlokal vor, mit der schönen Laube daneben, unter der man in der warmen Jahreszeit auch draußen sitzen kann. Das Lokal könnten wir anfangs drei feste Tage in der Woche und zusätzlich nach Bedarf öffnen, nur nach Absprache. Wir könnten Weinabende mit einer kleinen Speisekarte anbieten oder auch richtige Weinproben für angemeldete Reisegruppen, und nicht nur so provisorisch, wie es bisher war, für ein paar ausgewählte Kunden.«

Während sie darüber sprach, sah sie in Gedanken deutlich alles vor sich.

»Was meinst du, Nicolas? Ist das eine blöde Idee?«

»Nein, das ist keine blöde Idee. Vater und ich hatten vor ein paar Jahren selbst schon so einen ähnlichen Gedanken.

Aber letztlich hatten wir so viel zu tun, dass wir keine Zeit hatten, das in Angriff zu nehmen.«

Lottes Augen funkelten aufgeregt.

»Darum würde ich mich echt gerne kümmern. Weißt du, Gäste bewirten, das Essen planen und den Gastraum schön dekorieren, das ist mein Metier, das liebe ich. Wie man das vertraglich regelt, müssten wir natürlich noch klären. Ich könnte mit meinen Ersparnissen in das Projekt investieren. Oder euch eine monatliche Pacht bezahlen«, erklärte sie eifrig. »Und falls das so gut anläuft, wie ich mir das vorstelle, könnte man irgendwann sogar einen richtig guten Koch einstellen und das Lokal zu einem Geheimtipp machen. Klein, aber ganz besonders fein.«

Er lachte.

»Wow. Das sprudelt ja nur so aus dir heraus, Lotte. Ich finde es richtig schön, dass du dir so viele Gedanken darüber machst. Weißt du was? Jetzt vor Weihnachten ist ziemlich viel los, aber gleich nach den Feiertagen nehmen wir uns dafür Zeit, schreiben alle Ideen dazu auf und recherchieren, was man alles beachten müsste, welche Genehmigungen man bräuchte und wie aufwendig so ein Umbau wäre. Vielleicht kann mein Vater uns dabei auch helfen. Er hat ja viel Kontakt zu Gastwirten und kann uns sicher Ratschläge geben. Und wenn wir meinen, dass wir genügend Informationen und ein schlüssiges Konzept haben, dann reden wir mit Onkel Bernard darüber, was er dazu sagt«, schlug er vor.

»Du hältst das wirklich für machbar, Nicolas?«, fragte sie aufgeregt.

»Ja. Grundsätzlich tue ich das. Aber es muss natürlich alles ordentlich kalkuliert werden, wie teuer der Umbau kommt und wie hoch später in etwa die Personalkosten sein werden. Kurz gesagt, ob sich der Aufwand langfristig auch wirklich auszahlt.«

»Ich bin mir sicher, das würde das Weingut in jedem Fall aufwerten.«

Er schlang die Arme um ihren Hals.

»Das wurde schon aufgewertet, als du hier eingezogen bist«, meinte er und lächelte.

»Ach ja?«

»Mehr, als du dir vielleicht vorstellen kannst.«

Er zog Lotte an sich und küsste sie ausgiebig. Wie immer hatte sie dabei das Gefühl, die ganze Welt würde sich nur noch um sie beide drehen.

Dann löste er sich von ihr und warf einen Blick zu Noël, der ganz leise vor sich hin schnarchte.

»Der Hund schläft, Maria und Bernard schlafen – was hältst du davon, wenn wir auch für eine Weile ins Bett verschwinden, meine Süße?«, fragte er mit einem verführerischen Lächeln.

»Schon überredet«, antwortete sie. »Aber schlafen lasse ich dich ganz bestimmt nicht!«

»Das will ich auch hoffen.«

Kapitel 5

Ein alter Koffer

Die nächsten Tage war im Betrieb und mit den Vorbereitungen für das baldige Weihnachtsfest so viel zu tun, dass Lotte tatsächlich nicht dazu kam, sich mit der Idee des Weinlokals ausführlicher zu beschäftigen. Doch schon jetzt spukten ihr immer wieder Ideen durch den Kopf, und sie sprach Memos aufs Handy, um sie nicht zu vergessen.

Nachdem Lotte zwölf unterschiedlich große Pakete mit Weinbestellungen zum Versand vorbereitet und aufs Postamt gefahren hatte, brachte sie zusammen mit Patricia die Gästewohnung in einem Anbau des Anwesens für den Besuch aus Bayern in Schuss. Und auch eines der Schlafzimmer im Haupthaus, in dem Nicolas' Mutter an Weihnachten übernachten würde. Maria half mit, vor allem aber passte sie auf Noël auf. Oder vielleicht auch Noël auf Maria? Neben Lotte schien er Maria jedenfalls besonders in sein kleines Hundeherz geschlossen zu haben und hörte sofort auf ihre Kommandos. Wenig überraschend tat der Hund auch Maria gut. Ihm war es egal, ob sie sich daran erinnern konnte, was sie zum Frühstück gegessen hatte, oder ob sie fehlerlos von hundert in Siebenerschritten rückwärts zählen konnte. Im Umgang mit Noël wirkte sie oft richtig gelöst, was allen inzwischen aufgefallen war. Und je entspannter sie sich fühlte, desto weniger rutschte sie in die beängstigende Vergesslichkeit ab.

Nicolas war sehr beschäftigt und schien ständig an seinem Handy zu hängen. An einem Nachmittag bekam sie unbemerkt einen Teil eines Telefonats mit, das er mit sehr eindringlichen Worten beendete: *Und ganz wichtig, Lotte darf es auf keinen Fall wissen … Ja. Danke. Bis bald!*

Bevor Nicolas Lotte entdeckte, konnte sie gerade noch verschwinden.

Was durfte sie nicht wissen? Rasch kam sie auf den wohl naheliegendsten Gedanken, und sie hätte fast aufgelacht. Vermutlich ging es um ein Weihnachtsgeschenk für sie! Das musste es natürlich sein. Wie süß, dass er darum so ein Geheimnis machte. Doch nachdem er sich auch in den nächsten Tagen etwas seltsam verhielt, kam sie ins Grübeln. Was, wenn sie sich irrte? Gab es vielleicht irgendwelche Probleme, von denen er ihr nichts erzählen wollte? Allerdings wirkte er gut gelaunt und sprudelte nur so vor Energie.

Also ging es vermutlich doch um ein Geschenk für Lotte? Was sie wiederum daran erinnerte, dass sie selbst noch keine Idee hatte, womit sie ihn an Weihnachten überraschen könnte. Und genau das stresste sie immer mehr. Vor allem, wenn sie richtiglag und Nicolas tatsächlich so einen Aufwand um sein Geschenk betrieb, damit sie bloß nichts mitbekam. Nun begann sie ihre Eltern ein klein wenig besser zu verstehen, die sich genau diesem Druck, sich um Weihnachtsgeschenke Gedanken machen zu müssen, schon vor langer Zeit entzogen hatten.

Lotte versuchte, sich auf andere Dinge zu konzentrieren. Es kam ihr deswegen nicht ungelegen, als Bernard sie um einen Gefallen bat.

»Lotte, hättest du vielleicht heute ein wenig Zeit, mir zu helfen?«

»Natürlich, Bernard.«

»Es geht um etwas, das ich nicht mehr lange aufschieben kann, denn ich möchte es unbedingt noch zu meinen Lebzeiten selbst erledigen.«

»Zu deinen Lebzeiten?«

Er lächelte.

»Nun ja. Ich bin siebenundneunzig. Und habe das große Glück, noch einigermaßen fit zu sein. Aber machen wir uns nichts vor, diese Glückssträhne ist inzwischen nur noch ein seidener Faden und kann jeden Tag reißen.«

»Ich bin immer wieder erstaunt, dass du schon so alt sein sollst. Bist du dir sicher, dass dein Geburtsdatum stimmt?«

»Daran lässt sich leider nicht rütteln«, sagte er mit einem Schmunzeln.

»Also, wie kann ich dir helfen?«, fragte sie.

»Es gibt persönliche Dinge, die ich regeln muss. Eigentlich wollte ich das im letzten Sommer machen, aber da war es da oben zu heiß«, sagte er und deutete mit dem Finger zur Decke. »Und im Herbst hatte natürlich wegen der Weinlese keiner Zeit, mir zu helfen, deswegen zieh dich bitte warm an, es ist sehr zugig.«

Eine halbe Stunde später betraten sie in dicken Jacken und Mützen den großen Speicher. Wuchtige Schränke, ausgemusterte Möbel mehrerer Generationen, zahllose Kisten und Schachteln, leere Ballonflaschen, Skier und Schlitten, Holztruhen und Koffer waren in den Nischen zwischen grob gezimmerten Holzbalken abgestellt. Und auf all diesen Sachen lag der Staub der Zeit.

»Du fürchtest dich hoffentlich nicht vor Mäusen?«, fragte Bernard.

»Ach, solange sie mir nicht auf die Pelle rücken, komme ich mit ihnen klar«, winkte Lotte trocken ab und sah sich weiter fasziniert um. Tatsächlich war sie noch nie in ihrem Leben auf einem Speicher gewesen. Sie war in einer Wohnung in Hamburg aufgewachsen, und da hatte es für die Familie nur ein Kellerabteil gegeben, in dem sie ihre Fahrräder und Getränkekisten gelagert hatten. Alte Möbel oder ausgemusterte Kleidung waren damals entweder sofort verschenkt worden oder auf dem Sperrmüll beziehungsweise in der Kleidersammlung gelandet. Ihre Eltern hielten nichts davon, an alten Dingen festzuhalten, und wollten mit so wenig irdischem Gepäck wie möglich durch ihr Leben reisen. Lotte war in dieser Hinsicht ganz die Tochter ihrer Eltern und in gewisser Weise vielleicht sogar noch ein wenig extremer. Bei ihrer Rückkehr aus Brasilien hatte alles, was ihr wirklich wichtig war, in einen Koffer gepasst. Alles andere hatte sie in Salvador da Bahia verkauft oder an Freunde und Bekannte verschenkt. Umso neugieriger war sie darauf, was sich hier auf dem Speicher in den fast zwei Jahrhunderten, die es das Anwesen schon gab, alles angesammelt hatte.

»Was genau suchst du denn, Bernard?«, fragte Lotte, während sie eine Stehlampe mit drei tütenförmigen Schirmen bewunderte, die vermutlich aus den 50er Jahren stammte. Ein dazu passender nierenförmiger Beistelltisch auf drei Beinen mit einer milchigen Glasplatte stand daneben.

»Einen kleinen braunen Lederkoffer! Leider weiß ich nicht mehr, wo ich ihn damals hingeräumt habe.«

»Ach, den finden wir schon!«, sagte Lotte. Sie öffnete die Tür eines Schranks aus dunklem, lackiertem Massivholz, um dort nachzusehen.

»Wow. Der ist ja voller Kleider und Hüte!«, rief sie überrascht.

Bernard lächelte.

»Weder meine Mutter noch meine Großmutter, ach, was sage ich, keine der Frauen in meiner Familie konnte etwas wegwerfen. Und ich habe es später auch nicht übers Herz gebracht«, verriet er.

Die Kleider aus mehr als einem Jahrhundert hingen jeweils fein säuberlich in durchsichtigen Hüllen an der Kleiderstange – eine modische Zeitreise zum Anfassen. In einem Fach darüber lagerten verschiedene Hüte, einige davon in Hutschachteln oder in bunten Plastiktüten, die so alt waren, dass sie selbst schon Raritäten waren.

»Sarah, also Nicolas' Mutter, hat sich kurz nach ihrer Hochzeit mit David darum gekümmert, die Sachen hier oben zu sortieren, und sie zum Schutz verpackt. Ich glaube, da sind sogar einige Hochzeitskleider dabei.«

»Wirklich?«, fragte Lotte neugierig, fast ein wenig ehrfürchtig.

Bernard nickte.

»Ja. Das von meiner Mutter müsste da sein. Und vermutlich auch das von Henriette, der ersten Frau meines Vaters. Sie starb nach der Geburt ihrer zweiten Tochter im Kindbett.«

»Wie traurig.«

Bernard nickte. »Vater hat damals ein Kindermädchen für seine Töchter eingestellt. Und sie ein paar Jahre später zu seiner zweiten Frau gemacht, mit der er noch zwei Söhne bekam: meinen Bruder Louis und mich. Einige Kleider von Louis' Frau müssten ebenfalls da sein. Die beiden hatten eine Tochter, Miriam. Sie und ihr Mann Eduard Leclaire waren die Eltern von David und lebten mit ihm in Paris. Die beiden verunglückten leider sehr früh, da war ihr Sohn gerade mal ein Teenager. Mein Bruder und seine Frau lebten damals schon nicht mehr. Also habe ich David zu mir geholt und wie meinen eigenen Enkelsohn aufgezogen.«

Bernards Blick war während des Sprechens in die Ferne geschweift, als ob er in die Vergangenheit zurückschaute.

»Das ist alles sehr lange her, und doch sind die Erinnerungen so intensiv, als hätte ich meinen Bruder Louis erst vor Kurzem zuletzt gesehen«, murmelte er.

Lotte kannte die Familiengeschichte bereits von Nicolas. Aber sie aus dem Mund von Bernard zu hören, der – bis auf die erste Frau seines Vaters – all diese Menschen gekannt und im Laufe der Jahrzehnte verloren hatte, berührte sie.

Lotte, die sonst nie um ein Wort verlegen war, wusste nicht so recht, was sie sagen sollte. Für ein paar Sekunden herrschte Stille.

»Also in diesem Schrank ist der Koffer jedenfalls nicht«, meinte sie schließlich und schloss die Tür. Doch vielleicht würde sie ein anderes Mal wieder auf den Speicher kommen, um die Kleider und Hüte genauer in Augenschein zu nehmen. Natürlich nur, falls niemand aus der Familie etwas dagegen hatte.

»Wann hast du denn den Koffer auf den Speicher geräumt?«, fragte sie.

»Irgendwann Anfang der 50er Jahre«, antwortete Bernard und lächelte über ihre verdutzte Miene.

»Verstehe. Da könnte ich mich sicher auch nicht mehr erinnern. Ich weiß ja noch nicht einmal mehr, was ich gestern zum Abendessen hatte«, scherzte Lotte, die gleich ein schlechtes Gewissen verspürte, denn Vergesslichkeit war angesichts von Marias Demenz in dieser Familie ein zu heikles Thema, um darüber Späße zu machen.

»Entschuldige … ich wollte nicht …«, begann sie und suchte nach passenden Worten.

Bernard winkte jedoch ab und lächelte gutmütig.

»Schon gut, Lotte. Du meinst es ja nicht böse. Vielleicht sollte man dem Leben und damit auch den Problemen ohnehin mit viel mehr Humor begegnen.«

Lotte nickte.

»Vermutlich würde es manches tatsächlich leichter machen«, stimmte sie ihm zu.

Sie öffnete einen weiteren Schrank. Auf der einen Seite befanden sich Schachteln mit uraltem Christbaumschmuck, auf der anderen Seite Spielsachen: Puppen, Gesellschaftsspiele, Bauklötze, Matchboxautos. Es gab sogar eine alte

Dampfmaschine und einen Metallbaukasten für Kinder. In einer großen Holztruhe wurden Geschirr, Gläser und Vasen aufbewahrt, in einer anderen alte Schulbücher, Hefte und Atlanten. Unter einer Schutzhaube entdeckte sie eine alte Singer Nähmaschine mit Handkurbelbetrieb.

»Wow. Ein Antiquitätenhändler würde hier oben glänzende Augen bekommen«, sagte Lotte.

Bernard hob kurz seine Schirmmütze an und fuhr sich durch die silbrigen Haare.

»Manches ist vielleicht wirklich zu schade, um auf dem Speicher zu stehen. Früher waren das für uns nur alte Möbel und Dinge, die man gerade nicht mehr brauchte, die aber noch zu gut waren, um sie wegzuwerfen. Inzwischen sind einige Sachen tatsächlich zu kostbaren Antiquitäten geworden.«

»Das ist schon fast wie in einem Museum. Hier könnte man sich den ganzen Tag aufhalten.«

»Wenn es nicht ganz so zugig wäre.«

Lotte nickte. Es war tatsächlich eiskalt auf dem Speicher.

»Vielleicht dort hinten!« Bernard deutete mit seinem Gehstock zu einer alten Spiegelkommode in einer Ecke, neben der mehrere aufgerollte Teppiche an der Wand lehnten. Lotte musste erst ein paar Kartons zur Seite schieben, um zur Kommode zu gelangen. Doch auch hier wurde sie nicht fündig. In den Schubladen lagen sorgfältig in Seidenpapier eingehüllt fünf Handpuppen mit geschnitzten Holzköpfen.

»Wow – die sind ja toll!«, rief sie begeistert.

Bernard kam näher und lächelte plötzlich.

»Mein Vater hat sie geschnitzt und Mutter die Kleider genäht!«, sagte er. »Damit haben mein Bruder und ich als Kinder stundenlang gespielt.«

»So alt sind die Puppen schon?«

Er nickte.

»Schade, dass sie hier oben völlig in Vergessenheit geraten sind.«

»Denkst du, die kleine Ella würde sich freuen, sie zu bekommen?«, fragte Bernard.

Lotte wusste zwar nicht, ob zehnjährige Kinder noch viel mit Puppen spielten, aber diese Handpuppen hier waren auf jeden Fall etwas Besonders.

»Ja. Ich denke schon, dass sie sich freuen würde. Vor allem, wenn sie erfährt, dass du schon als Kind damit gespielt hast.«

»Dann nehmen wir sie mal mit nach unten. Patricia kann mir bestimmt helfen, sie ein wenig aufzupäppeln.«

Lotte packte die Figuren sorgfältig in einen leeren Karton und stellte ihn an die Tür. Dann sahen sie sich wieder nach dem Koffer um. Erst weitere fünf Minuten später hatten sie hinter einem Bettgestell Erfolg.

»Da ist er ja!«, rief Bernard, und seine Stimme klang plötzlich aufgeregt.

Lotte holte den Koffer hervor und klopfte den gröbsten Staub ab. Inzwischen war sie unglaublich neugierig, was sich darin befand. Doch zu ihrem Erstaunen bat Bernard sie nur, den Koffer und die Puppen in sein Zimmer zu bringen, und bedankte sich dort später für ihre Hilfe.

»Das war wirklich sehr nett von dir, Lotte, dass du mir geholfen hast«, sagte er.

»Falls du sonst noch was brauchst, sag einfach Bescheid«, bot sie an.

»Merci. Aber für heute möchte ich dich nicht mehr länger aufhalten.«

Offensichtlich konnte er es kaum mehr erwarten, den Koffer zu öffnen. Allein.

Lotte versuchte, sich eine gewisse Enttäuschung nicht anmerken zu lassen.

»Ich habe mich gern aufhalten lassen«, beteuerte sie. »Soll ich dir vielleicht eine Tasse Tee machen, damit du dich aufwärmen kannst?«

Und vielleicht kann ich dabei doch einen Blick in den Koffer erhaschen?

»Das ist nett, aber ich komme lieber später auf einen Milchkaffee in die Küche.«

»Gut, dann bis später.«

Als Lotte in die Küche ging, kreisten ihre Gedanken noch immer darum, was wohl in einem Koffer sein konnte, der fast siebzig Jahre ungeöffnet auf dem Speicher gestanden hatte. Es musste jedenfalls etwas sein, das eine besondere Bedeutung für Bernard hatte. Und sie hoffte, dass sie es irgendwann doch noch erfahren würde.

Kapitel 6

Lebkuchenherzen

Nur noch zehn Tage bis Heiligabend, und Lotte hatte immer noch kein einziges Weihnachtsgeschenk besorgt. Doch während sie für die meisten ihrer Lieben immerhin eine Idee hatte, zerbrach sie sich nach wie vor den Kopf, was sie Nicolas schenken könnte. Und das gab ihr langsam ein wenig zu denken. Kannte sie ihren Freund einfach noch nicht gut genug, um zu wissen, worüber er sich freuen würde? Oder machte sie sich nur zu viel Druck, weil es ihr erstes Weihnachten als Paar sein würde und sie etwas Besonderes für ihn wollte?

Heute hatte sie im Büro früher als üblich angefangen und ihre Arbeit erledigt, damit sie sich ab dem späten Vormittag den restlichen Tag freinehmen konnte. Den Hund gab sie in die Obhut von Patricia und Maria und fuhr nach Colmar zum Shoppen.

Auch jetzt um die Mittagszeit waren bereits zahlreiche Besucher auf den Weihnachtsmärkten und in den Geschäften unterwegs. Doch leider hatten Tauwetter und Regenfälle den Schnee, der den Markt zu Anfang des Advents fast märchenhaft eingezuckert hatte, wegschmelzen lassen. Das tat der Attraktivität des Städtchens für die vielen Menschen, die sich hier tummelten, jedoch keinen Abbruch.

In einer Buchhandlung in der Nähe des imposanten Martinsmünsters am Place de la Cathédrale besorgte sie für Katjas Halbschwester Ella die französische Ausgabe von Pinocchio. Das Mädchen war nicht nur ein leidenschaftlicher Bücherwurm, sondern seit einer Weile fleißig dabei, die Muttersprache ihres Urgroßvaters zu lernen. Bernard hatte einen Narren an der Kleinen gefressen und übte mit ihr einmal in der Woche eine Stunde per Videochat die richtige Aussprache, fragte sie Vokabeln ab und dachte sich kleine Übungen für sie aus. Wie Lotte von Katja wusste, hatte Ella inzwischen schon große Fortschritte gemacht. Sicherlich würde sie sich über das Buch freuen, mit dem sie ihre Kenntnisse noch weiter vertiefen konnte, dachte Lotte, als sie den Laden verließ.

Ihr nächstes Ziel war ein Süßigkeitenladen, um für Patricia zwei verschiedene Sorten handgefertigter Bonbons aus Fruchtgelee zu besorgen, die die Haushälterin besonders gern mochte, wie Lotte herausgefunden hatte. Die Bonbons wurden in hübschen Schraubgläsern angeboten, die man später als Vorratsgefäße nutzen konnte.

Zwei Stunden später stand die erschöpfte Lotte, vollbepackt mit Geschenken und mit knurrendem Magen, hinter einer langen Schlange an einem Stand, an dem Crêpes in verschiedenen Variationen angeboten wurden. Sie hatte für alle Geschenke gekauft, sogar für Nicolas' Mutter einen hübschen Seidenschal. Und auch für Noël würde ein lustiges Hundespielzeug unter dem Weihnachtsbaum liegen. Nur für Nicolas, da war sie immer noch ratlos. Doch für heute hatte sie vom Einkaufen genug.

»Lotte?«

Sie drehte sich um und war überrascht, Nicolas' Vater zu sehen.

»Hallo, David! Hast du auch Appetit auf Crêpes?«, fragte sie und wechselte eine schwere Tasche von einer Hand in die andere, damit sie eine Hand frei hatte.

»Nein, ich komme gerade von einem Geschäftstermin!«, erklärte er. »Kann ich dir was abnehmen?«

»Danke, das geht schon.«

»Ach was! Lass dir doch helfen.«

»Na gut.«

Sie gab ihm die beiden großen Taschen.

»Wow. Ganz schön schwer. Du hast wohl halb Colmar leer gekauft!«, stellte er mit einem amüsierten Blick fest.

»Keine Sorge, ein paar Sachen habe ich schon noch übrig gelassen.«

Er grinste.

Als sie David im letzten Jahr kennenlernte, hatte er sich nicht gerade von seiner besten Seite präsentiert. Es hatte an Weihnachten sogar mächtigen Streit gegeben, als mit Maria Bernards Tochter aus Bayern aufgetaucht war, von der vorher nie jemand etwas gehört hatte. Dazu auch noch Katja und Ella, Bernards Urenkelinnen. David war darüber überhaupt nicht begeistert gewesen und hatte sie sogar als Erbschleicherinnen bezeichnet, die es auf das Weingut abgesehen haben könnten. Doch nachdem Bernard ihm ordentlich den Kopf zurechtgerückt und ihm klargemacht hatte, was für ein Geschenk es für ihn war, in seinem hohen Alter endlich die Tochter kennenzulernen, die aus der kurzen Beziehung zu seiner großen Liebe entstanden war, hatte David eingelenkt und war zugänglicher geworden. Und inzwischen verstand er sich mit Lotte recht gut, auch wenn er generell etwas ernster und weniger gesellig war als der Rest der Familie.

Endlich kam Lotte an die Reihe.

»Möchtest du ganz sicher nichts?«, fragte sie.

»Nein, wirklich nicht. Danke, Lotte.«

Sie bestellte zwei traditionelle Crêpes mit Erdbeermarmelade und verspeiste sie genüsslich, während sie mit David über seinen bevorstehenden Weihnachtsurlaub nach Teneriffa plauderte.

»Sag mal, David, kannst du mir vielleicht einen Tipp geben, worüber Nicolas sich freuen würde?«, fragte sie ihn schließlich. »Ich weiß, eigentlich sollte ich das selbst herausfinden, aber irgendwie fällt mir einfach nichts ein«, gab sie zu.

David lächelte, und dabei war seine Ähnlichkeit zu Nicolas besonders deutlich zu erkennen.

»Eigentlich kannst du überhaupt nichts falsch machen, Lotte. Nicolas freut sich über jedes Geschenk. Wirklich. So war er schon als kleines Kind. Sogar als er die selbst gestrickten Socken meiner damaligen Schwiegermutter ausgepackt hat, strahlte er nur so vor Freude. Dabei war die Wolle so kratzig, dass man die Socken kaum tragen konnte. Aber mein schlauer Sohn hat sie einfach zur Aufbewahrung für seine Murmeln genutzt und sie meiner Schwiegermutter jedes Mal ganz stolz gezeigt, wenn sie zu Besuch kam.«

»Nicolas ist echt besonders, ein richtiger Sonnenschein!«, gab Lotte ihm recht und wischte sich die fettigen Finger an einer Papierserviette ab. »Aber irgendwie macht es die Sache für mich damit auch nicht einfacher.«

»Du wirst ganz sicher das Richtige finden, und zwar aus dem Grund, weil es einfach nichts Falsches für ihn gibt«, meinte David. »Ach ja, übrigens, Nicolas hat mir von deiner Idee für ein kleines Weinlokal am Hof erzählt.«

»Und was hältst du davon?«, fragte Lotte gespannt.

»Ich kann mir schon vorstellen, dass das funktionieren könnte«, meinte er. »Und da du vom Fach bist, weiß ich, dass das nicht einfach nur so eine Spinnerei von dir ist oder du irgendwelche naiven Vorstellungen verfolgst, wie das viele Leute tun, die denken, jeder kann erfolgreich einfach mal so eine Gastwirtschaft eröffnen.«

Sie nickte.

»Ich weiß ganz genau, was alles dranhängt, und auch, wie leicht es schiefgehen kann. Und ich würde das Risiko auch mittragen mit meinem eigenen Geld.«

»Das ist etwas, das wir mit Bernard besprechen müssen. Noch gehört ihm der Hof ganz allein. Am besten setzen du, Nicolas und ich uns nach meinem Urlaub mal in Ruhe zusammen und besprechen die Sache.«

»Sehr gern. Und danke, dass du überhaupt so offen dafür bist, David.«

Er lächelte, etwas, das er eher selten tat.

»Ich mag es, wenn Menschen sich für ihre Arbeit engagieren. Und ich habe die letzten Monate auch gesehen, wie sehr du dich überhaupt bei allem auf dem Hof einbringst. Wir schauen jetzt einfach, wie groß der Aufwand wäre, das umzusetzen, und dann klären wir es mit Bernard«, meinte er und warf dann einen Blick auf seine Armbanduhr.

»Lotte, ich muss jetzt leider los. Ich habe in einer halben Stunde den nächsten Termin in meinem Büro.«

»Klar, ich wollte dich auch gar nicht aufhalten. Trotzdem, vielen Dank, dass du mir beim Essen Gesellschaft geleistet hast.«

»Gern.«

»Du kommst doch am Sonntag?« Es war eine Art ungeschriebenes Gesetz, dass die Familie sich einmal in der Woche gemeinsam am Mittagstisch versammelte.

»Natürlich … *Salut,* Lotte.«

»*Salut,* David.«

Nachdem sie sich verabschiedet hatten, machte Lotte sich gedankenverloren auf den Rückweg. Dass auch David ihrem Plan eines Weinlokals positiv gegenüberstand, freute sie. Vielleicht konnte tatsächlich etwas aus ihrem Vorhaben werden.

An einem Stand mit Lebkuchenherzen hielt sie inne. Auch wenn sie kein richtiges Geschenk für Nicolas gefunden hatte, würde er sich vielleicht über ein süßes Mitbringsel freuen.

»Bitte ein Lebkuchenherz!«, rief sie dem jungen Verkäufer zu.

Doch als sie die Geschenke zu Hause hinter einem Stapel Sommerhosen in ihrer Kommode versteckte, stellte sie fest, dass das Lebkuchenherz unter der Folie beim Transport in der Mitte auseinandergebrochen war.

»Ach, nein, wie blöd!«, ärgerte sie sich.

So konnte sie es Nicolas nicht mehr schenken. Sie zuckte die Schultern. Dann würde sie es eben selber essen. Im Moment war sie noch satt von den süßen Crêpes, deswegen legte sie das Lebkuchenherz in ihre Nachttischschublade. Irgendwann bekäme sie bestimmt Appetit darauf, und bei ihrem nächsten Besuch in Colmar würde sie einfach ein neues Herz für Nicolas besorgen. Doch plötzlich hatte sie eine andere Idee. Maria brauchte sowieso eine abwechslungsreiche Beschäftigung. Lotte könnte mit ihr Lebkuchen backen und mit buntem Zuckerguss ein ganz persönlich verziertes Herz für Nicolas gestalten. Das wäre zwar immer noch kein richtiges Weihnachtsgeschenk, aber eine nette kleine Aufmerksamkeit.

Eine halbe Stunde später machte Lotte sich bereits mit Maria an die Zubereitung des Teiges. Glücklicherweise waren alle Zutaten dafür im Haus. Noël hatte sich auf einer Decke vor dem Heizkörper gemütlich eingekuschelt und schnarchte vor sich hin. Aus dem Radio lief leise Musik.

»Wir müssen den Honig, die Butter und den Zucker in einem Topf erwärmen und umrühren, bis der braune Zucker sich aufgelöst hat«, las Lotte aus der Anleitung auf ihrem iPad vor und gab die Zutaten in einen kleinen Topf am Herd. »Hier steht zwar nichts im Rezept, aber soll ich vielleicht noch ein wenig Vanillezucker dazugeben?«

Maria zuckte mit den Schultern.

»Keine Ahnung, Lotte. Ich hab noch nie selbst Lebkuchen gebacken.« Sie legte den Kopf ein wenig schief und schien nachzudenken. »Zumindest kann ich mich nicht daran erinnern, dass ich das jemals gemacht hätte«, fügte sie etwas trocken hinzu. An guten Tagen wie heute nahm sie ihre Krankheit meistens sehr fatalistisch und mit einem gewissen trockenen Humor hin. Lotte bewunderte sie dafür.

»Vanillezucker ist doch immer gut, also würde ich ihn einfach reinmachen«, schlug Maria vor.

»Stimmt, dann mache ich das.«

»Weißt du, früher hatte ich immer nur ganz wenig Zeit, um zu backen. Als alleinerziehende Mutter und mit dem Schmuckgeschäft, da hatte der Tag viel zu wenig Stunden, um alles unter einen Hut zu bekommen. Vor allem in der Vorweihnachtszeit, wenn im Geschäft am meisten los war«, erklärte sie.

»Hattest du denn damals keine Hilfe im Geschäft oder im Haushalt?«, fragte Lotte neugierig.

»Meine Mutter hat im Laden mitgearbeitet, solange sie konnte. Eine Haushaltshilfe hatten wir schon auch stundenweise, sonst hätte ich das nie alles schaffen können mit dem Geschäft und dem Kind, so ganz ohne Mann. Und später dann stieg natürlich Karl ein. Der hat schon als kleiner Junge viel Zeit bei mir in der Goldschmiedewerkstatt verbracht.« Karl war ihr einziger Sohn gewesen, der im letzten Jahr so überraschend gestorben war. »Genau wie ich als kleines Mädchen. Da war ich auch immer am liebsten bei meiner Mama und meinem Opa in der Werkstatt. Mein Vater starb ja leider im Krieg.«

Sie schien offenbar so in der Vergangenheit versunken zu sein, dass sie ganz vergaß, dass ihr Vater noch lebte, auch, wenn sie das bis vor einem Jahr tatsächlich nicht gewusst hatte.

Lotte korrigierte sie nicht. Sie genoss es, mit Maria zu plaudern, wenn sie Geschichten von früher erzählte, auch wenn ab und zu mal etwas durcheinanderging.

»Katja hat mir erzählt, dass es auch für sie keinen schöneren Ort gab als die Werkstatt«, sagte sie stattdessen.

»Wir sind eben alle in der Familie leidenschaftliche Goldschmiede«, meinte Maria mit einem stolzen Blick.

Während Maria im Topf das Gemisch verrührte, wog Lotte die anderen Zutaten ab. Nachdem der Zucker sich aufgelöst hatte, stellte Maria den Topf zum schnellen Abkühlen draußen auf die Fensterbank.

Lotte mischte Mehl, Backpulver, etwas Salz, Lebkuchengewürz und Kakao und verrührte alles zusammen mit einem Ei mit der abgekühlten Masse zu einem glatten Teig.

»Jetzt muss er noch mindestens eine Stunde im Kühlschrank ruhen. Sollen wir beide inzwischen mit Noël einen Spaziergang machen?«, schlug Lotte vor.

»Du meinst, damit ich ja schön fit bleibe?«, fragte Maria, und ihre Stimme klang plötzlich etwas seltsam.

»Na ja, mir und Noël schadet es sicher auch nicht, wenn wir uns bewegen«, meinte Lotte mit einem Lächeln und klopfte gegen ihre Hüfte. »Manchmal denke ich sogar, du hast mehr Kondition als ich, Maria.«

Nun lachte Maria bitter auf. Die schöne Stimmung von vorhin mit den Erinnerungen an früher war wie weggeblasen.

»O ja. Meine Kondition ist gut. Richtig gut. Mein Vater, ihr alle hier sorgt dafür, dass ich regelmäßig Sport mache und mich gesund ernähre. Bei der Untersuchung vor drei Wochen meinte die Hausärztin, dass meine Werte geradezu bilderbuchmäßig sind und die meisten Menschen in meinem Alter mich darum beneiden würden.«

»Aber das ist doch gut!«, warf Lotte ein.

»Das wäre es, wenn auch mein Gehirn mitmachen würde!«, rief Maria plötzlich so zornig, dass Noël erschrocken den Kopf hob.

»Maria, du kannst doch …«

Doch Maria unterbrach sie barsch.

»Ich weiß ganz genau, was auf mich zukommen wird, Lotte. Und gerade deswegen frage ich mich, ob es nicht besser wäre, mein Körper wäre nicht ganz so fit. Dann würde er vielleicht aufgeben, bevor ich die Kontrolle und meine Würde völlig verloren habe und es mich – Maria Tanner – gar nicht mehr gibt, auch wenn ich noch nicht tot bin.«

Marias Worte waren scharf wie eine Axt. Noch nie hatte Lotte sie so erlebt. Doch sie wusste, dass auch solche Zornesausbrüche und Stimmungsschwankungen zum Krankheitsbild gehören konnten. Sie schluckte und suchte hilflos nach Worten.

Noël war inzwischen von seiner Decke aufgestanden und trappelte auf seinen dünnen Beinchen zu Maria. Offenbar spürte er ihre Aufregung. Er setzte sich vor sie und sah sie mit seinen kleinen Knopfaugen an.

»Es tut mir leid!«, murmelte Maria. Ihr Zorn war ganz plötzlich zu Niedergeschlagenheit geworden. »Ich wollte euch nicht erschrecken.«

Sie nahm den Hund und hob ihn hoch.

»Und dich schon gleich gar nicht. Schon gut, mein … mein kleiner … Mist – jetzt hab ich deinen Namen schon wieder vergessen.«

In ihren Augen schimmerten Tränen.

»Noël. Er heißt Noël«, sagte Lotte ruhig.

»Ja … Noël. Es tut mir leid, mein kleiner Noël, dass ich mich so schrecklich benehme.« Sie streichelte sanft über seinen Kopf.

»Es muss dir nicht leidtun, Maria. Ich glaube, es ist wichtig und richtig, es ganz offen auszusprechen, wie du dich fühlst«, sagte Lotte nun, die Maria längst wie eine Großmutter in ihr Herz geschlossen hatte. »Denn es ist verdammt noch mal eine schlimme Krankheit. Vielleicht drücken wir uns manchmal davor, den Tatsachen ins Auge zu sehen und Klartext zu sprechen, weil wir unsicher sind und das, was die Zukunft bringen wird, uns Angst macht.«

Sie ging zu Maria, die immer noch Noël trug, und legte einen Arm um ihre Schultern. »Aber weißt du, ich habe deine Familie inzwischen gut kennengelernt, und eines weiß ich ganz sicher: Wir alle werden so gut wie möglich für dich da sein, und du weißt, dass sämtliche medizinischen und therapeutischen Möglichkeiten ausgeschöpft werden, um es für dich so leicht wie möglich zu machen. Auch wenn du irgendwann nicht mehr weißt, wer du bist und wer wir sind, deine Familie wird es wissen, Maria, und sie wird dich nicht im Stich lassen.«

In diesem Moment hörten sie ein leises Räuspern. Sie drehten sich um zur Tür. Bernard war gekommen, und ihm war anzusehen, dass er einen Teil des Gesprächs mitbekommen hatte. Für ihn als Siebenundneunzigjährigen musste es besonders hart sein zu wissen, dass die Zeit, die er für seine Tochter da sein konnte, nur mehr begrenzt war. Offenbar fehlten auch ihm im Moment die Worte.

»Maria und ich backen heute Lebkuchenherzen!«, sagte Lotte deswegen und versuchte, ihre Stimme fröhlich klingen zu lassen. Was ihr glücklicherweise gelang.

»Lebkuchenherzen?«, hakte Bernard nach, als ob er das Wort noch nie gehört hätte, und schien erleichtert über den Themenwechsel.

»Ja. Der Teig muss nur noch ein wenig ruhen!«, fügte Maria hinzu und streichelte wieder Noël, der mucksmäuschenstill bei ihr im Arm lag. »Lotte und ich werden inzwischen mit dem Hund spazieren gehen. Mit Noël.«

Maria und Lotte genossen die Sonne, die sich am Nachmittag durch die Wolkendecke geschoben hatte, und waren länger mit Noël unterwegs als geplant. Um auf andere Gedanken zu kommen, erzählte Lotte einige Geschichten aus der gemeinsamen Zeit mit Katja in Brasilien. Maria hörte ihr aufmerksam zu, war aber sehr wortkarg. Als die Wolken am Himmel sich wieder zuzogen, bat sie, langsam wieder umzukehren.

»Fühlst du dich nicht wohl?«, fragte Lotte.

»Doch, ich bin nur ein wenig müde und möchte mich ein Stündchen hinlegen.«

»Was ich dir vorhin noch sagen wollte, Maria …«, kam Lotte nun doch noch mal auf das schwierige Thema zurück, als sie nur noch wenige hundert Meter vom Anwesen entfernt waren, »… der Sport und die Bewegung an der frischen Luft tun nicht nur deinem Körper gut, sondern können auch helfen, das Fortschreiten der Krankheit zu verlangsamen.«

Maria warf ihr einen Blick zu und lächelte plötzlich.

»Ich weiß. Katja erzählt mir ständig von allen möglichen Studien und was mir vielleicht guttun und helfen könnte. Vor ein paar Tagen hat sie mir sogar vorgeschlagen, ich solle einen Tanzkurs machen. Und das in meinem Alter! Ich habe ihr gesagt, ich würde mich anmelden, aber nur, wenn sie mir auch einen attraktiven Tanzpartner organisiert!«

Für einen Moment war wieder ein schelmisches Funkeln in ihren Augen zu sehen, und Lotte war erleichtert.

»So einen treiben wir ganz bestimmt für dich auf!«, versprach sie.

Als sie zurück im Haus waren, tranken Maria und Lotte noch eine Tasse Tee, bevor die alte Dame sich hinlegte. Noël wich nicht von ihrer Seite und machte es sich auf seiner Decke in Marias Zimmer bequem.

Lotte hatte keine Lust mehr, sich die nächsten Stunden allein in die Küche zu stellen, um zu backen, und beschloss, stattdessen zu Nicolas gehen, der im Weinkeller beschäftigt war. Vielleicht konnte er ihre Hilfe brauchen. Den Teig konnte sie auch noch am nächsten Tag zu Lebkuchen verarbeiten. Doch jetzt sehnte sie sich nach einem Kuss und einer langen Umarmung.

Bevor sie ging, klopfte sie an der Tür zu Bernards Zimmer, das neben dem von Maria lag.

»Ja?!«

Sie trat ein.

Bernard saß am Schreibtisch und las in irgendwelchen Unterlagen.

»Maria ruht sich ein wenig aus, und ich schau rüber zu Nicolas«, informierte sie ihn. »Ich weiß noch nicht, wie lange ich drüben im Weinkeller sein werde.«

»Alles klar, dann weiß ich Bescheid.«

Sie wollte das Zimmer schon wieder verlassen, da sagte Bernard: »Danke für das, was du vorhin zu Maria gesagt hast.«

Lotte seufzte.

»Es ist so schwer, dass man nicht mehr für sie tun kann«, murmelte sie.

Er nickte mit traurigem Blick.

»Man fühlt sich einfach nur hilflos. Aber trotzdem müssen wir das Beste daraus machen, damit wir alle noch eine möglichst schöne Zeit zusammen erleben dürfen.«

»Das werden wir, Bernard.«

Draußen dämmerte es bereits, und es wehte ein eisig kalter Wind, der winzige Schneeflocken vor sich hertrieb. Als sie über den Hof eilte, kam Nicolas ihr in einem dick wattierten Anorak entgegen. Bei seinem Anblick fühlte sie sich schlagartig besser.

»Gerade wollte ich dich besuchen«, sagte sie.

»Und ich dich!«, meinte er vergnügt. Er zog sie an sich und gab ihr einen Kuss.

»Weißt du was? Für heute mache ich Feierabend«, erklärte er, nachdem sie sich wieder voneinander gelöst hatten.

»Super Idee!«

Hand in Hand gingen sie eilig zurück ins Haus.

Lotte überlegte kurz, ob sie ihm von dem Gespräch mit Maria erzählen sollte, aber wenn er deswegen auch bedrückt wäre, half das niemandem. Ihr lag das Ganze immer noch ein wenig im Magen. Sie musste versuchen, das Unausweichliche, das mit Marias Krankheit einherging, zumindest ein wenig gelassener zu nehmen.

»Was hältst du davon, wenn wir uns nach dem Abendessen ein Schaumbad einlassen und uns gemütlich in die Wanne legen? Mit Kerzen, Süßigkeiten und einem Glas Wein«, schlug er mit einem frechen Zwinkern vor.

»Hm … Gehört da eine Fußmassage dazu?«

»Auch … ja.«

»Überredet!«

»Dann haben wir beide später ein Date in der Wanne.«

»Ich kann es kaum erwarten.«

Sie küssten sich erneut, und Lotte freute sich, dass immer noch jedes Mal Schmetterlinge in ihrem Bauch flatterten – fast so wild wie bei ihrem allerersten Kuss, bei einem Spaziergang mitten in den Weinbergen.

»Und jetzt geh ich in die Küche und bereite das Abendessen vor«, sagte er.

»Ich komme mit und helfe dir!«

»Umso schneller können wir uns später dann abseilen«, meinte er verschmitzt.

Der romantische Abend fiel buchstäblich ins Wasser, aber leider nicht wie geplant. Während des Abendessens stocherte Lotte nur lustlos im Teller herum. Eigentlich hatte sie schon ein etwas flaues Gefühl im Magen, seitdem sie vom Spaziergang mit Maria zurückgekommen war, hatte es aber zunächst auf das emotionale Gespräch geschoben. Doch inzwischen musste sie sich eingestehen, dass es nicht nur daran liegen konnte.

»Hast du dich vielleicht erkältet?«, fragte Nicolas besorgt, nachdem sie sich mit einer Wärmflasche früh ins Bett gelegt hatte.

»Kann ich mir nicht vorstellen«, murmelte sie und kämpfte gegen einen Schwindel, der sich zusätzlich zur Übelkeit eingestellt hatte.

»Was hast du denn heute gegessen?«

»Zum Frühstück Joghurt mit Obst und in Colmar zwei Crêpes mit Marmelade.« Sie schluckte. »Aber wenn ich nur daran denke, wird mir noch übler …«

Sie schloss die Augen und versuchte, den aufsteigenden Brechreiz zu unterdrücken.

»Ach je … vielleicht hast du dir mit den Crêpes den Magen verdorben, mein Schatz. Wer weiß, wie lange der Teig da manchmal herumsteht.«

»Ich glaube auch.«

Er holte einen nassen Waschlappen und legte ihn auf ihre Stirn.

»Danke, Nicolas. Das tut gut!«

»Soll ich die Hausärztin anrufen?«

»Nein. Wirklich nicht … Ich versuche einfach, ein wenig zu schlafen.«

»Na gut. Aber wenn es dir morgen nicht besser geht, dann fahr ich dich in die Praxis.«

Am nächsten Morgen war das flaue Gefühl zwar noch nicht ganz verschwunden, aber es ging ihr deutlich besser, und sie konnte auch wieder arbeiten. Nicolas war erleichtert, dass sie sich besser fühlte, als er am Vormittag mit ihr und Bernard über neue Etiketten für die Flaschen des Pinot Noir sprach. Er hatte einige Skizzen der Grafikdesignerin als Vorschläge dabei. Sie nahmen zwei davon in die engere Auswahl und schickten sie David per Mail zu, um seine Meinung einzuholen.

»Da gibt es noch was, das wir besprechen müssen«, sagte Bernard. »Benno kam heute zu mir und hat gekündigt.«

Benno war ein noch rüstiger Rentner, der stundenweise als Hilfsarbeiter auf dem Hof mitarbeitete, immer da, wo er gerade gebraucht wurde. Ob bei der Weinlese, beim Beschneiden der Rebstöcke, beim Abfüllen oder bei kleinen Reparaturarbeiten.

»Aber warum das denn?«, fragte Nicolas völlig überrascht.

»Sein Sohn baut ein Haus, und da will er natürlich so viel wie möglich mithelfen, um Handwerkerkosten einzusparen.«

»Verstehe. Das ist schade. Benno war immer sehr zuverlässig. Ich werde mich gleich im neuen Jahr darum kümmern, einen neuen Mitarbeiter zu finden«, versprach Nicolas.

Am Nachmittag fühlte sich Lotte glücklicherweise wieder so fit, dass sie und Maria aus dem Teig vom Vortag Lebkuchenherzen in verschiedenen Größen backen konnten. Die aufwendige Verzierung mit Zuckerguss für das besondere Exemplar für Nicolas verschob sie jedoch aufs Wochenende.

Kapitel 7

Lissy

3. Adventssonntag

In der Nacht von Samstag auf Sonntag hatte es heftig geschneit. Und auch noch jetzt, früh am Morgen, schwebten vereinzelt dicke Flocken vom Himmel. Nicolas räumte die große Einfahrt mit der Schaufel am Traktor, Lotte schippte um das Haus herum einen Weg zum Garten frei, damit der Hund dort sein Geschäft verrichten konnte.

Noël fetzte in seinem wasserdichten neuen Hundemantel ganz in Neongrün, damit man ihn auch ja nicht übersehen konnte, aufgeregt hin und her und versuchte immer wieder, nach den Schneeflocken zu schnappen. Der kleine Kerl hatte sichtlich Spaß. In der kurzen Zeit, die er nun bei ihnen war, hatte er sich in jedes Herz geschlichen und war zu einem festen Familienmitglied geworden. Und Lotte hatte das Gefühl, dass auch Noël sich auf dem Weingut pudelwohl fühlte.

Nachdem Nicolas auch noch die Zufahrtsstraße geräumt und mit Splitt gestreut und Lotte Noëls Fell trocken gerubbelt hatte, lockte sie der Kaffeeduft in die Küche. Sie setzten sich zu Maria und Bernard an den hübsch gedeckten Frühstückstisch, und Nicolas zündete die drei Kerzen am Adventskranz an.

»David hat vorhin angerufen. Er schafft es heute Mittag leider nicht zum Essen und lässt sich entschuldigen«, sagte Bernard.

»Aber Karl kommt doch, oder?«, fragte Maria. Lotte hatte vorhin schon an ihrem Blick bemerkte, dass sie heute leider wieder ein wenig verwirrter war und nicht mehr wusste, dass ihr Sohn Karl nicht mehr lebte.

»Karl wird ...«, begann Bernard behutsam, doch Maria unterbrach ihn.

»Ich weiß schon, er kann nicht kommen«, unterbrach sie ihn. »Die Fahrt aus Bayern hierher nur für einen Tag ist doch ein wenig zu weit.«

Niemand wollte ihr widersprechen, denn bald genug würde sie sich wieder daran erinnern, dass Karl nie mehr wieder mit ihr zu Mittag essen würde.

»Möchte noch jemand Brioche?«, fragte Nicolas und reichte den Korb mit dem lauwarmen Hefegebäck herum.

In diesem Moment klingelte es an der Haustür.

»Ich geh schon«, sagte Lotte, stand auf und ging hinaus in die Diele. Sie öffnete die Tür. Draußen stand eine attraktive Frau, etwa in Lottes Alter, die einen hellen Kaschmirmantel trug. Auf schulterlangem dunklem Haar saß eine kecke, farblich zum Mantel passende Mütze.

»*Bonjour.* Ist Nicolas hier?«, fragte sie höflich auf Französisch.

»Moment …« Lotte wollte sich umdrehen, um ihn zu holen, doch da kam er schon auf sie zu.

»Lissy, ich dachte, du kommst erst später!«, rief er überrascht, ebenfalls in seiner Muttersprache.

Lissy? War das nicht der Name seiner Exfreundin?

Nicolas bestätigte diese Vermutung, indem er die beiden Frauen einander vorstellte. Lotte beherrschte inzwischen genügend Französisch, um sich an dem Gespräch zu beteiligen.

»Lotte, das ist Lissy. Meine frühere Partnerin. Und Lissy, das ist Lotte, meine Freundin.«

Die Frauen schüttelten sich zur Begrüßung die Hand, wobei Lotte bemerkte, dass Lissy sie von oben bis unten taxierte. Lotte ärgerte sich ein wenig, dass sie, im Gegensatz zu der eleganten Erscheinung, die Nicolas eben hereinbat, die roten Locken nur zu einem lässigen Dutt nach oben gebunden hatte und eine ausgewaschene Jeans und einen Oversize-Pulli trug, der ihre etwas üppigen Rundungen verbarg. Doch zum Schneeschippen hätte sie schließlich schlecht ein hübsches Kleid tragen können.

»Ich hoffe, ich störe nicht?«

»Aber nein«, beteuerte Nicolas.

»Ich weiß, eigentlich hatten wir vereinbart, dass ich erst am Nachmittag komme. Aber für später haben sie wieder heftige Schneefälle angesagt, deswegen dachte ich, ich könnte jetzt schon vorbeikommen und …«

»Kein Problem, Lissy. Warte bitte kurz, ich ziehe mich nur schnell an, dann gehen wir rüber ins Vorratslager.«

Lotte sah zwischen den beiden hin und her.

»Lissy hat ein paar Kisten Crémant, Riesling und Pinot Noir bestellt«, sagte Nicolas nun, der wohl bemerkt hatte, dass er Lotte eine Erklärung schuldig war.

Allerdings war die Bestellung bei ihr weder telefonisch noch per Mail oder über die Internetseite eingegangen, wie das normalerweise der Fall war.

»Der Pinot Noir fehlt mir besonders seit unserer Trennung … viel mehr als Nicolas«, scherzte Lissy unverblümt, und Nicolas lachte. Offensichtlich hatte die Französin Humor.

Inzwischen war Nicolas in seine Stiefel und die Jacke geschlüpft.

»Dann lass uns gleich mal rübergehen!«, forderte er Lissy auf.

»Noch mal pardon, dass ich am Sonntag so früh gestört habe, aber es hat mich gefreut, dich kennenzulernen, Lotte«, sagte Lissy.

»Ebenso.«

»Schönen Tag noch!«

Als die beiden nach draußen gegangen waren, hatte Lotte plötzlich das Gefühl, dass ihr die Brioche wie ein Stein im Magen lag. Nicolas und seine Exfreundin mussten in der letzten Zeit Kontakt gehabt haben, ohne dass er ihr davon erzählt hatte. Die beiden hatten sich im Vorjahr nach fast acht Jahren Beziehung getrennt, wie Nicolas Lotte erzählt hatte, ohne jedoch den genauen Grund zu nennen. Da Lotte selbst nicht gern über ihre früheren Beziehungen sprach, war das bislang für sie auch kein Problem gewesen. Doch zu sehen, wie harmonisch die beiden miteinander umgingen, erfüllte sie mit Fragen. Ohne es zu wollen, gingen ihr seine seltsamen Telefonate in der letzten Zeit wieder durch den Kopf. Verheimlichte er Lotte etwa, dass er häufiger Kontakt mit Lissy hatte?

Als sie wieder zurück in die Küche zu Bernard und Maria kam, hatte sich ihr Appetit in Luft aufgelöst. Sie brachte noch nicht einmal mehr einen Schluck Milchkaffee hinunter.

»Wer ist denn gekommen?«, fragte Bernard.

»Lissy. Sie holt bei Nicolas eine Weinbestellung ab«, erklärte sie kurz.

Bernard zog überrascht die Augenbrauen hoch.

»Lissy? Lissy ist hier?«

Lotte nickte.

»Kenne ich diese Lissy?«, fragte Maria mit einem nachdenklichen Blick, in Sorge, wieder einmal etwas vergessen zu haben.

»Nein, die kennst du nicht, Maria«, beteuerte Bernard. »Lissy war die frühere Freundin von Nicolas, und du bist ihr noch nie begegnet.«

»Gut zu wissen!«, murmelte Maria erleichtert.

»Hat sie eigentlich auch hier gewohnt?«, fragte Lotte wie nebenbei.

»Sie hat nur ab und zu hier übernachtet. Lissy hat ein Haus in Bergheim, etwa zwanzig Minuten Autofahrt entfernt von hier. Dort ist auch das Ingenieurbüro ihres Vaters, in dem sie mitarbeitet. Nicolas schlief meist ein paarmal in der Woche bei ihr. Hierher aufs Weingut wollte sie nie ziehen. Und Nicolas wollte nicht fest nach Bergheim.«

War das der Grund, warum die Beziehung zwischen den beiden nicht mehr funktioniert hatte? Weil sie sich nicht auf einen gemeinsamen Wohnort einigen konnten?

Das geht dich nichts an, Lotte!, sagte sie sich. Außerdem war er jetzt mit ihr zusammen, was sollte sie sich da um die Vergangenheit sorgen? Dass er allerdings Kontakt zu seiner Exfreundin hatte, ohne es ihr zu sagen, nagte schon ein wenig an ihr.

Bernard und Maria wollten nach dem Frühstück mit Noël ins Wohnzimmer, um eine Partie Scrabble zu spielen.

»Gehirntraining. Vater besteht darauf«, sagte Maria mit einem Schulterzucken.

»Ich nenne es lieber eine schöne Zeit mit meiner Tochter verbringen«, korrigierte Bernard.

»Das hört sich tatsächlich viel schöner an«, sagte Lotte.

»Wenn du möchtest, kannst du gern mitspielen.«

»Ein anderes Mal vielleicht«, winkte Lotte ab.

Während sie Teller, Gläser und Besteck in den Geschirrspüler räumte, warf sie immer wieder einen Blick aus dem Fenster.

Wieso dauert das denn so lange?

Nicolas und Lissy waren nun schon über eine Stunde im Lager. Sie seufzte. Bislang war sie in solchen Dingen immer ausgesprochen locker gewesen. Doch irgendwie schien sie in letzter Zeit ein wenig dünnhäutiger geworden zu sein. Glücklicherweise kam in diesem Moment ein Anruf von ihrer Mutter, der sie ablenkte.

»Moin, Lotte!«, begrüßte ihre Mutter sie mit ihrer typisch rauen Stimme, die sich anhörte, als wäre sie eine notorische Kettenraucherin. Dabei hatte sie noch niemals eine Zigarette zwischen den Lippen gehabt und lebte allgemein äußerst gesund.

»Guten Morgen, Mutter. Alles gut bei dir und Papa auf eurer Insel?«

»Klar doch. Uns geht es wie immer prächtig.«

Während sie telefonierte, wischte Lotte den Tisch ab.

»Und? Wie sieht es an den Feiertagen bei euch aus? Wohin flüchtet ihr diesmal?«, wollte Lotte wissen.

Auch wenn ihre Eltern wegen des Meditations-Zentrums schon lange keine größeren Reisen mehr machen konnten, so schlossen sie in der Weihnachtswoche den Betrieb und waren für ein paar Tage irgendwo unterwegs, um dem Weihnachtstrubel zu entkommen. Im letzten Jahr hatten sie eine Fischerhütte in Dänemark gemietet, obwohl keiner der beiden angelte.

»Das steht in diesem Jahr noch nicht ganz fest, Lotte. Dein Vater und ich sind uns nicht einig, was wir machen sollen«, erklärte Marion.

»Ihr seid euch nicht einig? Das ist ja mal ganz neu!«, meinte Lotte überrascht.

»Tja, auch bei uns kommt das mal vor. Aber wir werden sehen. Und wie geht es dir?«

»Och, bei mir ist alles super!«, antwortete Lotte und warf wieder einen Blick durchs Fenster. Nun sah sie, wie Lissy den Kofferraumdeckel ihres Wagens öffnete und Nicolas einen Karton Wein hineinhob. Dann gingen beide wieder ins Lager, vermutlich um noch weitere Kartons zu holen.

»Gefällt es dir denn immer noch so gut im Elsass?«, fragte Marion.

»Es ist toll hier, Mutter. Ich glaube, es würde dir und Papa auch gefallen.«

»Das kann gut sein.«

»Vielleicht schafft ihr es ja, im nächsten Jahr mal ein paar Tage freizumachen und uns zu besuchen.«

»Das lässt sich bestimmt mal einrichten.«

»Aber auf jeden Fall möchten Nicolas und ich irgendwann Ende Januar für ein paar Tage nach Föhr kommen, damit ihr euch endlich mal persönlich kennenlernt.«

»Ihr seid jederzeit herzlich willkommen, das weißt du ja«, beteuerte Marion.

»Danke. Ich freue mich schon, euch wiederzusehen!«

Kurz bevor sie mit Nicolas fest zusammengekommen war, hatte Lotte ihre Eltern für eine Woche auf Föhr besucht. Das erste Mal, seitdem sie Jahre zuvor mit Katja nach Brasilien aufgebrochen war.

»Ich mich auch, Lotte.«

Sie plauderten noch eine Weile, bis Marion sich schließlich verabschiedete.

»Gleich beginnt der Yogakurs für Frauen in den Wechseljahren. Das Seltsame daran ist, dass ich inzwischen auch zu dieser Gruppe zähle.«

Sie lachte trocken.

»Ach, ich sag's dir, mein Liebling, das mit dem Älterwerden geht alles viel schneller, als man denkt.«

»Du bist echt schon uralt«, scherzte Lotte. »Aber dafür hast du dich einigermaßen gut gehalten.«

»Ja, ja, ich hab dich auch lieb ... Aber jetzt muss ich wirklich in den Übungsraum.«

»Tschüss, Mama! Und richte Papa bitte schöne Grüße von mir aus.«

»Wird gemacht.«

Inzwischen war der Wagen von Lissy verschwunden, und Lotte hörte, wie draußen die Haustür aufgesperrt wurde. Sie ging zum Kühlschrank und schenkte sich ein Glas Sprudelwasser ein.

Nicolas kam in die Küche.

»Alles erledigt mit Lissy?«, fragte Lotte und merkte selbst, dass sie ein wenig spitz klang, was sie eigentlich gar nicht wollte.

»Ja.«

Er kam auf sie zu mit einem etwas verlegenen Lächeln im Gesicht.

»Lissy hat mich vor ein paar Tagen angerufen und gefragt, ob sie ein paar Kartons Wein bei uns kaufen kann«, erklärte er.

»Ja, das hab ich mir vorhin auch schon zusammengereimt«, meinte Lotte. »Ihr habt also noch Kontakt?« Fast ärgerte sie sich über diesen letzten Satz. Sie wollte sich nicht eifersüchtig anhören. Das passte normalerweise auch so gar nicht zu ihr.

»Eher selten. Weißt du, Lissy trinkt unseren Wein nicht nur selbst gern, sondern verschenkt ihn an Geschäftskollegen und Mitarbeiter des Ingenieurbüros und auch an Freunde.«

»Ist doch toll fürs Geschäft, wenn deine Ex noch eine so gute Kundin ist!«

»Schon, ja. Das macht dir doch nichts aus, oder?« Er sah sie mit einem Stirnrunzeln an.

»Aber nein«, beteuerte sie. »Das macht mir überhaupt nichts aus.«

Doch noch während sie es aussprach, merkte sie, dass dies nicht stimmte. Sollte sie ihm vielleicht doch sagen, dass sie das störte? Aber vielleicht hatte sie heute auch nur einen schlechten Tag. Und sie wollte das jetzt auch nicht unnötig aufbauschen.

Trotzdem, es wäre mir lieber gewesen, wenn du es mir vorher erzählt hättest.

»Schön!«

Damit war die Sache für Nicolas offenbar schon erledigt. Er zog sie an sich und gab ihr einen Kuss. Doch zum ersten Mal war dabei das Flattern der Schmetterlinge ein wenig verhaltener als bisher.

Kapitel 8

Das Geheimnis

Seit David ein kleines Kind war, hatte Bernard ihn immer ein paar Tage vor Weihnachten mit in den Wald genommen, um einen Tannenbaum zu schlagen. Und noch immer pflegten Onkel und Neffe diese Tradition und zogen meistens allein los. In diesem Jahr war Nicolas auch mit dabei. Am frühen Nachmittag machten sie sich auf den Weg, bepackt mit einer Thermoskanne Tee und belegten Brötchen.

Währenddessen erledigte Lotte zusammen mit Maria den Großeinkauf für Weihnachten beim Fleischer und im Supermarkt. Immerhin waren über die Feiertage mit Nicolas' Mutter und dem Besuch aus Bayern zusätzlich fünf Übernachtungsgäste im Haus, die morgen im Laufe des Tages eintreffen würden.

»So, ich glaube, das war's!«, sagte Lotte, nachdem sie mehrere Packungen Butter in den bis oben gefüllten Einkaufswagen gelegt hatte.

»Wir brauchen doch noch …«, begann Maria.

»Was denn?«, fragte Lotte.

»Na, du weißt schon ... diesen besonderen ...« Sie suchte krampfhaft nach dem Wort.

»Meinst du Joghurt? Käse?«

Maria schüttelte den Kopf.

»Na diese ganz kleinen weißen Dinger, verflixt noch mal, wie heißt das denn ...«, schimpfte sie, ungeduldig mit sich selbst.

»Reis?«

»Ja. Genau! Rundkornreis!«

»Stimmt. Den hätte ich jetzt glatt vergessen. Danke, dass du mich daran erinnert hast, Maria. Und einen Kürbis brauchen wir ja auch noch für das Kürbis-Risotto! Meine Güte, wo hab ich heute nur meinen Kopf?«

Maria grinste plötzlich.

»Wir sind beide in unserer Vergesslichkeit ein tolles Team«, sagte sie.

»Allerdings«, beteuerte Lotte und grinste ebenfalls.

Als sie vollbepackt zurückkamen, waren die Männer noch nicht wieder daheim.

»Das dauert immer länger, wenn sie den Weihnachtsbaum holen«, verriet Patricia, die in der Küche für später einen großen Topf Gulasch zubereitete.

Nachdem Lotte zusammen mit der Haushälterin die Einkäufe verstaut und Maria sich ein wenig hingelegt hatte, nutzte sie die Zeit, um auf ihrem iPad nach irgendeiner Inspiration zu suchen. Denn noch immer hatte sie keinen blassen Schimmer, womit sie Nicolas überraschen konnte. Und in zwei Tagen war bereits Weihnachten! Es war wie verhext. Natürlich könnte sie ihm irgendwas schenken: eine Armbanduhr, ein gutes Aftershave, einen besonderen Kugelschreiber – oder einfach nur ein Paar lustiger Socken, wie er sie so gerne trug. Und sicherlich würde er sich tatsächlich über jedes Geschenk freuen. Doch es fühlte sich für Lotte nicht richtig an, einfach nur irgendetwas für ihn zu kaufen. Sie wollte etwas Individuelles, Persönliches, etwas, das unterstreichen sollte, wie sehr sie ihn liebte. Sie seufzte resigniert. Für das kommende Jahr würde sie ihm vorschlagen, sich gegenseitig gar nichts mehr zu schenken. An Weihnachten sollte das Materielle ohnehin nicht im Vordergrund stehen, da hatten ihre Eltern schon recht, und sie waren ja schließlich keine kleinen Kinder mehr, die es nicht abwarten konnten, eine Überraschung auszupacken.

Nachdem sie eine Stunde lang vergeblich nach Ideen gesucht hatte, gab sie auf. Also doch ganz klassisch ein Aftershave, damit sie nicht völlig ohne Geschenk dastand? Oder – nun fiel ihr doch etwas ein, das immerhin eine Art nette Notlösung sein könnte: Eine Flasche wohlduftender Badeschaum, Kerzen und Pralinen für gemeinsame Stunden in der Badewanne. Letztlich war es doch ohnehin am kostbarsten, sich Zeit füreinander zu schenken, die sie wegen der Arbeit auf dem Weingut und der besonderen Situation der Familie viel zu selten für sich allein hatten. Sie würde gleich morgen früh losfahren, um die Sachen zu besorgen. Und dazu das Lebkuchenherz, das sie allerdings erst noch besonders für Nicolas verzieren wollte.

Mit dem erleichternden Gefühl, an Heiligabend doch

nicht ohne eine liebevolle Überraschung für ihren Freund dazustehen, legte sie das iPad weg.

Als die Männer zurückkamen, war es draußen schon dunkel. Sie holten eine stattliche Tanne vom Anhänger des Traktors, die sie mit Schnüren für den Transport zusammengebunden hatten.

»Der Baum ist ja ganz schön groß!«, rief Lotte erstaunt.

»Wir haben wieder ein ganz besonderes Exemplar gefunden. Nicolas hat den Baum diesmal ausgesucht«, erklärte Bernard mit einem Lächeln.

»Na ja. Ich hätte einen ganz anderen Baum genommen. Mit einer viel schöneren Spitze als bei dem hier«, sagte David.

»Du hast wohl nicht gesehen, wie schief der andere war. Außerdem haben ihm auf einer Seite ein paar Zweige gefehlt«, entgegnete Nicolas. »Da hätte man schon ganz schön viele Kugeln und Glitzerschmuck ranhängen müssen, damit das nicht auffällt.«

»Ach, mir kann das sowieso egal sein. Ich muss den Baum nur ein paar Stunden an Heiligabend anschauen. Danach liege ich gemütlich unter Palmen, mit einem Cocktail in der Hand«, scherzte David trocken.

»Palmen und Weihnachten – das bringe ich gar nicht zusammen!«, sagte Bernard kopfschüttelnd. »Zu Weihnachten gehört für mich Schnee. Oder zumindest Kälte. Und dazu Glühwein und Plätzchen.«

»Ach, Weihnachten in der Sonne kann schon auch seinen Reiz haben«, warf Lotte ein. »In Brasilien ging es da sehr fröhlich zu. Katja und ich hatten immer eine schöne Zeit. Aber ein klirrend kalter Winter an den Feiertagen hat natürlich schon seinen eigenen Zauber.«

Sie brachten den Baum vorerst in die Garage. Morgen Nachmittag würden David, Nicolas und Bernard ihn dann gemeinsam im Haus aufstellen und die Tanne sowie den ganzen Raum festlich schmücken. Danach wurde das Wohnzimmer versperrt, und bis zur Bescherung durfte nur Bernard es betreten. Das war in diesem Haus schon seit vielen Jahren Tradition. Geschenke, die unter den Baum sollten, musste alle bei ihm abgegeben werden.

»Und jetzt hab ich echt einen riesigen Hunger!«, sagte David, und Bernard stimmte ihm zu.

»Na, dann kommt gleich rüber in die Küche«, forderte Lotte sie auf. »Das Essen ist fertig und muss nur noch kurz aufgewärmt werden.«

»Das mache ich!«, sagte David.

»Und ich erledige noch schnell was, dann komme ich auch gleich! Aber fangt bitte schon mal an«, sagte Nicolas und ging nach oben.

Bis das Essen dampfend in einer Terrine auf dem Tisch stand, war Nicolas wieder zurück. Sie ließen sich das Gulasch schmecken, zu dem es Rosmarinkartoffeln und knuspriges Baguette gab.

Die Stimmung war heiter, während die Männer ausführlicher von ihrem Ausflug in den Wald erzählten und wie sie sich nach einigen Diskussionen auf den Baum, der nun in der Garage auf seinen großen Auftritt wartete, geeinigt hatten. Bernard erinnerte sich auch an frühere Ausflüge mit David in den Wald.

»Einmal hat uns ein Schneesturm überrascht, und wir mussten eine ganze Weile in einer kleinen Kuhle Schutz suchen«, erzählte Bernard, und vor allem Maria hörte gebannt zu. »David war damals erst elf Jahre alt.«

David riss ein Stück Baguette ab, tunkte es ins Gulasch und nickte.

»Ich kann mich nur zu gut daran erinnern. Ich dachte, das Schneegestöber würde niemals aufhören. Danach haben wir ewig nicht mehr zurückgefunden … Zumindest kam es mir wie eine Ewigkeit vor.«

»Deine Eltern hätten mir damals fast den Kopf abgerissen, als wir endlich wieder auf dem Hof waren. Mit dem vielleicht schönsten Weihnachtsbaum, den wir je geholt hatten. Aber das war ihnen damals egal. Sie wollten mir auf ewige Zeiten verbieten, dich je wieder in den Wald mitzunehmen. Aber im darauffolgenden Jahr hat David so lange gebettelt, bis er doch die Erlaubnis bekam.«

In diesem Moment klingelte Nicolas' Handy. Er warf rasch einen Blick aufs Display und stand auf.

»Entschuldigt, da muss ich rangehen!«, sagte er und verließ eilig die Küche.

War das etwa wieder Lissy, die ihn anrief?, fragte Lotte sich insgeheim. Seit ihrem unerwarteten Auftauchen am vergangenen Wochenende schien dies Lotte nicht unmöglich zu sein. *Hatte Nicolas den Raum deswegen so schnell verlassen? Doch auch, wenn seine Exfreundin tatsächlich anrief, wäre das denn wirklich so schlimm?*, fragte sie sich. *Sollte sie Nicolas nicht einfach vertrauen?* Natürlich wollte sie das, doch trotzdem spürte sie ein flaues Gefühl im Magen. Das Essen schien bis zu ihrer Kehle hochzuwandern. *Was ist nur los mit mir?* Jedenfalls durfte das so nicht weitergehen! Sie wollte das jetzt klären und Nicolas auf die seltsamen Anrufe ansprechen, von denen er offenbar nicht wollte, dass Lotte sie mitbekam. Egal ob sie von Lissy oder sonst wem kamen.

Abrupt stand sie auf.

»Entschuldigt mich bitte kurz!«

Sie ging in die Diele hinaus und öffnete die Tür zum Büro, doch da war Nicolas nicht. Und auch nicht im Wohnzimmer, in dem Noël auf der Decke lag und nur kurz verschlafen den Kopf hob, bevor sie den Raum wieder verließ. Da sie die Haustür nicht gehört hatte, war er vermutlich nach oben in ihr Zimmer verschwunden. Jedenfalls weit genug weg, damit niemand das Gespräch mitbekam. Oder bildete sie sich das alles nur ein und machte aus einer Mücke einen Elefanten? Und doch ahnte sie instinktiv, dass er ihr schon seit einer Weile etwas verheimlichte. Und leider trog ihr Gefühl sie in solchen Dingen nur selten. Als sie den Flur zu ihrem Zimmer entlangging, hörte sie ihn telefonieren.

»Findest du, dass das wirklich eine gute Idee ist?«, fragte er auf Französisch. Er hatte die Tür nicht ganz geschlossen, und sie konnte jedes seiner Worte verstehen. Ihr Herz klopfte vor Aufregung wild.

Auch wenn sie sich dafür hasste, kam sie näher und lauschte. Sie musste jetzt endlich Klarheit haben, was es mit seiner Heimlichtuerei auf sich hatte. Falls das bedeutete, dass sie gleich erfahren würde, dass tatsächlich etwas mit Lissy lief … Sie schluckte. Daran durfte sie gar nicht denken. Aber immerhin wüsste sie dann, woran sie war. Seit einigen Sekunden war es still im Zimmer. Offenbar hörte er zu, was die andere Person sagte.

»Das ist eine tolle Idee! … Dafür liebe ich dich …« Er lachte.

Dafür liebe ich dich?

Ihr wurde schlagartig übel, und ihr Puls schoss weiter in die Höhe, trommelte nun fast schmerzhaft gegen ihre Brust. Also hatte ihre Ahnung sie doch nicht betrogen! Nicolas hatte ein Verhältnis! Und das konnte nur mit dieser Lissy sein. Lotte wollte weglaufen, doch ihre Beine zitterten so sehr, dass sie sich an der Wand abstützen musste.

»Ich kann es wirklich kaum mehr erwarten, Lottes Blick zu sehen …«, fuhr er vergnügt fort, »… wenn ich ihr unter dem Weihnachtsbaum vor der ganzen Familie einen Heiratsantrag mache …«

Heiratsantrag? Heiratsantrag?

Lottes Herzschlag schien für eine Sekunde aus dem Rhythmus zu stolpern.

Heiratsantrag?

»Nein, außer dir weiß nur noch Katja Bescheid. Und die hat mir hoch und heilig versprochen, dass sie Lotte und auch sonst niemandem etwas verrät. Ich habe noch eine weitere Sache geplant, aber das erzähle ich dir in Ruhe, wenn du da bist, Mutter. Es soll eine absolute Überraschung für Lotte werden. Eine Weihnachtsüberraschung sozusagen …« Er lachte wieder.

Heiratsantrag? Weihnachtsüberraschung? Mutter? Es dauerte einige Sekunden, bis Lotte nach dem Schreck zuvor realisierte, was Nicolas gerade alles gesagt hatte. Auch wenn sie nicht wusste, ob sie jedes Wort richtig übersetzt hatte, so war es unmissverständlich gewesen, dass er ihr einen Heiratsantrag machen wollte und sich darüber gerade mit seiner Mutter unterhielt.

Deswegen also die ganze Heimlichtuerei!

»Aber jetzt muss ich aufhören und wieder zu den anderen zum Essen … Ich hab sowieso schon Angst, dass Lotte bereits Verdacht geschöpft haben könnte, und mir gehen langsam die Ausreden aus … Ja, bis morgen, Mutter. Ich hole dich am Bahnhof ab. *À demain.*«

Lotte hörte Schritte, die sich näherten. Gleich würde Nicolas an der Tür sein und sie entdecken. Sie ignorierte ihre immer noch wackeligen Beine und verschwand eilig im angrenzenden Badezimmer. Gerade noch rechtzeitig, bevor er aus dem Zimmer kam.

Sie zitterte am ganzen Körper, und ihre Wangen fühlten sich ganz heiß und fiebrig an, als sie in dem dunklen Raum stand. Gleichzeitig waren ihre Finger eiskalt.

Nachdem Nicolas die Treppe nach unten und zurück in die Küche gegangen war, wartete sie noch ein paar Sekunden, dann schlich sie ebenfalls ins Erdgeschoss und verschwand in der Toilette neben der Haustür. Er durfte auf keinen Fall denken, dass sie ihm nach oben gefolgt war und sein Gespräch mitbekommen hatte.

Sie stützte sich mit beiden Händen am Waschbecken ab und starrte in den Spiegel. Sie hätte sich mit ihren Vermutungen nicht mehr irren können. Nicolas hatte keine andere Frau – ganz im Gegenteil –, er wollte Lotte unter dem Weihnachtsbaum einen romantischen Heiratsantrag vor der ganzen Familie machen. Eigentlich sollte sie über diese Wendung total erleichtert und überglücklich sein. Doch dem war nicht so. Lotte schluckte. Sie zitterte so sehr, dass sie sich kaum auf den Beinen halten konnte.

Ich kann nicht seine Frau werden, weil ich schon verheiratet bin!

Und nun war ihr endgültig so übel, dass sie sich übergeben musste.

Als sie sich wieder einigermaßen gefangen hatte, ging sie zurück in die Küche.

»Lotte. Du bist ja kreidebleich. Geht es dir nicht gut?«, fragte Nicolas besorgt.

»Ich glaube, mein Magen ist immer noch etwas empfindlich, ich fühle mich so wie schon vor ein paar Tagen. Wenn es für euch in Ordnung ist, dann lege ich mich ein wenig hin«, sagte sie. Auf keinen Fall durfte sie sich anmerken lassen, was sie gerade herausgefunden hatte. Erst musste sie darüber nachdenken, wie sie mit diesem ganzen Schlamassel umgehen sollte. Aber dafür brauchte sie einen klaren Kopf.

»Natürlich! Komm, ich bringe dich nach oben.«

Nicolas stand auf, doch sie winkte ab.

»Besser nicht. Falls es ein Darmvirus ist, möchte ich euch nicht anstecken«, benutzte sie eine Ausrede, um ein wenig allein zu sein.

Lotte bemerkte Davids erschrockenen Blick, als er reflexartig mit dem Stuhl ein wenig zurückrutschte. Wäre sie im Moment nicht so aufgewühlt, hätte sie vermutlich darüber geschmunzelt. Kurz vor seinem Urlaub wollte er sich ganz bestimmt keinen vermeintlichen Brechdurchfall mehr einfangen.

»Na gut, aber du meldest dich, wenn du was brauchst«, sagte Nicolas und sah sie besorgt an.

»Das mache ich, danke.«

»Soll ich dir Tee machen und nach oben bringen?«

»Nein danke, ich brauche jetzt wirklich gar nichts außer ein wenig Ruhe«, winkte sie ab.

»Gute Besserung!«, sagte David, und auch Bernard und Maria wünschten ihr alles Gute.

»Danke!«

Sie ging nach oben ins Zimmer und legte sich ins Bett. Doch gleich darauf stand sie wieder auf. Sie fand einfach keine Ruhe, auch wenn ihr immer noch schrecklich übel war. Wie ein Tiger ging sie auf und ab und dachte über ihre verzwickte Lage nach. Am liebsten hätte sie sich selbst dafür geohrfeigt, dass sie ihm die Sache nicht von Anfang an erzählt hatte. Doch sie hatte bisher noch nie mit jemandem darüber gesprochen, über diese Sache. Noch nicht einmal mit ihrer besten Freundin Katja, geschweige denn mit ihren Eltern. Der Grund dafür war schlicht und ergreifend, dass sie sich für die größte Dummheit ihres Lebens schämte.

Kapitel 9

Unverhofft kommt oft

Lotte versuchte, Katja am Handy zu erreichen. Sie brauchte jetzt unbedingt einen Menschen, dem sie sich anvertrauen und mit dem sie darüber reden konnte. Auch wenn es bestimmt kein einfaches Gespräch werden würde, denn sicher würde auch ihre beste Freundin sie fragen, warum sie nie ein Wort darüber verloren hatte, dass sie verheiratet war. Das würde sie ihr jedoch hoffentlich verständlich machen können, wenn sie ihr alles erzählte. Doch Katja ging nicht an den Apparat. Vermutlich war sie gerade am Packen für morgen.

Mist!

Mit einem tiefen Seufzer setzte Lotte sich wieder aufs Bett, schloss die Augen und fuhr sich erschöpft durchs Haar. Da diese Sache eigentlich keine Rolle in ihrem Leben spielte, hatte sie das Gespräch mit Nicolas immer wieder aufgeschoben und auf einen passenden Zeitpunkt gewartet. Doch irgendwie war in den letzten Monaten so viel passiert, dass sich nie eine geeignete Gelegenheit ergeben hatte, das Thema anzupacken. Und ehrlicherweise hatte sie sich auch ein wenig davor gescheut, ihm von dieser Dummheit zu erzählen. Vor allem aber hätte sie nie im Leben mit einem Heiratsantrag gerechnet. Nicht so schnell jedenfalls. Von daher war ihr die Sache nicht eilig erschienen. Natürlich blieb ihr jetzt nichts anderes übrig, als Nicolas sofort die Wahrheit zu sagen. Und ihm damit seine offenbar schon länger geplante Überraschung für den Heiligabend gründlich zu vermasseln, was ihr schrecklich leidtat. Oder sie verschwieg ihm die Sache weiterhin, tat völlig überrascht, nahm seinen Heiratsantrag fürs Erste an und erklärte ihm nach Weihnachten alles ganz in Ruhe? Doch irgendwie war ihr klar, dass Letzteres die deutlich schlechtere Variante war. Außerdem war sie keine gute Schauspielerin. Am besten brachte sie es gleich hinter sich. Wenn ihr nur nicht immer noch so übel wäre! Die ganze Aufregung schlug ihr buchstäblich auf den Magen. Doch vermutlich würde es ihr besser gehen, sobald sie Nicolas alles erklärt hatte, in der Hoffnung, dass er es einigermaßen verständnisvoll aufnehmen würde. Vielleicht konnte er sogar darüber lachen, hoffte sie insgeheim.

Sie wollte gerade aufstehen, da hörte sie draußen Schritte. Gleich darauf öffnete sich die Tür, und Nicolas sah zu ihr herein.

»Lotte, ich hoffe, du bist mir nicht böse, aber ich mache mir wirklich Sorgen um dich. Vorhin warst du so weiß wie ein Gespenst. Deswegen habe ich Dr. Duval angerufen.«

Dr. Victoria Duval war schon seit vielen Jahren die Hausärztin der Familie und eine alte Schulfreundin von David.

»Das ist wirklich nicht nötig, Nicolas. Bitte ruf sie gleich noch mal an, dass sie nicht zu kommen braucht. Ich würde jetzt aber bitte gerne mit dir …«

In diesem Moment betrat Frau Dr. Duval das Zimmer. Lotte kannte die drahtige kleine Frau durch die regelmäßigen Besuche mit Maria in der Praxis. Sie selbst hatte ihre ärztliche Hilfe bisher noch nicht in Anspruch nehmen müssen.

»Zu spät, ich bin schon da«, unterbrach sie Lotte mit einem freundlichen Lächeln. »Als Nicolas anrief, war ich gerade auf der Rückfahrt von einem Hausbesuch nicht weit von hier. Es war also gar kein Umweg für mich.«

»Ich bin froh, dass sie hier ist, Lotte!«, erklärte Nicolas besorgt. »Schließlich willst du doch an Weihnachten fit sein.«

Damit du mir einen Heiratsantrag machen kannst, den ich nicht annehmen kann, dachte sie und hätte fast einen hysterischen Lachanfall bekommen. Drehte sie jetzt gleich durch?

»Ich lasse euch jetzt besser alleine!«, sagte er, bevor sie antworten konnte, und schloss die Tür hinter sich.

Lotte wandte sich an die Ärztin.

»Tut mir leid, dass er Sie angerufen hat. So schlimm ist es wirklich nicht, Frau Dr. Duval.«

»Jetzt bin ich aber schon mal hier … Dann können wir es ganz schnell abklären, damit Nicolas beruhigt ist. Er sagte, dass Sie schon seit ein paar Tagen immer wieder Magenprobleme haben?«

»Ja. Aber ich glaube, das hat mit der ganzen Aufregung wegen Weihnachten zu tun«, erklärte Lotte. »Wir bekommen Besuch, und es gab so viel vorzubereiten und zu organisieren, dass ich manchmal nicht mehr weiß, wo mir der Kopf steht.«

»Wie wohl in den meisten Familien … Legen Sie sich doch bitte mal hin und machen Sie den Bauch frei.«

Lotte legte sich aufs Bett und schob die karierte Hemdbluse ein wenig nach oben. Dr. Duval tastete an verschiedenen Stellen den Bauch und den Bereich um den Magen mit leichtem Druck ab.

»Tut das weh?«

»Nein …«

»Setzen Sie sich bitte auf.«

Sie holte ein Stethoskop aus ihrer Arzttasche und horchte zuerst am Rücken ihre Lunge und dann vorne ihr Herz ab. Dann kontrollierte sie den Blutdruck, die Reflexe der Pupillen, den Puls und Lottes Sauerstoffgehalt. Sie ging wirklich sehr gründlich vor.

»Bitte den Mund öffnen und die Zunge herausstrecken!«

Lotte tat, was sie ihr gesagt hatte.

Die Ärztin drückte mit einem Holzspatel die Zunge nach unten und leuchtete in den Hals.

»Es ist nichts auffällig«, sagte sie dann.

»Wie ich gesagt habe. Ich glaube, ich bin einfach nur ein wenig gestresst. Das hat sich mir wohl auf den Magen geschlagen.«

»Sie erscheinen mir allerdings nicht als eine Frau, die sich von Weihnachtsvorbereitungen so aus der Bahn werfen lässt«, sagte Dr. Duval und sah sie ganz offen an.

»Vielleicht ist es ein wenig mehr als nur der Vorweihnachtsstress«, gab Lotte zu, da sie das Gefühl hatte, ihr nichts vormachen zu können. »Außerdem lerne ich morgen zum ersten Mal Nicolas' Mutter kennen ...«

Sie musste nicht weitersprechen, damit die Ärztin sie verstand.

»Tja. So was kann natürlich ein wenig beängstigend sein«, stimmte sie ihr mit einem erneuten Lächeln zu. »Ich kenne Sarah von früher, als sie und David noch zusammen waren. Sie kann im ersten Moment ein wenig einschüchternd wirken, aber man muss sich nicht vor ihr fürchten. Also machen Sie sich ihretwegen keinen allzu großen Kopf!«, empfahl sie, während sie ihre Instrumente zurück in die Tasche packte.

»Danke ... Das hilft schon mal ein wenig«, sagte Lotte mit einem bemühten Lächeln.

»Wie lange haben Sie diese Übelkeit schon?«

»Eine gute Woche vielleicht ... aber ich habe das nicht die ganze Zeit gehabt, es kommt und geht immer wieder«, erklärte Lotte.

»Mussten Sie sich übergeben?«

»Nur vorhin einmal ... Aber wie gesagt, vermutlich war das eher der Stress«, beteuerte sie. Den wahren Grund wollte sie der Ärztin nicht anvertrauen.

»Haben Sie die Probleme nur in der Magengegend oder auch tiefer unten im Bauch?«

»Da zieht es auch ab und zu.«

»Ist es vielleicht möglich, dass Sie schwanger sind, Frau Müller?«, fragte Dr. Duval geradeheraus.

»Schwanger? Ich?«

Lotte sah sie mit großen Augen an und lachte dann auf.

»Natürlich nicht! Ich verhüte. Mit der Spirale. Einer Kupferspirale.«

»Wie lange schon?«

»Seit knapp drei Jahren.«

Dr. Duval schwieg eine Weile. Sie schien zu überlegen.

»Eine hundertprozentige Sicherheit gibt es auch dabei nicht, wie Sie bestimmt wissen. Von tausend Frauen werden einige trotz Spirale schwanger«, sagte sie.

Lotte schüttelte den Kopf.

»Aber ich ganz bestimmt nicht.«

»Weil Sie und Nicolas enthaltsam waren?«, fragte Dr. Duval ein wenig provozierend.

Lotte spürte, wie ihre Wangen sich erhitzten.

»Das nicht gerade«, gab sie zu.

»Enthaltsam sollen Sie ja auch gar nicht sein!« Die Ärztin zwinkerte ihr zu. Dann griff sie noch mal in ihre Tasche, holte eine flache längliche Schachtel heraus.

»Wissen Sie was? Ich lasse Ihnen zur Sicherheit einfach mal diesen Schwangerschaftstest hier. Ob Sie ihn machen wollen oder nicht, liegt ganz bei Ihnen. Falls Sie wider Erwarten schwanger sein sollten, rate ich Ihnen dringend, die Spirale so schnell wie möglich von einem Gynäkologen entfernen zu lassen, auch wenn das gewisse Risiken birgt. Trotzdem muss das bald gemacht werden. Falls Sie das Kind jedoch nicht behalten wollen, müssen Sie auch …«

»Ich bin nicht schwanger!«, unterbrach Lotte sie energisch, doch inzwischen war es der Hausärztin gelungen, sie ein wenig zu verunsichern.

»Nun gut … Ich schreibe Ihnen ein Mittel gegen die Übelkeit auf«, sagte sie und griff nach ihrem Rezeptblock. »Aber wenn Ihr Zustand nicht anhaltend besser wird, möchte ich Sie demnächst in meiner Praxis sehen, dann machen wir noch ein Blutbild zur Sicherheit und falls nötig weitere Untersuchungen.«

»Danke«, sagte Lotte, obwohl sie wusste, dass das nicht nötig sein würde. Sobald sie Nicolas alles gebeichtet und die Aufregung sich gelegt hatte, würde es ihr bestimmt wieder besser gehen.

Dr. Duval nickte zum Schwangerschaftstest.

»Natürlich bleibt das unter uns, egal, wie es ausgeht«, beteuerte sie.

»Danke«, sagte Lotte erneut, als die Ärztin ihr das Rezept gab.

Lotte stand auf.

»Legen Sie sich bitte noch ein wenig hin und ruhen Sie sich aus. Ich finde alleine nach unten.«

Dr. Duval verabschiedete sich und verließ das Zimmer.

Lotte starrte auf die Schachtel mit dem Schwangerschaftstest auf ihrem Nachttisch und schüttelte den Kopf.

Schwanger? Wirklich nicht!

Sie nahm ihr Handy und rief ihren Kalender auf. Tatsächlich hätte sie ihre Periode vor einer Woche bekommen sollen. Doch Schwankungen im Zyklus kamen bei Lotte immer wieder mal vor, gerade wenn es stressig war. Deswegen machte sie sich normalerweise keine Gedanken, wenn sie mal ein paar Tage warten musste. Bisher war das nichts Ungewöhnliches gewesen. Doch jetzt hatte die

Ärztin sie wirklich ein wenig verrückt gemacht. Und eine Woche überfällig war doch länger als nur ein paar Tage. Darauf hatte sie in der ganzen Aufregung der letzten Zeit überhaupt nicht geachtet. Doch das war etwas, das sie sofort klären konnte. Kurz entschlossen griff sie nach der Packung und ging ins Badezimmer.

Zehn Minuten später kam sie zurück ins Schlafzimmer. Sie war völlig fassungslos und konnte es nicht glauben. Doch das Ergebnis war eindeutig – positiv. *Sie war schwanger!* In ihrem Kopf schossen die Gedanken wild hin und her.

Was sollte sie denn jetzt tun? Zu Nicolas gehen und ihm sagen: »Hey, Schatz, lustige Nachrichten: Die Verhütung hat versagt, ich bin schwanger. Und stell dir vor, es wird noch lustiger: Ich habe mitbekommen, dass du mir einen Heiratsantrag machen möchtest, aber ich bin bereits mit einem anderen Mann verheiratet …«

Oder doch besser in umgekehrter Reihenfolge?

»Verdammt noch mal!«, brach es aus ihr heraus. Was würde sie denn an diesem Tag noch alles erfahren?

Lotte fühlte sich mit einem Mal total überfordert und von der Aufregung erschöpft. Und ihr war immer noch übel. In diesem Zustand konnte sie auf keinen Fall mit Nicolas reden. Weder über die Schwangerschaft noch über die andere Sache. Sie brauchte dringend einen klaren Kopf und Kraft für dieses bevorstehende Gespräch, das nun durch den positiven Schwangerschaftstest eine völlig andere Dimension angenommen hatte. Sie musste schlafen, um zumindest für eine Weile zur Ruhe zu kommen. Sie zog sich ein Nachthemd an, schlüpfte unter die Bettdecke und knipste das Licht aus. Doch in ihrem Kopf herrschte das reinste Chaos. Und sie fand keinen Weg, das Gedankenwirrwarr abzustellen.

Es dauerte nicht lange, da kam Nicolas ins Zimmer und trat leise zu ihr ans Bett.

»Schläfst du schon?«, flüsterte er.

Sie überlegte kurz, sich schlafend zu stellen, doch dafür war sie viel zu unruhig.

»Noch nicht«, murmelte sie.

Er ging in der Dunkelheit um das Bett herum und knipste das Nachtlicht auf seiner Seite an.

»Victoria meinte, dass sie nicht von einem ansteckenden Virus ausgeht«, sagte er, während er aus seinen Sachen schlüpfte und ein T-Shirt anzog, das er zum Schlafen trug.

»Das glaube ich auch nicht«, murmelte sie.

Er kam zu ihr ins Bett.

»Wie fühlst du dich denn, Liebes?« In seiner Stimme schwang Besorgnis mit, und das verstärkte ihr schlechtes Gewissen.

»Besser.« Was gelogen war.

In diesem Moment klingelte ihr Handy.

»Wer ist das denn noch um diese Zeit?«, fragte er verwundert.

Lotte griff nach dem Handy.

»Es ist Katja …«

»Schalte bitte den Lautsprecher an, dann kann ich mithören!«, schlug er vor.

Sie nickte und nahm das Gespräch an.

»Hi Katja.«

»Hallo Lotte. Tut mir leid, dass ich mich jetzt erst melde, aber ich habe gerade eben erst gesehen, dass du mich angerufen hattest.«

Jetzt war leider ganz und gar nicht der richtige Zeitpunkt für das, was sie vorhin mit Katja hatte besprechen wollen.

»Och, das war nichts Wichtiges«, log sie deswegen. »Ich wollte mich nur kurz melden und euch eine gute Fahrt wünschen.«

»Danke! Wir freuen uns alle schon riesig, euch morgen zu sehen!«

»Wir uns auch!«, rief Nicolas.

»Ach, du bist ja auch noch wach, mein lieber Urgroßcousin!«, scherzte sie.

»Mit der Betonung auf noch. Gute Fahrt morgen!«

»Danke.«

»Wann brecht ihr denn auf?«, fragte Lotte.

»Ella muss am Vormittag noch kurz in die Schule, danach machen wir uns auf den Weg.«

»Was? In die Schule? Am Samstag in den Weihnachtsferien?«, wunderte sich Nicolas.

»Da gibt es eine Spendenübergabe der Schüler für ein Hilfsprojekt, für das die Kinder schon seit Monaten gesammelt haben. Das ging zeitlich nicht anders, weil auch die Bürgermeisterin und die Presse dabei sein sollten. Aber das wird sicher nicht lange dauern.«

»Kein Problem, Hauptsache, ihr kommt gut an.«

»Das werden wir. Gute Nacht, ihr zwei«

»Gute Nacht!«, sagte Nicolas.

»Gute Nacht und bis morgen!«, rief Lotte. Sie legte auf und schaltete das Handy ab.

Nicolas knipste das Licht aus. Er rutschte zu ihr und zog sie an sich.

»Ist es so bequem für dich?«, fragte er leise und gab ihr einen Kuss auf die Schläfe.

»Ja … Es ist schön, wenn du mich festhältst«, murmelte sie.

»Ach, mein Schatz, ich hoffe, dass es dir bald wieder gut geht.«

»Das hoffe ich auch.«

Trotz ihres schlechten Gewissens fühlte sie sich in seinen Armen geborgen und kam ein wenig zur Ruhe. Sollte sie es ihm doch jetzt gleich sagen? Noch während sie überlegte, hörte sie an seinem regelmäßigen Atem, dass er schon eingeschlafen war. Und vielleicht war das auch besser so.

Ich werde Mutter!, dachte sie, auch wenn sie es selbst noch nicht glauben konnte. Es war auch zu verrückt. Lotte mochte Kinder zwar, aber sie gehörte nicht zu den Frauen, die unbedingt ein eigenes Baby haben wollten, um dadurch ihr Lebensglück zu finden. Irgendwie hatte sie sich darüber in den letzten Jahren, in denen sie keine Beziehung gehabt hatte, die über ein paar Monate hinausgegangen war – wenn überhaupt –, keine allzu großen Gedanken gemacht. Und auch mit Nicolas hatte sie erst einmal ihren Status als Paar genießen und festigen wollen, bevor sie sich mit so etwas wie dem Thema Kinderwunsch befassen wollte. Sie wusste ja noch nicht einmal, ob Nicolas mit Lotte Kinder wollte. Er hatte zwar vor einer Weile mal bei einer Gelegenheit wie nebenbei erwähnt, dass er irgendwann mal eine Familie gründen wolle, aber ausführlicher hatten sie nicht darüber gesprochen.

Auch wenn sie ihn sehr liebte, waren sie doch erst seit einigen Monaten fest zusammen. Für die Entscheidung, Kinder in die Welt zu setzen, sollte man sich nach Lottes Ansicht etwas länger Zeit nehmen und sich in einer Partnerschaft erst einmal richtig kennenlernen. Doch jetzt hatte ihr eine in ihrem Fall nicht funktionierende Verhütungsmethode die Entscheidung abgenommen. Genauso wie der bevorstehende Heiratsantrag sie dazu zwang, so schnell wie möglich über diese eine Sache zu reden. Sie fühlte sich, als hätte man ihr die Kontrolle über ihr Handeln genommen. Irgendwie ging alles so schnell. Zu schnell. Ihre Seele kam im Moment gar nicht mehr mit.

Doch sie konnte alles nur lösen, indem sie mit Nicolas darüber sprach.

Gleich morgen früh werde ich ihm alles sagen, versprach Lotte sich.

In diesem Moment hörte sie ein Kratzen und leises Fiepen an der Tür. Vorsichtig löste sie sich aus Nicolas' Armen und stieg aus dem Bett, um Noël hereinzulassen. Die Anwesenheit des kleinen Hundes auf der Decke neben ihr am Boden beruhigte sie. Schnell war auch der Hund eingeschlafen. Sein regelmäßiges Atmen schien wie ein leises Echo von der anderen Seite des Bettes, wo Nicolas schlief, und war sehr tröstlich. Endlich fielen auch Lotte die Augen zu, und sie schlief ein.

Kapitel 10

Die Nadel im Heuhaufen

Als Lotte am nächsten Morgen erwachte, war für einige kostbare Sekunden die Welt in Ordnung. Bis ihr alles wieder einfiel und das ganze Chaos ihr erneut den Boden unter den Füßen wegzog. Oder hatte sie das alles nur geträumt? *Schön wär's,* dachte sie.

Sie drehte sich auf die andere Seite, aber das Bett neben ihr war leer. Und auch Noël lag nicht mehr auf seiner Decke. Die beiden hatten sich aus dem Staub gemacht, ohne sie zu wecken. Sie sah auf die Uhr und fuhr erschrocken hoch. Schon fast halb zehn! Dabei gab es heute so viel zu tun. Und sie musste am Vormittag auch noch nach Colmar, um das Geschenk für Nicolas zu besorgen. Doch noch viel wichtiger war es, schnellstmöglich mit ihm über alles zu reden. Rasch stand sie auf, wobei das flaue Gefühl der Übelkeit sich verstärkte. Immerhin wusste sie jetzt, woran das lag. Auch wenn sie es nach wie vor nicht fassen konnte, dass sie schwanger war.

Eine halbe Stunde später betrat sie frisch geduscht die Küche. Die Übelkeit hatte etwas abgenommen. Patricia war bereits mit den Vorbereitungen für das heutige Abendessen beschäftigt und schob gerade eine Kuchenform in den Backofen.

An den Weihnachtsfeiertagen selbst hatte die Haushälterin frei, um Zeit mit ihrer eigenen Familie zu verbringen. Dann würden vor allem Nicolas und Katjas Stiefmutter Julia die Küche übernehmen. Und die ganze Familie würde sich abwechselnd um Maria kümmern.

Diese saß am Tisch und schälte geduldig einen Berg Zwiebeln für eine französische Zwiebelsuppe, die es heute Abend geben sollte.

»Guten Morgen. Es tut mir leid, dass ich so spät dran bin«, sagte Lotte und füllte den Wasserkocher, um Tee zu machen.

»Keine Sorge, Maria und ich haben alles im Griff!«, beteuerte Patricia fröhlich. »Der Boden für den Weihnachtskuchen ist im Rohr, die Zwiebelsuppe in Arbeit, und dann mache ich mich gleich daran, das Rindfleisch für den Rotweinschmorbraten für morgen Abend einzulegen.«

»Super! Ich sehe, in der Küche ist alles unter Kontrolle«, sagte Lotte dankbar, hängte ihr in der Nacht leer gewordenes Handy ans Ladegerät auf der Kommode und gab den Pin ein.

»Fühlst du dich wieder ein wenig besser, Lotte?«, fragte Maria.

»Ja. Danke, es geht schon.«

»Mir ging es damals auch nicht so gut, als ich mit Karl schwanger war!«, erzählte sie versonnen und legte eine geschälte Zwiebel aufs Schneidebrett.

»Schwanger?«

Lotte sah sie verdutzt an. Das konnte Maria doch gar nicht wissen!

»Maria, Lotte hatte nur eine Magenverstimmung, sie ist nicht schwanger«, erklärte Patricia mit einem Schmunzeln, dann warf sie einen Blick zu Lotte. »So setzt man ganz schnell Gerüchte in die Welt, nicht wahr, Lotte?«, scherzte sie.

»Ja …«, antwortete sie nur, sich der schrägen Situation nur allzu bewusst.

»Wo ist denn eigentlich Bernard?«, wechselte sie schnell das Thema.

»Vater ist noch mit irgendetwas im Büro beschäftigt«, sagte Maria.

Inzwischen kochte das Wasser, und Lotte brühte eine Tasse Kamillentee auf.

In diesem Moment bekam Lotte eine Sprachnachricht von Nicolas. Sie hörte sie ab.

»Guten Morgen, meine Süße. Ich hoffe, du hast dich gut ausgeschlafen und fühlst dich wieder besser heute. Ich bin schon früh nach Colmar gefahren, um noch einige Sachen zu erledigen. Gleich gehe ich zu Vater ins Büro, weil wir noch verschiedene Dinge besprechen müssen, bevor er in Urlaub fährt. Und nach Mittag hole ich meine Mutter vom Bahnhof ab und komme mit ihr nach Hause. Dann könnt ihr beide euch endlich kennenlernen. Dicker Kuss und bis später!«

Lotte spürte, wie Panik in ihr hochkroch. Das lief alles ganz und gar nicht so, wie sie das letzte Nacht geplant hatte. Wenn er am frühen Nachmittag erst mit seiner Mutter zurückkam und sie ihr vorstellte, blieb kaum Zeit für ein klärendes Gespräch, bevor dann auch noch der Besuch aus Bayern kam. Lotte hatte erneut das Gefühl, dass ihr alles über den Kopf wuchs. Am liebsten wäre sie auf und davon gerannt.

Ganz ruhig bleiben. Es wird alles gut!, mahnte sie sich selbst und erinnerte sich an die Meditationsübungen, die ihre Mutter ihr schon in der Kindheit beigebracht hatte.

Einmal tief ein- und wieder ausatmen!

»Soll ich die doppelte Menge backen?«, fragte Patricia und wartete offenbar auf eine Antwort.

»Entschuldige, ich war mit den Gedanken gerade woanders«, sagte sie. »Wovon die doppelte Menge?«

»Baguette für die Käseplatte heute Abend, die es nach der Zwiebelsuppe gibt«, wiederholte die Haushälterin.

»Gern. Wenn etwas übrig bleibt, dann finden wir dafür sicher noch anderweitig Verwendung«, antwortete Lotte, obwohl ihr Kopf mit ganz anderen Dingen beschäftigt war.

Noël stand von seiner Decke auf, streckte sich durch und gähnte. Dann lief er zu Lotte und fiepte leise. Sie wusste sofort, was er wollte.

»Noël muss mal raus. Ich drehe eine kleine Runde mit ihm«, sagte sie und war froh, dass sie einen Grund hatte, rauszukommen. »Möchtest du mit, Maria?«

»Ich bin hier noch eine Weile beschäftigt«, sagte diese und deutete auf die geschälten Zwiebeln, die sie noch in feine Ringe schneiden musste.

Lotte war fast erleichtert, dass sie allein mit dem Hund gehen konnte, und zog ihm seinen Hundemantel an.

Sie kippte den heißen Tee in einen Thermobecher und nahm ihn in ihrer Umhängetasche mit.

Trotz der Sonne am tiefblauen Himmel waren die Temperaturen unter dem Gefrierpunkt. Der Schnee, der in den letzten Tagen immer wieder gefallen war, hatte die Gegend in eine herrliche Winterlandschaft verzaubert. Die richtige Kulisse für Weihnachten. Es tat Lotte gut, draußen zu sein, und die frische klare Luft schien ihren Kopf ein wenig frei zu pusten.

Sie musste versuchen, rational an die Sache heranzugehen. Schließlich hatte sie nichts Schlimmes angestellt. Sie hatte Nicolas nur einen Aspekt aus ihrem Leben noch nicht erzählt. Einen Aspekt, der Jason hieß und so viele Jahre überhaupt keine Bedeutung für sie gehabt hatte. Und auch weiterhin nicht gehabt hätte, wenn Nicolas ihr nicht ausgerechnet morgen einen Heiratsantrag machen wollen würde. Und dann gab es ihre Schwangerschaft. Dafür, dass sie zu den ganz wenigen Frauen gehörte, die trotz Spirale schwanger geworden war, konnte sie nichts. Das war einfach Pech. *Oder Glück?,* fragte eine leise Stimme in ihr. Trotzdem hatte sie es nicht selbst entscheiden können. Die mahnenden Worte von Dr. Duval im Ohr, war es wohl auch sehr wichtig, sofort nach den Feiertagen ihre Frauenärztin zu konsultieren. Und vor allem musste sie ganz dringend Jason ausfindig machen, um diese Ehe zu beenden, die nie eine Ehe gewesen war. Kurz bevor Lotte vor ein paar Jahren mit Katja nach Brasilien ausgewandert war, hatte sie schon einmal einen Anlauf genommen, um Jason aufzuspüren, aber er war wie vom Erdboden verschluckt, und sie hatte die Sache nach einer Weile wieder auf sich beruhen lassen. Doch jetzt würde sie nicht lockerlassen, bis sie Jason fand.

Tod oder lebendig, schwor sie sich grimmig. Sie musste unbedingt herausfinden, was aus ihm geworden war, damit ihr eigenes Glück nicht durch diesen einen blöden Fehler vor so vielen Jahren ausgebremst wurde.

Und am besten fing sie noch heute mit der Suche an. Sie wollte keine unnötige Zeit mehr verlieren.

»Komm, Noël, wir gehen zurück!«, rief sie dem Hund zu, und sie machten sich auf den Nachhauseweg.

Kurz nach Mittag klappte sie ihr Macbook resigniert zu. In den USA einen Jason Williams zu finden war wie nach der berühmten Nadel im Heuhaufen zu suchen. Den Familiennamen Williams gab es im ganzen Land fast zwei Millionen Mal. Sie kannte zwar Jasons ungefähres Alter, aber sie konnte sich kaum mehr daran erinnern, wie er ausgesehen hatte. Sie hatte nicht einmal mehr ein Foto von ihm, weil sie diese damals wütend auf dem Handy gelöscht hatte. Auf verschiedenen Social-Media-Plattformen hatte sie ihn jedenfalls bisher nicht entdecken beziehungsweise wiedererkennen können.

Zudem war sie im Moment nicht ganz konzentriert, weil sie immer wieder auch an ihre Schwangerschaft denken musste. Aber sie würde nicht aufgeben. Vielleicht konnte sie ja irgendwen beauftragen, einen Detektiv vielleicht, sich auf die Suche nach ihrem Ehemann zu machen. *Ehemann!* Sie hätte fast gelacht. Was für ein seltsames Wort für einen

Menschen, mit dem sie kaum drei Tage ihres Lebens verbracht hatte.

»Lotte?«

Bernard war ins Büro gekommen.

»Ja?«

»Ich wollte nur nachsehen, wie es dir geht.«

»Mein Magen hat sich zum Glück wieder etwas beruhigt«, sagte sie.

»Und sonst ist auch alles in Ordnung mit dir?«, hakte er nach.

Sie hatte schon oft genug mitbekommen, dass er besondere Antennen hatte, wenn es jemandem nicht so gut ging.

Für einen Moment war sie versucht, sich Bernard anzuvertrauen. Irgendwie hatte sie das Gefühl, dass er sie für ihren damaligen Fehler nicht verurteilen oder auslachen würde. Vielleicht hätte er sogar einen Rat für sie? Doch Bernard hatte mit der Demenz seiner Tochter schon genug um die Ohren. Außerdem musste sie selbst erst damit klarkommen.

»Ja. Es ist alles gut, Bernard. Wirklich«, beteuerte sie deswegen, erkannte aber, dass er ihr das nicht so ganz abnahm. Doch er beließ es dabei. Er sah auf seine Armbanduhr.

»In fünf Minuten kommt Sarahs Zug an«, informierte er sie.

»Dann werde ich gleich mal den Tisch decken, damit wir Kaffee trinken können, wenn sie da sind«, sagte Lotte.

Bernard nickte und fuhr sich dann nachdenklich durchs Haar.

»Weißt du, ich schätze Sarah durchaus«, begann er. »Und ich kann verstehen, dass sie Weihnachten mit ihrem einzigen Sohn verbringen möchte. Auch wenn sie sich in den vergangenen Jahren, als sie noch mit ihren anderen Partnern zusammen war, überhaupt nicht darum bemüht hatte. Egal. Für mich ist es in Ordnung, wenn sie mit uns die Feiertage verbringt. Und David wird das den einen Abend auch verkraften können. Aber dich möchte ich doch gern ein wenig vorwarnen, Lotte. Sarah kann sehr vereinnahmend sein, was Nicolas betrifft. Und dann mischt sie sich gerne in Dinge ein, die sie nichts angehen. Lass dich bitte nicht von ihr überrollen.«

Lotte bemühte sich zu lächeln.

»Werde ich nicht«, versprach sie. »Aber danke für den Rat.« Normalerweise hätte sie auch keine große Sorge gehabt, die Mutter ihres Freundes kennenzulernen, doch die Tatsache, dass Sarah von dem beabsichtigten Heiratsantrag bereits wusste, änderte natürlich alles. Es wäre viel einfacher gewesen, wenn sie nur Nicolas alles erklären müsste. Es war für sie schlimm genug, dass sie ihm die geplante Überraschung verderben und er von ihrer Heirat erfahren musste.

»Und schau mal … Ich muss dir was zeigen.«

Bernard ging zu dem größeren Schreibtisch im Büro, der immer noch seiner war, und zog eine Schublade heraus. Darin lagen nebeneinander die Handpuppen, die sie kürzlich auf dem Speicher entdeckt hatten. Doch inzwischen waren einige der schon verschlissenen Kleider repariert und die verblassten Köpfe mit frischer Farbe restauriert.

»Wow!«, rief Lotte überrascht. »Wie zauberhaft!«

»Patricia hat mir dabei geholfen, sie wieder aufzufrischen«, sagte er. »Für den Kasperl hat sie sogar einen ganz neuen Anzug genäht. Der alte war leider schon zu marode.«

»Das ist wirklich ein ganz besonderes Geschenk für Ella«, sagte Lotte. »Sie wird sich sehr darüber freuen.«

Bernard lächelte.

»Das hoffe ich auch.«

Kapitel 11

Sarah

Das Kennenlernen von Nicolas' Mutter bei Kaffee und Plätzchen lief besser als erwartet. Die elegante Anwältin bemühte sich offensichtlich, freundlich zu sein zur zukünftigen Verlobten ihres Sohnes, wie sie dachte. Und sie war zurückhaltender, als Lotte vermutet hätte.

»Ich freue mich sehr, dass ihr euch endlich kennengelernt habt«, sagte Nicolas und schien erleichtert, dass das erste Aufeinandertreffen der beiden Frauen so unkompliziert verlief.

»Ja. Ich mich auch. Es wurde aber auch wirklich Zeit. Und das nächste Mal besucht ihr mich in Paris.«

»Gern. Noch ein paar Plätzchen?«, fragte Lotte und deutete zur Schale.

Sarah winkte ab.

»Danke, aber ich habe genug.«

Sie legte die Hand kurz an ihre Hüfte, um zu unterstreichen, wie wichtig es war, sich zurückzuhalten, wenn man Wert auf eine schlanke Figur legte. Doch um so diszipliniert zu sein, fehlte Lotte der Wille. Außerdem fühlte sie sich wohl mit ihren Rundungen, die auch Nicolas sehr zu gefallen schienen. Deswegen ging sie auch gar nicht darauf ein.

»Ich mag gern noch welche!«, bat Bernard, und Lotte schob ihm die Schale näher hin, damit er sich bedienen konnte.

Damit Maria der Trubel heute nicht zu viel wurde, leistete Patricia ihr und Noël den Nachmittag über in Marias Zimmer Gesellschaft. Später, wenn ihre Familie aus Bayern kam, würde es noch aufregend genug für sie werden.

Lottes Handy meldete eine Nachricht.

»Katja hat geschrieben. Sie kommen heute überraschenderweise so gut voran, dass sie voraussichtlich schon am späten Nachmittag hier sein werden«, sagte Lotte.

»Im Gegensatz zum letzten Jahr«, bemerkte Nicolas. »Da standet ihr ja nach diesem Unfall auf der Autobahn stundenlang in einem Stau.«

Lotte konnte sich nur zu gut an die ewig lange Fahrt erinnern, als sie erst spät in der Nacht und ziemlich erschöpft auf dem Weingut angekommen waren. Aber immerhin hatte sie damals nicht so viele Sorgen gehabt wie heute.

Es wird alles gut werden, sagte sie sich.

Jedenfalls konnte sie es kaum mehr erwarten, ihre beste Freundin zu sehen.

»Das wird wohl ein turbulentes Weihnachtsfest mit so vielen Leuten im Haus«, meinte Sarah und strich sich eine blondierte Haarsträhne ihres akkurat geschnittenen Bobs hinters Ohr.

»Ja. Das denke ich auch«, sagte Lotte, die fast schon verzweifelt nach einer Gelegenheit suchte, einen Moment mit Nicolas ungestört zu sein, um zu reden. Doch ihr war klar, dass es unhöflich wäre, Sarah mit Bernard allein zu lassen, kaum dass sie hier angekommen war.

Bernard warf einen Blick auf die Wanduhr. Inzwischen war es kurz nach halb drei.

»David sollte eigentlich schon hier sein«, sagte er. »Wir müssen den Baum noch aufstellen und schmücken.«

»Ihr habt also immer noch das gleiche Ritual?«, fragte Sarah amüsiert.

»Natürlich! Der Weihnachtsschmuck und die Krippe stehen drüben schon bereit.«

»Vielleicht will David nicht kommen, weil ich hier bin«, überlegte Sarah laut.

Nicolas schüttelte den Kopf.

»Quatsch, Mutter. Der kommt schon.«

Und tatsächlich hörten sie in diesem Moment, wie draußen die Haustür aufgesperrt wurde und Sekunden später wieder ins Schloss fiel.

David betrat kurz darauf das Esszimmer.

»*Bonjour.* Entschuldigt die Verspätung. Ich wurde noch aufgehalten«, sagte er und nickte höflich, aber ohne ein Lächeln, zu Sarah. »Hallo Sarah.«

»Hallo, David.«

»David, möchtest du auch Kaffee oder Tee und Plätzchen?«, fragte Lotte.

Doch er schüttelte den Kopf.

»Nein danke, Lotte. Ich hatte gerade Kaffee. Besser wir fangen gleich mit dem Baum an.«

Offensichtlich wollte er so wenig Zeit wie möglich mit seiner Exfrau in einem Raum verbringen.

»Na gut. Dann machen wir uns an die Arbeit«, sagte Bernard und schob sich ein letztes Plätzchen in den Mund.

»Ihr beide kommt sicher allein zurecht!«, meinte Nicolas mit einem Lächeln zu seiner Mutter und Lotte.

»Aber natürlich, mein Schatz!«, sagte Sarah, und Lotte nickte nur.

Kaum hatten die Männer das Esszimmer verlassen, entschuldigte Lotte sich jedoch kurz bei Sarah und folgte Nicolas, der zusammen mit seinem Vater gerade zur Garage gehen wollte, um den Baum zu holen.

»Nicolas?«

»Ja?«

»Es gibt da etwas, worüber ich unbedingt mit dir sprechen muss.«

»Geht es um meine Mutter?«

»Nein. Nicht um deine Mutter. Wenn ihr den Baum und das Wohnzimmer geschmückt habt, können wir dann kurz reden? Es ist wirklich wichtig.«

»Etwas Schlimmes?«, fragte er und wirkte plötzlich besorgt. »Fühlst du dich wieder schlechter?«

»Äh … nein, schlimm ist es nicht!«, sagte sie, in der Hoffnung, dass er es später ebenso sehen würde. »Aber ich möchte es trotzdem so bald wie möglich mit dir besprechen.«

»Sobald wir mit dem Schmücken fertig sind, habe ich Zeit für dich. Okay?«

»Okay.«

Er gab ihr einen kurzen Kuss, dann flüsterte er ihr ins Ohr:

»Und ich glaube, dass meine Mutter dich mag.«

»Das will ich aber auch hoffen«, scherzte Lotte, bevor sie wieder zu Sarah zurückging.

Doch kaum hatte sie sich zu ihr an den Tisch gesetzt, fiel ihr siedend heiß ein, dass sie in der ganzen Aufregung völlig vergessen hatte, sich um das Weihnachtsgeschenk für Nicolas zu kümmern. Bekam sie denn im Moment überhaupt nichts richtig gebacken?

»Sarah, es tut mir leid, aber ich muss nach Colmar fahren und noch etwas für Weihnachten besorgen. Möchtest du vielleicht inzwischen auf dein Zimmer gehen und dich nach der Anreise ein wenig ausruhen?«, schlug sie vor.

Die Enttäuschung stand Sarah ins Gesicht geschrieben. Offenbar hatte sie die Zeit allein mit Lotte nutzen wollen, um die baldige Verlobte ihres Sohnes besser kennenzulernen. Doch so einfach gab sie ihr Vorhaben nicht auf, denn plötzlich lächelte sie und fragte:

»Würde es dir denn was ausmachen, wenn ich nach Colmar mitkomme?«

»Äh, natürlich nicht!«, antwortete Lotte, die jedoch alles andere als begeistert darüber war und viel lieber allein gefahren wäre.

»Schön. Meinetwegen können wir gleich losfahren.«

»Hoffentlich finden wir einen Parkplatz!«, murmelte Sarah eine halbe Stunde später. Einen Tag vor Heiligabend war der Besucheransturm auf die Weihnachtsmärkte in Colmar ganz besonders groß.

»Ich finde immer schnell einen passenden Parkplatz!«,

versicherte Lotte. Tatsächlich hatte sie mit dieser Einstellung, die sie schon als Kind von ihrer Mutter kannte, noch nie lange nach einem freien Parkplatz suchen müssen, egal zu welchen Tageszeiten und an welchen Orten sie unterwegs war. Im schlimmsten Fall musste sie ein zweites Mal um den Block fahren, doch spätestens dann fuhr irgendein Wagen direkt vor ihrer Nase aus einem Parkplatz heraus, den sie sich schnappen konnte. Und auch heute war es wieder so, dass sie sofort einen freien Platz ganz in der Nähe der Innenstadt fand, obwohl das an so einem Tag normalerweise so gut wie aussichtslos war.

»Erstaunlich!«, sagte Sarah mit einem Lächeln. »Damit hätte ich nicht gerechnet.«

Die Frauen stiegen aus und mischten sich unter den Strom der Leute, die kurz vor der Dämmerung durch die herrlich dekorierten Straßen und Plätze flanierten.

»Ich habe ganz vergessen, wie zauberhaft die Stadt in der Weihnachtszeit sein kann«, bemerkte Sarah.

»Ja. Es ist wirklich ganz besonders hier«, stimmte Lotte ihr zu, auch wenn ihr das Menschengedränge schon jetzt ein wenig zu viel war.

Lotte fand glücklicherweise in einem Laden sehr schnell, was sie suchte. Wohlduftenden Badeschaum, einen modernen Kerzenleuchter, der ihr sofort ins Auge gesprungen war, und ausgewählte Pralinen – alles zusammen als Sinnbild für eine besondere kleine Auszeit, die sie Nicolas und damit ihnen beiden als Paar schenken wollte. Das war kein sonderlich originelles Geschenk, das wusste sie, aber sie hoffte, dass ihn ihre Absicht dahinter freute.

Aber nachdem sie ohnehin nicht wusste, wie Nicolas reagieren würde, wenn sie ihm alles erzählt hatte, war das Geschenk im Moment wohl ihr kleinstes Problem. Lotte bezahlte und verließ den kleinen Geschenkladen, vor dem sie sich mit Sarah in zehn Minuten wieder treffen wollte. Auch Sarah hatte die Gelegenheit genutzt, um noch Kleinigkeiten zu besorgen.

Lotte sah den Menschen zu, die an ihr vorbeigingen. Familien, verliebte Paare, Freundinnen, Kumpels oder ganze Reisegruppen. Alle wollten am Tag vor Heiligabend noch die besondere weihnachtliche Stimmung Colmars einfangen, etwas Leckeres essen, sich bei Glühwein oder heißem Apfelsaft amüsieren und vielleicht noch letzte Geschenke für ihre Lieben besorgen. Inmitten all dieser Leute hatte Lotte das Gefühl, dass ihr die Zeit davonrannte. Sie musste ganz schnell nach Hause und mit Nicolas reden.

Nicolas!

Sie vermisste ihn plötzlich so sehr, als hätte sie ihn schon seit Wochen nicht mehr gesehen.

»Hast du alles erledigt, Lotte?«, riss Sarah sie aus ihren Gedanken. Lotte hatte gar nicht bemerkt, dass Nicolas' Mutter schon zurück war. Offenbar war auch sie erfolgreich gewesen, wie eine gefüllte Einkaufstasche erahnen ließ.

»Ja. Ich bin fertig. Wir können gleich zurückfahren.«

Als sie sich auf den Rückweg zum Parkplatz machten, entdeckte Lotte plötzlich vor einem der Stände ein bekanntes Gesicht: *Lissy!*

Sie trug denselben schicken Mantel, den sie beim Besuch vor ein paar Tagen auf dem Weingut getragen hatte, und hielt eine dampfende Tasse Glühwein in der Hand. Neben ihr, ein wenig kleiner als sie, ein dunkelblonder Mann, mit dem sie sehr vertraut schien.

Ihr neuer Partner?

Ihre Hoffnung, zwischen den Leuten unerkannt an Lissy vorbeizukommen, scheiterte an Sarah. Nicolas' Mutter hatte Lissy ebenfalls entdeckt und winkte ihr zu. Die beiden Frauen, die sich durch die langjährige Beziehung zwischen Nicolas und Lissy natürlich kannten, schienen sich über die unerwartete Begegnung zu freuen.

Lissy stellte ihnen den Mann neben ihr tatsächlich als ihren Freund George vor, der Lotte, nachdem er realisiert hatte, dass sie die neue Partnerin an der Seite von Lissys Exfreund war, unangenehm neugierig taxierte. Fast so, als wollte er einen Vergleich ziehen, welche der beiden Frauen mehr Klasse hatte, um sich schließlich mit Lissy als Sieger fühlen zu können. Lotte beschloss, ihn nicht weiter zu beachten. Überhaupt wollte sie so schnell wie möglich nach Hause. Doch Sarah und Lissy tauschten höflich Belanglosigkeiten aus und schienen kein Ende zu finden. Irgendwann wurde es Lotte schließlich zu dumm. Demonstrativ schaute sie auf die Uhr.

»Entschuldige, Sarah, ich muss jetzt leider zurück. Wenn du noch bleiben möchtest, kannst du vielleicht mit einem Taxi nachkommen?«, schlug sie vor.

»O nein. Ein Taxi ist nicht nötig, Lotte! Ich fahre mit dir«, beteuerte Sarah, und sie verabschiedeten sich nun doch sehr zügig.

»Frohes Fest!«, rief Lotte noch zum Abschied, dann gingen sie los.

»Es tut mir leid, dass wir uns kurz verplaudert haben. Aber ich habe Lissy Monate vor ihrer Trennung zum letzten Mal gesehen. Das Ende ihrer Beziehung damals kam für uns alle überraschend«, erklärte sie, während sie zum Parkplatz marschierten.

»Was war denn eigentlich der Grund für ihre Trennung?«, rutschte es Lotte heraus, obwohl sie das nicht ausgerechnet Nicolas' Mutter fragen sollte. Deswegen setzte sie auch gleich hinzu: »Entschuldige, das geht mich nichts an. Vergiss die Frage, bitte.«

Sarah schwieg tatsächlich für eine Weile.

»Den einen Grund gab es wohl nicht!«, sagte sie dann zu Lottes Überraschung. »Sicher hatte es zum Teil damit zu tun, dass Lissy nicht auf das Weingut ziehen wollte und sich mit dem Erbe ihrer Großeltern ein eigenes kleines Haus in Bergheim gekauft hat, ohne sich zuvor mit Nicolas abzusprechen.«

Damit hatte Lotte mit ihrer Vermutung offenbar nicht falschgelegen.

»Aber ich glaube, dass die Beziehung schon etwa zwei Jahre davor einen Knacks abbekommen hatte«, fuhr Sarah freimütig fort.

»Ach ja?«

Lotte versuchte nun erst gar nicht mehr, ihre Neugierde zu verbergen.

»Lissy war den Sommer über öfter für mehrere Tage auf Fortbildungskursen. Angeblich.«

»Angeblich? Sie hat Nicolas betrogen?«, schlussfolgerte Lotte ungläubig.

»Es war nichts Sexuelles, nein«, sagte Sarah rasch. »Aber sie hat ihm etwas Wesentliches verschwiegen, das ihn offenbar sehr enttäuscht hat.«

Bei diesen Worten schrillten plötzlich in Lotte alle Alarmglocken auf.

Etwas Wesentliches verschwiegen?

»Bei einer Routineuntersuchung hatte man bei Lissy einen Tumor festgestellt, der sich nach verschiedenen Untersuchungen zum Glück jedoch als harmlos und einfach zu behandeln herausgestellt hatte. Doch offenbar lagen zwischen dem Entdecken und der entlastenden Diagnose einige Wochen. Lissy hatte Nicolas nichts davon erzählt und ihm jedes Mal vorgemacht, sie müsse irgendwelche beruflichen Termine wahrnehmen, wenn sie zum Abklären und zur Behandlung bei Spezialisten in Paris war. Sie wollte Nicolas damit schonen. Er fand es jedoch zufällig durch ein Gespräch mit Lissys Vater heraus, der sich verplappert hatte. Und so glücklich er natürlich über den guten Ausgang war und darüber, dass sie wieder gesund war, war er doch sehr enttäuscht, dass sie sich ihm nicht von Anfang an anvertraut hatte. Er hätte gerade in so einer schwierigen Zeit als ihr Partner an ihrer Seite stehen und sie unterstützen wollen. Das hat ihn offenbar sehr getroffen. Irgendwie ahnte ich damals schon, dass die Beziehung dadurch langfristig wohl einen Knacks bekommen könnte. Nicolas ist ein Mensch, der mit allem gut umgehen kann, auch wenn es noch so schwierig ist. Er kann es nur nicht leiden, wenn man ihm etwas verschweigt … Vielleicht liegt das auch ein wenig an der Trennung von David und mir«, überlegte

Sarah laut. »Obwohl unsere Ehe damals schon längst am Ende war, haben wir beide immer noch die Fassade für unseren Sohn aufrechterhalten und so getan, als wäre alles in Ordnung, was Nicolas natürlich gespürt hat, und das hat ihn irgendwie …«

Lotte bekam gar nicht mehr mit, was Sarah ihr noch weiter erzählte. Ihre Beine fühlten sich schon wieder wie Gummi an, und die inzwischen vertraute Übelkeit stieg in ihr hoch.

Bisher war sie davon ausgegangen, dass es zwar ein etwas unangenehmes Gespräch werden würde, wenn sie Nicolas von der Sache erzählte, auch deswegen, weil sie ihm damit die geplante Weihnachtsüberraschung völlig verdarb, aber dass sie das natürlich klären würden. Gerade jetzt, wo sie auch noch schwanger war. Aber wenn Nicolas es womöglich als schweren Vertrauensbruch sehen könnte, dass sie ihm die Tatsache, verheiratet zu sein, verschwiegen hatte – was sie sogar ein klein wenig nachvollziehen könnte, auch wenn dieser Mann längst überhaupt keine Rolle mehr in ihrem Leben spielte, und so stand nun plötzlich womöglich ihre Beziehung auf dem Spiel. Ihr wurde heiß und kalt.

»Ist alles in Ordnung mit dir?«, fragte Sarah und warf ihr einen besorgten Blick zu. »Nicolas hat mir gesagt, dass es dir gestern nicht so gut ging.«

»Doch, doch … Alles gut. Es gibt nur noch viel zu erledigen heute! Und der Besuch aus Bayern kommt bald an«, redete Lotte sich heraus. »Deswegen bin ich froh, wenn wir bald zurück sind.«

Kapitel 12

Freundinnen

Nach ihrer Rückkehr zog Sarah sich auf ihr Zimmer zurück, um sich ein wenig auszuruhen, bevor die Gäste ankamen. Lotte versteckte die Einkäufe für Nicolas wieder ganz hinten in ihrer Kommode im Schlafzimmer, wo die anderen Geschenke schon fertig verpackt auf ihren Auftritt unter dem Weihnachtsbaum warteten. Sie würde die Sachen für Nicolas – zusammen mit dem Lebkuchenherz, das sie übrigens immer noch beschriften musste – mit einer persönlichen Karte verpacken.

Die Männer waren immer noch im Wohnzimmer mit der Dekoration beschäftigt, als sie wieder nach unten gekommen war.

Wieso brauchen die denn so lange?

Lotte versuchte, ihre Nerven mit einer Tasse Tee zu beruhigen, der auch dem – sich irgendwie in ständiger Alarmbereitschaft befindlichen – Magen guttat. Seitdem sie von Sarah erfahren hatte, wie empfindlich Nicolas reagieren konnte, wenn man ihm etwas vorenthielt, war sie noch nervöser geworden. Sie wollte die Sache ganz schnell hinter sich bringen.

Patricia kam in die Küche.

»Maria hat sich noch ein wenig hingelegt und schläft, Noël ist bei ihr!«, sagte sie und warf dann einen Blick auf die Uhr. »Soll ich noch irgendwas helfen, Lotte? Ansonsten würde ich mich langsam auf den Heimweg machen!«

»Du kannst gerne schon nach Hause fahren, Patricia«, sagte Lotte und stand auf.

»Ich weiß schon, dass ihr an Heiligabend keine Zeit haben werdet mit dem ganzen Besuch, um in die Messe zu gehen«, begann Patricia.

»Ihr singt da am Abend mit eurem Chor, oder?«

Patricia nickte.

»Schade, dass wir da tatsächlich nicht können. Ich habe schon von einigen Seiten gehört, wie gut ihr seid«, sagte Lotte.

»Danke. Aber wir haben am Vormittag noch eine Generalprobe in der Kirche. Da kommen oft schon Zaungäste, die uns zuhören, weil sie am Abend keine Zeit haben. Das dauert nur eine Dreiviertelstunde. Vielleicht klappt es ja da? Maria hat gesagt, dass sie uns so gern mal hören würde. Und das wäre eine Gelegenheit.«

»Stimmt. Versprechen kann ich es nicht. Aber wenn ich es morgen mit all dem Besuch schaffe, dann kommen wir sehr gerne«, sagte Lotte.

Patricia lächelte.

»Ich würde mich sehr freuen!«

»Ich mich auch. Und jetzt warte bitte nur noch einen Moment. Ich hab da noch was …« Lotte ging kurz ins Büro und kam mit einem verpackten Geschenk und einem

Kuvert zurück. Sie drückte Patricia das Päckchen in die Hand.

»Frohe Weihnachten und einen schönen Urlaub mit deiner Familie, liebe Patricia!«, sagte sie. »Und vielen Dank für die gute und angenehme Zusammenarbeit.«

»Das kann ich nur zurückgeben, Lotte.«

»Eigentlich wollte Bernard dir das persönlich geben, aber ich weiß nicht, wie lange sie noch im Wohnzimmer beschäftigt sind.« Sie reichte der Haushälterin das Kuvert mit einem besonderen Weihnachtsbonus, den Bernard für die Angestellte vorbereitet hatte.

»Ich rufe später noch mal an, um persönlich ein frohes Fest zu wünschen und mich zu bedanken.«

Doch das war nicht notwendig, denn gerade als Patricia in ihren Mantel schlüpfte, waren die Männer fertig und kamen in die Diele, um sich zu verabschieden.

Endlich!

Lotte spürte gleichzeitig Erleichterung und Angst vor dem Gespräch mit Nicolas. Er kam auf sie zu und legte einen Arm um sie.

»Ihr werdet morgen ganz schöne Augen machen«, prophezeite er vergnügt.

»Ich muss zugeben, der Baum war doch eine sehr gute Wahl«, meinte David.

Bernard nickte. »Aber mehr verraten wir nicht, schließlich soll der Baum morgen eine Überraschung sein.«

Lotte fragte sich plötzlich, ob auch Bernard von dem geplanten Heiratsantrag wusste. Gaben sie sich deswegen so besonders viel Mühe mit der Dekoration? Und David?

Wusste auch er, was sein Sohn vorhatte? Sie schluckte. Je mehr Leute eingeweiht waren, desto mehr mussten über die Gründe aufgeklärt werden, wenn der Heiratsantrag morgen doch nicht stattfinden würde. Armer Nicolas.

»Ich hole mir nur noch etwas zu trinken, dann können wir beide nach oben gehen, um zu reden«, murmelte er an ihrem Ohr.

Sie nickte.

»Und vielleicht bleibt uns ja noch eine Viertelstunde ganz für uns allein, in der wir nicht reden!«, fügte er mit einem frechen Zwinkern hinzu.

Eine kurze prickelnde Auszeit nach dem schwierigen Gespräch? Besser könnte es sich Lotte eigentlich nicht wünschen. Vielleicht machte sie sich überhaupt viel zu große Sorgen, und Nicolas würde es ganz gelassen nehmen.

»Das wäre schön!«, sagte sie.

Doch Nicolas war noch nicht ganz in die Küche verschwunden, da bekam Lotte eine Nachricht von Katja auf ihr Handy.

Sind laut Navi in acht Minuten da!

Lotte schluckte. Damit hatte sie nicht gerechnet. Acht Minuten reichten ganz und gar nicht aus, um alles mit Nicolas zu klären. Also musste sie später versuchen, sich so früh wie möglich mit ihm von den Gästen loszueisen. Denn eines war klar. Sie musste es unbedingt noch heute mit ihm besprechen.

Eine halbe Stunde später hatte Nicolas mit Katjas Freund Jonas das ganze Gepäck bereits in die Gästewohnung im Anbau gebracht, und Julia machte sich dort schon ans Auspacken der Kleider, bevor sie zu den anderen ins Haupthaus nachkommen würde.

Ella war ihrem Uropa Bernard glücklich um den Hals gefallen, und nachdem sich alle begrüßt hatten, waren die beiden im Büro verschwunden, weil sie ihm unbedingt erzählen musste, was sie schon alles gelernt hatte.

Lotte räumte Wurstwaren und Fleisch aus einer niederbayerischen Metzgerei in den inzwischen übervollen Kühlschrank.

»Ich frag mich nur, wer das alles essen soll?«, überlegte Lotte laut mit einem Kopfschütteln.

»Das wird schon nicht schlecht werden«, erklärte Katja vergnügt und reichte ihrer besten Freundin eine große Metalldose mit weihnachtlichen Motiven.

»Plätzchen. Elf Sorten, glaub ich. Die hat Jonas mit Ella gebacken.«

»Wow. Der Typ ist super, den musst du dir warmhalten, Blondie!«, riet Lotte ihrer Freundin scherzend und benutzte dabei den Spitznamen, mit dem sie Katja manchmal aufzog. Sie war so froh über ihre Ankunft, dass dieses lauernde Gefühl in ihrem Magen endlich für kurze Zeit ein wenig Ruhe gab. Nachdem es gestern nicht möglich gewesen war, ungestört zu telefonieren, wollte Lotte jetzt dringend mit ihrer Freundin unter vier Augen zu sprechen. Doch auch das war schwierig, denn es gingen ständig Leute aus und ein.

»Ich werde alles tun, um ihn nicht zu vergraulen«, feixte Katja, die nun noch einen großen Laib Bauernbrot aus einer Stofftasche zog.

»Noch mehr?«, fragte Lotte.

»Omas Lieblingsbrot. Das hat sie sich extra gewünscht. Hat jedenfalls Nicolas mir gestern extra noch mal aufgetragen«, erklärte sie.

Lotte nahm es ihr ab und verstaute es in einem Fach über dem Kühlschrank.

»Denkst du, ihr Nickerchen wird noch lange dauern?«, fragte Katja. »Ich kann es kaum mehr erwarten, Oma zu sehen.«

»Gehen wir einfach mal in ihr Zimmer und schauen, ob sie schon wach ist.«

»Hallo Oma!«, begrüßte Katja Maria leise, die in einem Sessel in ihrem Zimmer saß.

Lotte ahnte, dass sie Sorge hatte, dass Maria sie womöglich nicht erkannte. Doch Maria war offenbar gut ausgeruht und strahlte, als ihre Enkelin sie umarmte.

»Katja. Endlich bist du da!«, hörte Lotte sie glücklich murmeln.

»Natürlich bin ich da! Du glaubst ja gar nicht, wie sehr ich dich vermisst habe, Oma!«

»Und ich dich!«

Lotte schluckte. Auch wenn ihr klar war, wie wichtig und auch besonders es für Bernard und Maria war, dass sie die letzten Jahre ihres Lebens noch als Vater und Tochter gemeinsam erleben durften, so war der Preis dafür leider der, dass Maria dafür ihre beiden Enkelinnen und die Schwiegertochter nur selten zu sehen bekam. Doch jetzt waren alle für eine kurze Zeit wieder zusammen, und das sollten sie einfach genießen!

»Und was bitte bist du denn für ein Tier?«, fragte Katja amüsiert, als Noël sie neugierig aus seinen kleinen Knopfaugen begutachtete. Fast so, als würde er herausfinden wollen, ob dieser neue Mensch womöglich eine Gefahr für seine geliebte Maria darstellen könnte.

»Sagtest du nicht etwas von einem Hund, Lotte?«

Lotte grinste ebenfalls.

»Noël ist eben eine ganz spezielle Hundemischung!«, erklärte sie, und der Kleine bellte zweimal mit Nachdruck.

»Ella wird bestimmt ganz aus dem Häuschen sein, wenn sie den Hund sieht«, sagte Katja.

»Ella? Kommt Ella auch?«, fragte Maria erstaunt.

»Natürlich, Oma, wir sind alle gekommen, um gemeinsam Weihnachten zu feiern!«

»Was für eine schöne Überraschung!«, meinte Maria überglücklich und strahlte.

Als sich Nicolas etwas später zusammen mit seiner Mutter und Jonas um das Abendessen kümmerte und Julia und Ella zusammen mit Bernard Maria Gesellschaft leisteten, zog Lotte Katja zur Seite.

»Kann ich dich mal bitte kurz alleine sprechen?«, fragte sie.

Katja sah sie ein wenig verunsichert an und suchte nach einer Ausrede. Offenbar hatte sie Sorge, dass ihr unbeabsichtigt etwas herausrutschen könnte, was mit der geplanten Verlobung zu tun hatte.

»Ich dachte eigentlich, ich soll in der Küche helfen.«

»Ausgerechnet du willst beim Kochen helfen, Blondie?«, fragte Lotte ungläubig.

Katja zuckte mit den Schultern.

»Vielleicht eher beim Tischdecken. Und sag nicht immer Blondie zu mir!«

»Ich darf das. Und die drei schaffen das schon alleine. Das meiste ist schon vorbereitet … Bitte, Katja, ich muss wirklich etwas mit dir besprechen.«

»Okay …«

»Am besten bei euch drüben in der Gästewohnung.«

Dort wären sie ungestört.

Lotte wusste, dass sie nicht viel Zeit für ihr wichtiges Gespräch hatte. Deswegen kam sie auch sofort zur Sache, kaum dass sie an dem kleinen Tisch in der Essküche saßen.

»Also, ich bitte dich, mir jetzt einfach zuzuhören und mich ausreden zu lassen. Ich brauche nämlich ganz dringend dein Verständnis und deine moralische Unterstützung.«

»Na gut …«, sagte Katja und strich sich eine Strähne ihres langen blonden Haars über die Stirn nach hinten. »Jetzt machst du mir aber fast ein wenig Angst. Ist was passiert, Lotte?«

»Nicht direkt passiert. Aber ich weiß, dass Nicolas mich morgen mit einem Heiratsantrag unter dem Weihnachtsbaum überraschen möchte.«

Noch während sie sprach, sah Katja sie erschrocken an.

»Du hast es also herausgefunden. Obwohl er sich so bemüht hat?«, stellte sie fest. »Wieso kann man nichts vor dir geheim halten?«

»Weil ich leider feine Antennen für so was habe!«, sagte Lotte.

Katja lächelte plötzlich.

»Jedenfalls hab ich es dir nicht gesagt und damit auch nicht mein Wort gebrochen. Aber ist das nicht einfach unglaublich romantisch von Nicolas? Ein Heiratsantrag an Weihnachten unterm Christbaum! Du glaubst gar nicht, wie viel Mühe er sich schon seit Wochen mit dieser Überraschung …«

»Genau das ist das Problem!«, unterbrach Lotte sie und konnte nun auch ihre Anspannung nicht mehr verbergen.

»Aber Lotte … Du denkst doch nicht etwa daran, den Antrag abzulehnen?«, fragte Katja plötzlich ungläubig.

Lotte schloss kurz die Augen.

»Er darf mir morgen die Frage gar nicht erst stellen, Katja.«

Katja schüttelte irritiert den Kopf.

»Aber … aber ich dachte, du liebst ihn?«

Lotte sah Katja ernst an.

»Ich liebe ihn. Und wie! Aber es geht nicht darum, ob ich möchte oder nicht. Ich kann Nicolas nicht heiraten.«

»Ich wüsste ehrlich gesagt nicht, was dagegenspricht. Gut, der Antrag kommt vielleicht ein wenig sehr schnell, aber bis ihr dann tatsächlich mal heiratet, vergehen doch sowieso noch …«

»Nein!«, unterbrach Lotte sie. Ihr Mund war plötzlich staubtrocken, und das Schlucken fiel ihr schwer. Zum ersten Mal in ihrem Leben würde sie es nun jemandem anvertrauen. Die Sache.

»Ich kann Nicolas nicht heiraten, Katja, … weil … weil ich schon verheiratet bin.«

Katja sah sie einen Moment völlig verdutzt an, dann begann sie laut zu lachen.

»Lotte, ich habe sie echt vermisst, deine schrägen Scherze«, gackerte sie vergnügt.

»Wenn es nur ein Scherz wäre!«

Das Lächeln verschwand aus Katjas Gesicht.

»Du meinst das wirklich ernst?« Ihre Stimme war ganz leise geworden.

»Ja.«

»Und wieso weiß ich das nicht?«

»Weil es niemand weiß.« Lottes Stimme klang jetzt heiser.

Sie stand auf, holte eine Flasche Wasser aus dem Kühlschrank und schenkte zwei Gläser ein. Hastig nahm sie einen Schluck.

»Ehrlich gesagt, ist mir jetzt eher nach einem Glas Wein! Und dann will ich eine Erklärung«, forderte Katja und ging nun selbst zum Kühlschrank. Sie holte eine Flasche Riesling heraus und öffnete sie. Direkt neben der Eckbank war eine Vitrine, aus der sie zwei Weingläser nahm. Doch als sie für Lotte einschenken wollte, schüttelte diese den Kopf.

»Für mich nicht!«

»Lotte? Du willst keinen Wein?«

Katjas Blick war nun vollends so überrascht, dass Lotte trotz der ganzen Aufregung fast gelacht hätte.

»Es ist besser, ich trinke nichts. Weißt du, ich bin nämlich schwanger.«

Für einige Sekunden herrschte Stille im Raum. Lotte wartete darauf, dass Katja etwas sagte. Doch ihr hatte es offenbar komplett die Sprache verschlagen.

»Schwanger trotz Spirale. Und ich weiß das auch erst seit gestern Abend!«, fügte Lotte nach einer Weile hinzu.

»Was ist mit Nicolas? Weiß er schon Bescheid?«, fragte Katja schließlich leise.

»Meinst du, dass ich verheiratet bin, oder dass ich ein Kind von ihm bekomme?«

»Beides.«

»Er weiß noch gar nichts«, redete Lotte nun drauflos, erleichtert, dass es endlich raus war. »Das ist ja mein Problem. Das mit der Heirat, das wollte ich ihm irgendwann natürlich sagen. Dafür hat sich bisher nur einfach noch nicht die richtige Gelegenheit ergeben. Und ich konnte doch nicht damit rechnen, dass er mir so schnell die Frage aller Fragen stellen und einen Heiratsantrag machen möchte. Mit Lissy war er schließlich über acht Jahre zusammen, ohne dass er …«

»Aber Lotte!« Katja griff über den Tisch nach der Hand ihrer Freundin. »Man verschweigt einem neuen Partner doch von Anfang an nicht, dass man schon verheiratet ist!«, sagte sie eindringlich.

»Ich weiß …«

»Und abgesehen davon, auch nicht seiner besten Freundin! Ich bin jetzt nur nicht sauer auf dich, weil ich sehe, wie schlecht es dir geht. Ansonsten würde ich dir jetzt den Kopf waschen. Aber so was von!«

»Ich habe es nicht absichtlich verschwiegen, ich … ich wollte es einfach nur nicht sagen.«

Lotte merkte selbst sofort, wie verrückt sich das alles anhörte.

»Und dann bist du auch noch schwanger!«, kam Katja nun auf den zweiten Punkt. »Freust du dich denn darüber?«

»So weit bin ich, ehrlich gesagt, noch nicht. Ich versuche immer noch, überhaupt erst zu verinnerlichen, dass es so ist. Ich meine, wem passiert das schon, bitteschön? Von tausend Frauen werden nur etwa drei bis acht trotz Spirale schwanger. Wieso gehöre ausgerechnet ich dazu? Bin ich eine Art Kollateralschaden des Universums?«

Um Katjas Mundwinkel zuckte es verdächtig. Doch sie lachte nicht.

»Du bist kein Kollateralschaden. Aber ich verstehe schon, das ist alles sehr viel auf einmal. Und ich würde an deiner Stelle schon alleine deswegen ausflippen, wenn ich nur von dem bevorstehenden Heiratsantrag wüsste. Was mich wieder zu Punkt eins führt. Mit wem bist du schon verheiratet, Lotte? Und seit wann?«

Lotte nahm noch mal einen tiefen Schluck Wasser.

»Also …«, sie räusperte sich. »Er heißt Jason. Jason Williams. Und ich habe ihn zwei Tage nach meinem neunzehnten Geburtstag in Las Vegas geheiratet«, sprach Lotte es zum ersten Mal laut aus.

»In Las Vegas? So eine Schnellheirat? Das ist nicht wirklich dein Ernst?«

»Doch.«

»Aber warum hast du mir das niemals erzählt? Wir haben uns ein Jahr später kennengelernt und seitdem fast alles zusammen gemacht!«

Lotte konnte in ihrer Stimme hören, wie enttäuscht Katja sein musste.

»Weil ich mich so unglaublich geschämt habe. Und mich immer noch dafür schäme. Nach meiner Rückkehr aus Amerika habe ich versucht, es erst einmal zu verdrängen. Es war sowieso alles so unwirklich gewesen. Ich wollte Jason Williams und diese ganze Zeit dort einfach nur vergessen! Nach ein paar Jahren habe ich dann mal versucht, etwas über ihn herauszufinden, um eine Annullierung oder Scheidung in die Wege zu leiten. Doch vergeblich. Und da er so weit weg war, spielte es irgendwie auch keine so große Rolle. Ich hätte sowieso nicht noch mal heiraten wollen, nach dem Debakel in Las Vegas.«

Katja sah Lotte mit einem kritischen Blick an.

»Sag mal, kann es sein, dass du dich deswegen nie auf eine längere Beziehung eingelassen hast?«, fragte sie geradeheraus.

Lotte schüttelte den Kopf.

»Nein!« Doch wenn sie ehrlich zu sich selber war, könnte das tatsächlich mit eine Rolle gespielt haben.

»Vielleicht nur ein wenig«, gab sie zu. »Aber es war auch nie der Richtige dabei!«

»Bis Nicolas kam …«

Lotte nickte.

»Bis Nicolas kam. Und ich wollte und will es ihm auch echt nicht verschweigen. Wirklich nicht. Ich suche schon die ganze Zeit nach einer Möglichkeit, um mit ihm darüber zu sprechen. Aber ständig war was los und der ganze Besuch … Und dann vorhin, da hat …«

»Was?«

»Nun ja, Sarah hat vorhin etwas gesagt, und das macht mir echt ein wenig Sorge. Wir haben auf dem Weihnachtsmarkt in Colmar zufällig Nicolas' frühere Freundin getroffen. Und danach hat Sarah mir erzählt, dass es in der Beziehung von Nicolas und Lissy zu Spannungen kam, weil sie ihm etwas verschwiegen hatte. Und das noch nicht einmal mit einer schlimmen Absicht. Sarah meinte, dass Nicolas mit allem gut klarkomme, er dürfe nur nicht das Gefühl haben, dass man ihm etwas verschweigt. Das wäre schlimm für ihn.«

»Und jetzt hast du natürlich Angst, dass Nicolas dir ernsthaft böse sein könnte, weil du es nicht von Anfang an gesagt hast.«

»Ja. Vielleicht ist sogar unsere Beziehung in Gefahr!«, rief Lotte aufgebracht.

»Aber ihr bekommt doch ein Kind zusammen! Nicolas wird sich sicher nicht …«

»Das mit dem Kind werde ich ihm erst sagen, wenn das andere aus der Welt geschafft ist. Und du wirst es ihm auch nicht sagen! Hörst du? Das musst du mir versprechen! Das Letzte, was ich möchte, ist, dass er womöglich nur mit mir zusammenbleibt, weil ich von ihm schwanger bin.«

Ihr Ton war diesmal schärfer.

»Das kann ich verstehen!«, murmelte Katja. »Und natürlich sage ich ihm das nicht. Umso wichtiger ist es für dich, so schnell wie möglich mit ihm über alles zu reden.«

Lotte nickte.

»Vielleicht kannst du dich nach dem Abendessen ein

wenig um alle kümmern, dann kann ich Nicolas überreden, mit nach oben zu kommen, damit wir ungestört sind.«

»Klar. Natürlich mache ich das«, versprach Katja.

»Glücklicherweise wissen wohl nicht viele von dem geplanten Heiratsantrag«, sagte Lotte. »Und das soll bitte auch so bleiben …«

Lotte sah Katja an, die sich verlegen durchs Haar strich. Ihre Wangen hatten sich leicht rosa gefärbt.

»Du hast doch nicht …?«

»Also ich …!«

»Katja!«

»Tut mir leid, Lotte, ich habe mich heute auf der Herfahrt verplappert.«

Lotte stöhnte.

»Die Blamage wird immer größer.«

»Ich werde gleich mit Julia und Jonas reden. Und auch mit Ella. Sie sollen niemandem etwas sagen und es sich vor allem auch nicht vor Nicolas anmerken lassen, dass sie vom Heiratsantrag erfahren haben. Aber jetzt möchte ich unbedingt von dir wissen, wie es damals zu der Heirat mit diesem Jackson …«

»Jason«, korrigierte Lotte.

»Mit diesem Jason kam.«

Kapitel 13

Es war einmal … in Amerika

Zwölf Jahre vorher im November in Las Vegas, Nevada

Mit zitternden Beinen stieg Lotte aus dem Hubschrauber. Sie war aufgeputscht durch das Adrenalin und die unglaublichen Eindrücke, die sie in der letzten halben Stunde des Rundflugs über den Grand Canyon erlebt hatte.

»Und?«, fragte Rena zehn Minuten später, als Lotte zum Parkplatz kam, auf dem der VW-Bus neben einem alten Ford-Wohnmobil stand. Davor lümmelten sich auf billigen Klapphockern einige junge Leute und schienen es sich gut gehen zu lassen.

»Es war irre!«, rief Lotte begeistert. »Dieser Wahnsinnsmoment, als wir mit dem Heli über die Kante flogen und direkt vor und unter uns der Grand Canyon lag. Der Colorado-River schlängelt sich wie eine smaragdgrüne Schlange ganz unten zwischen den rotbraunen Felswänden. Und dann der Hoover Staudamm. So riesig – alles total Wahnsinn! Schade, dass du nicht mitgekommen bist, Rena!«

»Sicherlich super. Aber das war mir einfach zu viel Kohle für so ein kurzes Vergnügen!«, sagte die dunkelhaarige Österreicherin, die Lotte vor fünf Tagen in einem Diner in San Diego kennengelernt hatte.

Lotte hatte sich ein paar Tage vorher von ihrer mitreisenden Hamburger Freundin Ida getrennt. Die letzten vierzehn Tage der insgesamt sechswöchigen gemeinsamen Amerikareise hatte Ida bei ihrer Tante in Phoenix verbringen wollen. Doch dort war es Lotte schon nach zwei Tagen langweilig geworden. Schließlich war sie nicht nach Amerika gereist, um einen auf Familie zu machen. Deswegen wollte sie für den restlichen Urlaub allein weiterziehen. Am letzten Tag würden sie und Ida sich am Flughafen in Los Angeles wieder treffen und gemeinsam zurückfliegen.

In dem Diner – im Herzen des berühmten Gaslamp Quarter in der historischen Innenstadt San Diegos – waren Lotte und Rena zufällig ins Gespräch gekommen, als Lotte in einem aufgeschlagenen Plan Busverbindungen zum Grand Canyon gesucht hatte. Rena hatte sich nur Tage zuvor mit ihrem Freund so zerstritten, dass sie sich während ihrer Reise getrennt hatten. Da Lotte und Rena ähnliche Ziele hatten, hatte Rena der rothaarigen Hamburgerin kurzerhand angeboten, sie in ihrem gemieteten VW-Bus mitzunehmen, wenn sie die Spritkosten übernahm. Letztlich kam das Lotte günstiger als die Bus- und Zugtickets, die sie normalerweise gekauft hätte. Und auch das Geld für Motels konnte sie sich sparen, weil sie im VW-Bus übernachten konnten. Seitdem waren die beiden jungen Frauen gemeinsam unterwegs. Rena hatte auf sie gewartet, während Lotte den Rundflug machte. Und dabei ganz offensichtlich schon wieder Freundschaft mit anderen geschlossen. Die quirlige Österreicherin schien Menschen regelrecht anzuziehen.

Ein junger Mann drückte Lotte eine Flasche gekühltes Bier in die Hand, ohne zu fragen, ob sie schon über einundzwanzig war. Was sie längst noch nicht war, die meisten Leute schätzten sie nur ein wenig älter. Doch sie ging nicht davon aus, hier kontrolliert zu werden. Deswegen nahm sie einen Schluck.

»Hi. Ich bin Billy«, stellte der Typ, den Lotte auf etwa fünfundzwanzig schätzte, sich ungefragt auf Englisch vor. »Mein Bruder Jay!« Er deutete auf einen nur wenig jünger wirkenden Mann, der auf der Beifahrerseite im Wohnmobil saß und mit dem Handy telefonierend eine Zigarette rauchte.

»Und der dort drüben ist unser Kumpel Jason.«

Er nickte zu einem weiteren jungen Mann, der auf einem der Klapphocker vor dem Wohnmobil saß. Lotte nickte der lässig attraktiven Erscheinung zu.

»Ich bin Lotte!«, sagte sie, immer noch total aufgedreht von ihrem spektakulären Rundflug, der von Anfang an auf ihrer Wunschliste bei den Reiseplanungen gestanden hatte. Dass es geklappt hatte und sie sich dieses Abenteuer ausgerechnet heute an ihrem 19. Geburtstag erfüllen konnte, machte aus diesem Tag etwas ganz Besonderes.

»Freut mich, Lotte!«, sagte der dunkelhaarige Typ und lächelte sie dabei freundlich an, was ihr völlig unverhofft ein Kribbeln im Magen bescherte, und prostete ihr zu.

»Die drei wollen auch ein paar Tage in Las Vegas bleiben«, erklärte Rena, riss ein Päckchen Erdnüsse auf und schob sich eine Handvoll davon in den Mund. »Ich habe ihnen den Campingplatz empfohlen, zu dem wir auch wollen«, sagte sie mit vollem Mund.

»Dann sehen wir uns später vielleicht wieder?«, fragte Lotte. Die drei schienen sympathisch zu sein. Und sie hätte nichts dagegen gehabt, ein wenig mit ihnen zusammen zu feiern. Auch wenn niemand davon wusste, dass sie heute Geburtstag hatte. Sie nahm einen weiteren Schluck Bier, dann stellte sie die angetrunkene Flasche ab.

»Ja … bis später vielleicht!«, sagte Jason und nickte ihnen zu, als Lotte und Rena in den VW-Bus stiegen und sich auf den Weg zum Campingplatz machten, den sie von unterwegs schon reserviert hatten.

Tatsächlich kamen die Jungs zwei Stunden nach Rena und Lotte dort an und stellten ihr Wohnmobil gegenüber von den Mädels ab. Die zweiundzwanzigjährige Rena hatte in einem kleinen Supermarkt in der Nähe ein paar Sixpacks Bier, Wein und Chips für den Abend besorgt. Und ohne dass es irgendwie seltsam gewesen wäre, hatten Jason, Billy und Jay sich zu ihnen gesellt, ebenso ein junges Paar aus Kanada, dessen Camper in der Nähe stand. Es wurde ein unglaublich lustiger Abend, und es schien sich irgendwie automatisch zu ergeben, dass Lotte und der sympathische Jason sich die meiste Zeit allein unterhielten. Im Laufe des Abends wurde er ihr immer sympathischer. Als es draußen kälter wurde, verabschiedete sich das Paar in ihren

Camper. Die Brüder verschwanden ins Wohnmobil und Rena in den VW-Bus, doch Jason und Lotte blieben in Jacken und Decken gehüllt auf den Klappstühlen sitzen und unterhielten sich über Gott und die Welt. Jason war im vergangenen Monat einundzwanzig geworden und hatte in diesem Jahr ein Wirtschaftsstudium abgebrochen, weil es ihm überhaupt nicht lag, wie er ihr erzählt hatte. Inzwischen schlug er sich mit verschiedenen Jobs durch und versuchte dabei herauszufinden, welches Studium für ihn das richtige wäre.

Sie erzählte ihm, dass sie in diesem Jahr ihre Ausbildung zur Restaurantfachfrau beendet hatte und sich die sechswöchige Amerikareise seit zwei Jahren zusammengespart hatte. Ihre Eltern und Großeltern hatten ihr noch einen Zuschuss gegeben, ein vorgezogenes Geburtstagsgeschenk sozusagen.

»Hast du denn bald Geburtstag?«, fragte Jason interessiert.

Lotte sah auf ihre Armbanduhr.

»Ja, noch etwa zwanzig Minuten lang«, erklärte sie und verriet ihm schließlich doch, wie alt sie geworden war.

»Hey. Du hast heute Geburtstag, und ich habe überhaupt kein Geschenk für dich!«, meinte er zerknirscht.

»Ich brauche doch gar kein Geschenk von dir!«, beteuerte Lotte.

»Und was ist mit einem Geburtstagskuss?« Er fragte es so leise, dass Lotte die Worte mehr an seinen Lippen ablas, als dass sie ihn hörte. Er war schon ein klein wenig angetrunken. Genau wie sie.

»Zu einem Geburtstagskuss sollte man nie Nein sagen«, murmelte sie.

Jason beugte sich zu ihr und gab ihr einen kurzen, zärtlichen Kuss.

Mehr passierte in dieser Nacht nicht mehr. Nachdem sie noch bis nach Mitternacht geplaudert hatten, stand er auf, wünschte ihr eine gute Nacht und verabschiedete sich ins Wohnmobil zu seinen Freunden.

Lotte lag danach noch lange Zeit auf der Matratze im VW-Bus neben der leise schnarchenden Rena. Sie war kein Kind von Traurigkeit und hatte schon einige Jungs geküsst, aber dieser Kuss vorhin war ganz besonders gewesen. Seitdem hörte es gar nicht mehr auf, in ihrem Magen zu kribbeln. Hoffentlich blieb es nicht nur bei dem einen Kuss, dachte sie hoffnungsvoll, bevor sie irgendwann doch eingeschlafen war.

Am nächsten Morgen überraschten Jason und seine Freunde sie und Rena mit frischen Bagels, Donuts und Kaffee. Die Jungs hatten vor, den Tag in einem der Casinos zu verbringen. Auch das Paar von gestern würde mitkommen. Und Rena wollte sich ihnen ebenfalls anschließen. Nur das war der Grund, weshalb sie überhaupt nach Las Vegas gefahren war.

»Und was ist mit dir, Lotte?«, fragte Jason. »Mit neunzehn Jahren darfst du noch nicht in die Casinos.«

Lotte wusste das natürlich, doch trotzdem hatte sie mit Rena nach Las Vegas kommen wollen, weil es nicht weit vom Grand Canyon entfernt war und sie unbedingt diesen

Rundflug hatte machen wollen. Außerdem gab es hier in der Stadt auch sonst einiges zu sehen. Das Spielen in den Casinos selbst reizte sie hingegen überhaupt nicht. Darauf konnte sie gut verzichten.

»Du bist erst neunzehn?«, fragte Rena überrascht. Auch sie war davon ausgegangen, dass Lotte schon älter war. »Echt jetzt?«

Lotte nickte.

»Aber lasst euch von mir nicht aufhalten. Ich mache ein wenig Sightseeing und komme dann später wieder her auf den Campingplatz.«

»Ich leiste Lotte Gesellschaft!«, erklärte Jason überraschend.

»Aber du wolltest doch …«, begann Lotte.

»Ach, vielleicht ist es ganz gut, wenn ich nicht mitkomme, dann verliere ich wenigstens kein Geld an den Spieltischen«, unterbrach er sie.

Seinen Freunden schien es nichts auszumachen. Im Gegenteil. Sie überließen ihm den Schlüssel für das Wohnmobil und zwinkerten ihm zu, als sie sich mit Rena und dem Paar aus Kanada auf den Weg machten.

Lotte und Jason verbrachten einen herrlichen Tag zusammen. Sie schlenderten mit einer Eistüte in der Hand den sogenannten Strip entlang, bestaunten die Wasserspiele am Brunnen des berühmten Hotels Bellagio und das pyramidenförmige Hotel Luxor, spekulierten, welche Promis in den verdunkelten Stretch-Limousinen saßen, und teilten sich eine riesige Käsepizza.

Am späten Nachmittag schickten ihre Freunde ihnen

eine Nachricht, sie seien immer noch im Casino und würden erst in ein paar Stunden zurückkommen.

»Hoffentlich verspielen sie nicht allzu viel Geld«, sagte Lotte.

Jason zuckte mit den Schultern. »Bei Billy und Jay spielt das keine so große Rolle. Die beiden haben genug Geld. Ziemlich reiche Eltern. Und mit reich meine ich sehr, sehr reich.«

»Echt? Ich dachte, weil ihr mit dem alten Wohnmobil unterwegs seid, könntet ihr euch vielleicht kein Motel leisten.«

Er grinste vergnügt.

»Das Wohnmobil gehört meinem Onkel, der es verkaufen will. Ich habe versprochen, es für ihn zu einem Händler hier in der Nähe zu bringen. Die Jungs wollten mich dabei begleiten. Morgen Abend muss ich es abgeben, dann fahren wir mit einem Leihwagen zurück nach Sacramento. Wir hatten eigentlich vorgehabt, uns in Las Vegas Zimmer in einem Motel zu nehmen. Aber Rena hat uns den Campingplatz hier so schmackhaft gemacht, also haben wir kurzfristig unsere Pläne geändert.«

Nun musste auch Lotte lachen.

»Da bin ich aber froh, dass ihr euch das anders überlegt habt«, sagte sie.

Er nickte, beugte sich zu ihr und küsste sie.

Das Leben fühlte sich gerade wunderbar abenteuerlich an, und Lotte hatte nichts dagegen, dass die anderen sich mit der Rückkehr Zeit ließen und sie und Jason das Wohnmobil noch ein paar Stunden ganz für sich allein hatten. Jason war zärtlich, vorsichtig und trotzdem sehr leidenschaftlich. Und sie war schon jetzt ganz vernarrt in ihn.

Als alle zurückkamen, feierten sie Rena, die fast zweitausend Dollar im Casino beim Black Jack gewonnen hatte. Die Brüder schwiegen über ihre Verluste, taten es mit einem Achselzucken ab. Das kanadische Paar hingegen wirkte etwas zerknirscht und musste ein wenig aufgemuntert werden.

Auch in dieser Nacht waren Lotte und Jason wieder die Letzten, die noch wach waren. Händchenhaltend saßen sie eng nebeneinander auf den Stühlen und hatten eine große Decke über sich gezogen.

Plötzlich seufzte Lotte.

»Ich kann mir gar nicht vorstellen, dass ich in noch nicht einmal einer Woche schon wieder in Deutschland bin!«, murmelte sie wehmütig. Die Vorstellung, sich bald wieder von Jason zu trennen, obwohl sie ihn gerade erst kennengelernt hatte, gefiel ihr gar nicht. In den beiden letzten Tagen schien sich ihre Welt auf den Kopf gestellt zu haben. Zuerst dieser unglaublich fantastische Flug über dem Grand Canyon, dann Jason! Noch nie war ihr vorher so ein aufmerksamer Typ begegnet, der so viele ihrer Interessen und Vorlieben teilte, dass es schon fast unheimlich war. Gleichzeitig war ihr, als ob sie ihn schon viel länger kennen würde.

»Kannst du nicht ein wenig länger bleiben?«, fragte er, und sie freute sich darüber, dass auch ihm offenbar etwas daran lag, sie nicht sofort wieder aus den Augen zu verlieren.

»Leider nicht. Zwei Tage nach meiner Rückkehr ist mein erster offizieller Arbeitstag in einem Lokal. Bis dahin muss ich zurück sein.«

»Schade … Dann muss ich dich wohl irgendwann einmal in Deutschland besuchen kommen.«

Bei dieser Vorstellung begann ihr Magen wieder Purzelbäume zu schlagen.

»Das wäre toll!«, sagte sie.

Er zog ihre Hand unter der Decke hervor, zog sie an den Mund und küsste nacheinander ihre Fingerspitzen.

»Hamburg könnte dir gut gefallen, Jason!«

»Mit dir als Fremdenführerin ganz bestimmt! … Manchmal habe ich echt den Wunsch, einfach mal was ganz Spontanes, Verrücktes zu machen. Wie zum Beispiel so eine Reise nach Europa. Oder irgendwas anderes. Ohne lange darüber nachzudenken. Du nicht auch, Lotte?«, fragte er. Er öffnete zwei weitere Flaschen Bier und reichte eine Lotte.

»Ja. Was ganz Spontanes würde ich auch manchmal gerne machen!«, stimmte sie ihm zu. »Irgendwas absolut Verrücktes.«

»Was denn zum Beispiel?«, fragte er neugierig.

Sie nahm einen Schluck Bier und zuckte dann mit den Schultern.

»Keine Ahnung. Mit einem Fallschirm aus einem Flugzeug springen, vielleicht.«

»Ich glaube nicht, dass ich so mutig wäre«, meinte er. »Aber ich könnte mir meine dunklen Haare blau färben lassen!«, überlegte er, und sie prusteten los.

»Das wäre sehr mutig«, sagte sie mit einem Zwinkern. »Wobei – blau würde perfekt zu deinen Augen passen.«

»Ach ja, findest du?«

Sie nickte.

»Total.«

»Und was würdest du noch machen?«, wollte er wissen.

»Hm. Mich einfach auf einen Platz stellen und laut singen«, fuhr sie fort.

»Da würde ich ganz wild applaudieren und nach einer Zugabe verlangen!«

Sie kicherte.

»Ich könnte mich auch als Osterhase verkleiden und ganz viele Süßigkeiten besorgen und sie auf der Straße an Kinder verteilen«, schlug er vor.

»Mit ganz langen Hasenohren?«

»Na klar! Und natürlich einem süßen Bommelschwänzchen.«

Lotte und Jason prusteten wieder los. Sie hatte heute den ganzen Tag so viel gelacht, dass ihr inzwischen der Bauch wehtat.

»Und ich würde in einem Park Blumen an alte Leute verschenken«, sagte sie.

»Das wäre auch schön. Oder spontan hier in Las Vegas heiraten!«, kam es von Jason.

»Heiraten? Du meinst, in einer dieser Hochzeitskapellen?«, fragte sie verblüfft.

»Ja. Warum nicht? Ganz spontan. Das wäre doch wirklich verrückt, oder?«

Wieder spürte sie dieses aufregende Kribbeln im Bauch. Nur diesmal noch viel stärker als bisher.

»Total. Das wäre wirklich absolut verrückt, Jason«, gab sie ihm recht.

Er rutschte plötzlich in seinem Stuhl nach vorn.

»Was meinst du, Lotte, sollen wir verrückt sein?«, fragte er mit einem abenteuerlichen Funkeln in seinen dunkelblauen Augen.

In Las Vegas heiraten? Das wäre tatsächlich das Verrückteste, das sie jemals in ihrem bisherigen Leben gemacht hätte. Sie war erst neunzehn und Jason einundzwanzig!

Na und? Ihre Mutter und ihr Vater waren damals auch erst Anfang zwanzig gewesen, als sie beschlossen hatten zu heiraten. Und die Eltern waren immer noch verliebt wie am ersten Tag und führten eine tolle Ehe, schoss es Lotte durch den Kopf. Manchmal wusste man es eben sofort, dass man den Richtigen gefunden hatte. Wäre das nicht ein unglaubliches Abenteuer, einfach *Ja* zu sagen? Das würde auch bedeuten, dass sie sich nicht schon bald und endgültig von Jason verabschieden müsste. Die Tatsache, dass sie beschwipst und ihre Überlegungen alles andere als rational waren, interessierte sie im Moment nicht im Geringsten.

»Entschuldige, Lotte. Es war ziemlicher Blödsinn, dir so etwas Verrücktes vorzuschlagen«, unterbrach Jason ihre Gedanken mit einem verlegenen Lächeln. »Bitte vergiss das Ganze wieder.«

Sie nahm noch einmal einen Schluck Bier und rief dann: »Aber warum vergessen? Lass es uns machen, Jason. Lass uns verrückt sein und heiraten. Sofort!«

»Echt?«

Sie nickte.

»Echt.«

»Na gut! Wenn du das wirklich willst, dann lass es uns gleich morgen früh tun!«

»Ja, lass es uns tun!«

Sie machten vor Aufregung die restliche Nacht kein Auge zu. Auf weiteren Alkohol verzichteten sie jedoch, da Jason ihr erklärte, man dürfe nur in nüchternem Zustand heiraten. Doch sie war von ihrem völlig verrückten Plan ohnehin so berauscht, dass sie kein Bier mehr brauchte. Nachdem beide den Entschluss einmal gefasst hatten, kam es ihnen so vor, als wäre es die natürlichste Entscheidung der Welt. Sie beide würden heiraten!

Sie hatten alle möglichen Ideen, überlegten sogar, ob Jason nicht im kommenden Jahr in Deutschland studieren könnte und dass sie sich bis dahin um einen Job für ihn kümmern könnte. In der Gastronomie wurden doch immer Leute gesucht. Dann könnten sie sich sicher auch eine gemeinsame kleine Wohnung leisten. Sie schmiedeten wilde Pläne, wie es nur ganz frisch verliebte junge Menschen tun können, deren Hormone Achterbahn fuhren und die alles andere um sich herum ausblendeten. Lotte kam sich vor wie in einem Traum. Dem schönsten Traum, den sie je geträumt hatte.

Um acht Uhr früh, als die anderen noch schliefen, machten sie sich auf den Weg, um im Marriage Bureau die Heiratserlaubnis zu beantragen. Da Jason derzeit ein wenig knapp bei Kasse war, wie er etwas zerknirscht zugab, übernahm Lotte die Gebühren aus ihrer Reisekasse.

Als sie wieder zurück zu den anderen auf den Campingplatz kamen, war Rena gerade dabei, den VW-Bus für die Weiterfahrt vorzubereiten.

»Nach dem Frühstück fahren wir los«, meinte die Österreicherin.

»Was? Du willst jetzt dann schon fahren?«, fragte Lotte ungläubig. Sie war davon ausgegangen, noch mindestens einen weiteren Tag hier zu bleiben.

»Ich will nicht in Versuchung geraten, das Geld wieder zu verlieren, das ich gestern gewonnen habe. Und du kannst ja sowieso nicht mit ins Casino kommen. Außerdem wollten wir doch unbedingt noch nach Santa Barbara, bevor wir nach Los Angeles fahren«, erinnerte Rena sie.

»Schon, aber … aber ich kann jetzt noch nicht weg«, stotterte sie und hatte plötzlich eine seltsame Scheu, Rena von der geplanten Hochzeit zu erzählen. Sie hatte so eine Ahnung, dass ihre Reisebegleiterin das womöglich nicht verstehen könnte. Deswegen schwieg sie.

Jason griff nach Lottes Hand. Rena warf einen Blick zwischen den beiden hin und her und zuckte dann die Schultern.

»Wenn du noch hierbleiben möchtest, ist das für mich völlig okay, Lotte«, sagte die Österreicherin. »Aber ich mache mich gleich auf den Weg.«

Lotte wusste in diesem Moment nicht, was sie tun sollte. Die Vorstellung, dass Rena gleich ohne sie losfahren würde, bedrückte sie genauso sehr wie die Vorstellung, dass sie mit Rena mitfahren würde und die Heirat wie eine Blase zerplatzte.

»Ich habe doch schon alles für heute Mittag arrangiert!«, flüsterte Jason ihr zu. »Oder willst du es nicht mehr durchziehen?«

»Doch!«, sagte sie schnell zu ihm und wandte sich dann an Rena. »Ich bleibe noch hier, Rena. Danke, dass du mich mitgenommen hast.«

»Schon gut.«

Lotte ging in den VW-Bus und packte ihre Sachen in den großen Reiserucksack.

»Und pass bitte auf dich auf, ja?«, mahnte Rena, als sie sich zum Abschied umarmten. »Meine Handynummer hast du für den Notfall.«

»Hab ich. Aber mach dir keine Sorgen um mich! Bei mir ist alles super«, sagte Lotte. »Gute Reise!«

Als Rena losfuhr und noch einmal aus dem Fenster winkte, wäre Lotte ihr am liebsten hinterhergelaufen und doch mitgefahren. Aber Jason zog sie an sich und küsste sie ausgiebig.

»Komm. Wir haben nicht mehr viel Zeit. Wir müssen uns schließlich noch ein wenig frisch machen für die Hochzeit.«

Die nächsten Stunden erlebte Lotte wie in einer Art Fiebertraum. Ohne eine Sekunde Schlaf in der vergangenen Nacht und ziemlich aufgedreht, stand sie kurz nach Mittag in der legendären Little White Chapel neben Jason und gab ihm das Ja-Wort. Als Trauzeugen waren Billy und Jay mit von der Partie, die das Ganze von der ersten Minute an für eine supercoole Idee hielten.

Zu Lottes Überraschung hatte Jason sogar irgendwo

einen billigen Ring besorgt, den er ihr an den Finger steckte, bevor er sie küsste.

Es ging alles so schnell, dass Lotte es kaum glauben konnte. Sie war mit Jason Williams verheiratet.

Kapitel 14

Walzer

Katja sah Lotte ungläubig an.

»Du hast ihn wirklich einfach so geheiratet?«, fragte sie und schüttelte fassungslos den Kopf. »Obwohl du ihn erst zwei Tage kanntest?«

»Ja. Und ich kann es selbst immer noch nicht glauben, dass ich das getan habe!«, gab Lotte zu. »Ich muss wirklich damals unzurechnungsfähig und vor allem total in ihn verknallt gewesen sein. Anders kann ich es mir heute nicht mehr erklären.«

»Aber was war danach? Wieso habt ihr euch getrennt?«, fragte Katja.

Lotte spürte, wie ihr wieder übel wurde. Was nicht an der Schwangerschaft lag. So fühlte sie sich immer, wenn sie daran dachte, was nach der Hochzeit passiert war. Doch schließlich erzählte sie Katja auch noch das bittere Ende der Geschichte.

Sie hatten nach der Trauung zu viert in einem Diner gemeinsam Burger und Pommes gegessen. Lotte war davon ausgegangen, dass sie mit den Jungs nach Sacramento fahren würde, sobald sie das Wohnmobil abgegeben hatten. Wie es danach bis zu ihrem Rückflug in ein paar Tagen weitergehen würde, darüber hatte sie sich in der kurzen Zeit noch keine Gedanken machen können. Und auch nicht machen wollen. Seitdem sie die Hochzeit durchgezogen hatten, fühlte sie sich seltsam leer und auch total erschöpft. Sie brauchte dringend Schlaf.

Lotte war kurz auf die Toilette verschwunden. Als sie wieder zurückkam, sah sie, wie Billy aus seiner Geldbörse einen dicken Packen Scheine herauszog und sie Jason mit einem breiten Grinsen in die Hand drückte. Die drei bemerkten Lotte nicht, als sie näher kam.

»Ich hätte nie gedacht, dass du das wirklich durchziehst, Mann!«, rief Jay und klopfte Jason auf die Schultern. »Du hast es echt geschafft, die Tussi herumzukriegen.«

Jason deutete auf das dicke Geldbündel.

»Bei so einem Einsatz musste ich das doch einfach schaffen!«, sagte er und steckte die Scheine rasch in seine Hosentasche.

»Und wenn ein Mädchen so völlig naiv ist wie diese Lotte, dann kann es ja kaum schiefgehen!«, meinte Billy und lachte laut.

»Es war eine Wette?«, fragte Katja fassungslos.

»Ja. Mir war vorher schon aufgefallen, dass die Brüder ständig auf alles Mögliche gewettet haben. Offenbar hatten die beiden wirklich viel Kohle. Aber auf eine Hochzeit wetten!? Und ich blödes Dummchen habe das nicht bemerkt«, sagte Lotte zerknirscht.

»Das hätte sich vermutlich niemand vorstellen können. Aber warum hast du die Ehe denn nicht gleich annullieren lassen?«, fragte Katja.

»Ich war da zu geschockt, völlig übermüdet und schämte mich total. Außerdem wusste ich da noch nicht, dass das möglich ist. Ich war einfach nur kopflos. Ich versuchte, mich zusammenzureißen, und tat also so, als hätte ich nichts mitbekommen, als ich zum Tisch zurückkam. Dann bat ich Billy um den Schlüssel für das Wohnmobil, weil ich etwas aus meinem Rucksack holen wollte. Aber ich hab mir nur noch meine Sachen geschnappt, den Schlüssel im Wagen stecken lassen und bin mit einem Taxi zum Busbahnhof geflüchtet. Von dort aus bin ich nach Los Angeles. Ich glaube, ich habe die ganze Fahrt bis dorthin nur geheult. In Los Angeles habe ich mich bis zum Abflug in einem Motel in der Nähe des Flughafens verkrochen.«

»Ach, du Arme«, sagte Katja voller Mitgefühl.

In Lottes Augen schwammen Tränen.

»Es war das Demütigendste, das ich je erlebt habe. Ein wahr gewordener Albtraum. Aber das Schlimme war, dass ich mir das selbst zuzuschreiben hatte. Danach war ich echt wie erstarrt. Ich traute mich nicht, es irgendjemandem zu erzählen, noch nicht einmal meinen Eltern. Wollte das einfach nur vergessen. Ich habe den verdammten Ring im Klo runtergespült, auf dem Handy alle Fotos von Jason gelöscht und alles weggeworfen oder zerrissen, was mich an diesen Tag erinnert hat, sogar diese blöde Heiratsbescheinigung. Was sehr unüberlegt war. Deswegen hatte ich nämlich auch keine Adresse mehr von ihm und nur ein ungefähres Geburtsdatum. Ich wusste am Ende noch nicht einmal, ob die Geschichte, dass die drei aus Sacramento kamen, auch wirklich stimmte. Vielleicht hatte Jason mich da schon belogen. Irgendwann viel später, als ich es geschafft hatte, mich endlich doch damit zu befassen, musste ich leider feststellen, dass das Jahr längst verstrichen war, in dem ich die Ehe von Deutschland aus hätte annullieren lassen können. In Las Vegas hätte ich das sogar noch in den ersten 24 Stunden machen können. Wenn ich damals nicht so panisch verschwunden wäre, hätte ich es regeln können! Ich habe die Hochzeit in Las Vegas auf dem Standesamt in Hamburg natürlich nie eintragen lassen, aber nach amerikanischem Recht bin ich wohl immer noch mit Jason verheiratet. Und das gilt natürlich auch hier in Frankreich.«

»Ach Lotte, was für ein Riesenmist!«

Katja umarmte ihre Freundin ganz fest. »Hättest du das doch nur mit mir besprochen, als wir uns kennengelernt haben. Gemeinsam hätten wir das alles bestimmt auf die Reihe bekommen.«

»Ich weiß. Das hätte ich tun sollen. Und vor allem hätte ich mich auch an meine Eltern wenden sollen. Wenn ich mich nur nicht so geschämt hätte.«

»Jedenfalls musst du das jetzt in Angriff nehmen. Ich helfe dir dabei. Wir müssen diesen Jason finden.«

»Danke, Katja. Diesmal lasse ich nicht locker.«

Lotte nahm einen Schluck Wasser. Auch wenn sie sehr aufgewühlt war, so fühlte sie sich nun doch immens erleichtert, dass sie endlich mit jemandem darüber gesprochen hatte.

»Und nun musst du unbedingt Nicolas reinen Wein einschenken«, scherzte Katja mit dem bei Winzern beliebten Spruch.

Lotte versuchte zu lächeln, was ihr jedoch misslang. Sie nickte nur.

»Ja, Nicolas muss es unbedingt heute noch erfahren, denn der Heiratsantrag morgen fällt ja …«

»Also Katja, du Plappermaul! Du hast doch versprochen, Lotte nichts zu sagen!«

Erschrocken drehten die Frauen sich zur Tür. Dort stand Katjas Freund Jonas. Lotte wurde es vor Erleichterung ganz schummerig. Es wäre eine Katastrophe gewesen, wenn statt Jonas Nicolas gekommen wäre und es auf diese Weise erfahren hätte.

»Lotte hat es selbst herausgefunden!«, beteuerte Katja.

»Wirklich? Ach je. Das ist aber sehr schade, dass die Überraschung für dich damit geplatzt ist!«, meinte Jonas und setzte sich zu den Frauen an den Tisch. »Schaffst du es denn, es dir vor Nicolas nicht anmerken zu lassen, Lotte?«

Lotte sagte nichts.

Katja zuckte mit den Schultern. Offenbar wusste sie nicht, ob sie etwas sagen durfte.

»Ist was mit euch?«

Jonas war Journalist und hatte besonders feine Antennen, wenn es etwas zu erfahren geben könnte.

Lotte schloss kurz die Augen.

»Ja, es ist was. Ich habe ziemlichen Mist gebaut, Jonas!«, gab sie zu.

»Ziemlichen Mist? Was bedeutet das? Doch hoffentlich nicht, dass du Nicolas betrogen hast?«

»Natürlich nicht! Wo denkst du hin? Ich liebe ihn doch«, unterbrach sie ihn.

»Gut. Das hätte ich dir eigentlich auch gar nicht zugetraut«, meinte er beruhigt.

»Es ist aber irgendwie noch viel komplizierter!«, sagte Katja.

»Ich sollte euch eigentlich nach drüben holen, weil wir bald essen wollen. Aber ich würde jetzt schon noch gern erfahren, was hier so besonders kompliziert ist«, meinte Jonas.

Lotte mochte Jonas. Und er würde es ohnehin von Katja erfahren, also nickte sie ihr zu. Sie selbst hatte im Moment keine Energie mehr, die Sache noch mal von vorne zu erzählen.

»Also, es ist Folgendes passiert …«

Katja fackelte nicht lange und fasste die Geschichte in einigen wenigen Sätzen für ihren Freund zusammen, ohne irgendeine wichtige Information auszulassen. Aber wie sie es Lotte versprochen hatte, kam ihr über die Schwangerschaft kein Wort über die Lippen.

»Oh, ehrlich? Man hört immer nur, dass Menschen manchmal völlig unbedacht in Las Vegas heiraten, aber bisher kannte ich niemanden, der das wirklich getan hat«, sagte Jonas, als sie fertig war.

»Nun, jetzt kennst du mich«, murmelte Lotte.

»Das ist ja echt … blöd. Und schade, dass die Verlobung morgen deswegen ins Wasser fallen wird. Trotzdem …« Er lächelte aufmunternd. »Das war ja keine böse Absicht von dir, Lotte. Du warst damals immerhin erst neunzehn. Meine Güte, da macht man manchmal verrückte Sachen, die man hinterher nicht mehr nachvollziehen kann.«

Lotte war dankbar für sein Verständnis und hoffte, dass es Nicolas ebenso gut aufnehmen würde.

»Aber jetzt musst du es ihm wirklich so schnell wie möglich sagen. Soll ich Nicolas bitten, dass er gleich zu dir rüberkommt?«, bot Jonas an. »Hier könntet ihr beide ganz in Ruhe reden.«

»Ja. Das wäre lieb von dir. Dann habe ich es endlich hinter mir!«

Lotte spürte plötzlich ganz unerwartet ein Gefühl der Zuversicht. Es war richtig gewesen, sich Katja und auch Jonas anzuvertrauen.

In diesem Moment hörten sie draußen die Tür. Noël bellte, und Ella rief aufgeregt: »Hey, ihr sollt ganz schnell alle rüberkommen!«

Gleich darauf stand die Zehnjährige in der Küche der Gästewohnung. Noël machte einen Satz auf Lottes Schoß. Offenbar hatte der Hund sie schon vermisst.

»Ist was passiert?«, fragte Lotte besorgt und streichelte über Noëls Kopf.

»Nö. Nichts passiert. Es ist aber noch mal Besuch gekommen!«, sagte Ella. »Alle warten schon auf euch!«

»Besuch? Wer denn noch?«, fragte Lotte, die im Moment überhaupt nicht glücklich darüber war, dass ihr Vorhaben, mit Nicolas zu reden, vermutlich schon wieder aufgeschoben werden musste.

»Das sag ich nicht!« feixte Ella. »Aber ihr müsst jetzt wirklich gleich kommen, hat Nicolas gesagt!«

Lotte atmete einmal tief ein und aus.

Katja griff nach ihrem Arm.

»Du sagst da drüben jetzt einfach kurz Hallo, wer immer auch dieser Besuch ist. Und dann bestehst du darauf, dass Nicolas mit dir mitkommt. Jonas und ich kümmern uns währenddessen um alles andere. Mach dir keine Sorgen«, sagte Katja leise.

»Danke.«

Als sie ein paar Minuten später die große Diele im Haupthaus betraten, war sie voller Leute. Lotte traute ihren Augen kaum.

»Überraschung!«, riefen ihre Mutter, ihr Vater und ihr Opa Karsten gleichzeitig und grinsten breit.

»Mama! Papa – und Opa? Was macht ihr denn hier?«, fragte Lotte fassungslos. Sie hatte das Gefühl, endgültig in einem falschen Film gelandet zu sein.

Nicolas kam zu Lotte und legte einen Arm um sie.

»Ich dachte mir, es wäre doch bestimmt eine besondere Überraschung für dich, wenn deine Eltern und dein Opa ausnahmsweise doch mit uns zusammen Weihnachten feiern würden.«

»Sie ... sie wollen gemeinsam mit uns Weihnachten feiern?« Lotte starrte alle ungläubig an.

»Verrückt, nicht wahr? Aber dein Freund hat eine ziemliche Überredungskunst!«, erklärte Lottes Vater.

»Aber ... aber ihr habt doch mit Weihnachten überhaupt nichts am Hut!«, stotterte Lotte.

»Umso schöner ist es, dass es endlich mal klappt und wir alle zusammen sind!«, meinte Opa Karsten. »Darauf warte ich schon eine Ewigkeit!«

»Ja …«, murmelte Lotte leicht überfordert.

Gleichzeitig fragte sie sich, ob Nicolas ihre Familie mit dem Hinweis, dass er sich mit ihr verloben wolle, hierhergelockt hatte, oder ob er auch sie morgen damit überraschen wollte. Sie hoffte ganz fest auf Letzteres. Trotzdem wurde der Berg, den sie überwinden musste, immer höher.

»Ich freue mich jedenfalls sehr, hier zu sein«, sagte Opa Karsten und kam auf seine Enkeltochter zu.

»Ich mich auch, Opa!«, sagte Lotte leise und genoss seine Umarmung, bevor auch ihre Mutter und ihr Vater sie endlich fest an sich drückten.

»Das hättest du nicht gedacht, oder?«, fragte ihre Mutter vergnügt.

Lotte schüttelte den Kopf.

»Nie im Leben.«

Lotte bemerkte, dass Nicolas auf eine Reaktion von ihr wartete. Sie wandte sich zu ihm und bemühte sich um ein Lächeln.

»Ich weiß ehrlich gesagt gar nicht, was ich dazu sagen soll.«

»Ich sehe schon, ich habe dich damit wirklich völlig überrumpelt«, sagte Nicolas und lachte vergnügt.

»Das hast du allerdings.«

Katja warf Lotte einen aufmunternden Blick zu und deutete auf ihre Armbanduhr. Doch jetzt konnte sie Nicolas unmöglich von hier wegziehen.

»Hallo Katja!«, begrüßte Lottes Vater die alte Freundin seiner Tochter. »Schön, dass wir uns nach so langer Zeit auch mal wiedersehen.«

»Ich freue mich auch sehr, Udo! Schön, dass ihr gekommen seid.«

Sie schüttelten sich alle die Hände, und Katja stellte ihnen Jonas vor.

Nun standen alle wie bei einem Empfang in der weihnachtlich dekorierten Diele herum. Sarah und Julia brachten Tabletts mit Crémant, Rotwein und Wasser. Auf einer Kommode standen Teller mit belegten Baguette-Brötchen und Schalen mit Plätzchen. Offenbar hatte Nicolas schon alles in Erwartung der Überraschungsgäste mit seiner Mutter und Julia vorbereitet.

»Aber wir haben doch gar keine übrigen Zimmer mehr«, sagte Lotte plötzlich. »Nur die kleine Abstellkammer.«

»Keine Sorge, mein Schatz. Nicolas hat uns bei seinem Freund Jerome im Hotel einquartiert. Wir haben dort sehr schöne Zimmer«, sagte Marion.

»Habt ihr etwa schon gewusst, dass ihr kommt, als wir letzte Woche telefoniert haben?«, fragte Lotte ihre Mutter.

»Natürlich. Aber ich musste Nicolas versprechen, nichts zu sagen.«

Nun erklärten sich endlich auch all die vielen Telefonate, die Nicolas heimlich geführt hatte. Und normalerweise würde sie sich jetzt auch riesig darüber freuen. Aber normal war in diesen Tagen nichts.

Julia drückte Lotte ein Glas Crémant in die Hand, das

Katja ihr gleich darauf ganz unauffällig wieder wegnahm und selbst einen großen Schluck davon trank.

»Ist das der attraktive Tanzpartner, den du mir versprochen hast, Katja?«, fragte Maria plötzlich und deutete auf Opa Karsten, der etwa in ihrem Alter war. Er war immer noch ein fescher und agiler Mann mit silber melierten dunkelblonden Haaren.

»Tanzpartner?«, fragte Karsten mit einem überraschten Blick.

»Nein, Oma … Das ist Lottes Opa und nicht dein Tanz…«, begann Katja.

»Wir können sehr gern ein Tänzchen machen, gnädige Frau!«, unterbrach Karsten sie jedoch und stellte sein Glas ab.

»Jetzt?« Maria sah ihn überrascht an.

»Warum nicht? Man soll doch die Feste feiern, wie sie fallen – und Tanzen gehört zum Feiern nun mal dazu. Nicht wahr?«

»Nun ja …« Maria schien nicht abgeneigt zu sein.

»Mein Vater ist ein guter Tänzer!«, beteuerte Marion und nippte amüsiert an ihrem Glas Rotwein.

»Also?«, Karsten sah Maria fragend an.

»Na gut!«

»Sehr schön!«

Karsten holte sein Handy aus der Tasche und suchte etwas. Dann drückte er auf Start, und gleich darauf erklangen die ersten Töne von Schostakowitschs Walzer No. 2.

Karsten streckte Maria die Hand entgegen.

»Darf ich bitten, gnädige Frau?«, fragte er formvollendet.

»Ich heiße Maria«, antwortete sie und nahm seine Hand.

Lotte bemerkte, dass ihre Wangen eine zarte Rosafärbung angenommen hatten.

»Ich bin Karsten.«

Und nach ein paar Sekunden, in denen es so aussah, als ob Maria nicht wüsste, was sie nun tun sollte, tanzten die beiden auch schon im Walzertakt in der Mitte der Diele. Alle um sie herum machten ihnen Platz.

»Ich glaub, ich spinne!«, rief Katja. »Ich wusste nicht, dass Oma so gut tanzen kann.«

»Das wusste ich auch nicht«, sagte Julia und schaute ihrer Schwiegermutter fasziniert zu, wie sie in Karstens Armen mit einer Leichtigkeit fast zu schweben schien.

Bernard stand neben der Tür zum geschlossenen Wohnzimmer und sah seiner Tochter mit feucht schimmernden Augen zu. *Was musste das für ein besonderer Moment für ihn sein, seine Tochter so vergnügt tanzen zu sehen?*, dachte Lotte. Sie selbst hatte einen dicken Kloß im Hals. Die Situation war gleichzeitig wunderschön und völlig skurril.

Nicolas hatte es möglich gemacht, alle Mitglieder beider Familien unter einem Dach zusammenzubringen. Sogar ihre Eltern, die schlimmsten Weihnachtsmuffel, die man sich nur vorstellen konnte, waren hierhergereist. Wie ihm das gelungen war, war ihr ein absolutes Rätsel. Nur David fehlte im Moment, doch er würde morgen gemeinsam mit ihnen allen Weihnachten feiern. Ein besonderes Weihnachten. Nicolas hatte das alles möglich gemacht, um ihr morgen vor all diesen Menschen, die ihnen beiden wichtig waren, einen Antrag zu machen. Das hatte er seit Wochen aufwändig geplant. Und sie, Lotte, war schuld daran, dass all seine Pläne für die Katz waren. Er würde bitter enttäuscht sein. Und sie wäre es an seiner Stelle auch.

Tränen brannten in ihren Augen, während alle Blicke gebannt auf Maria und Karsten ruhten.

Sie hatte plötzlich das Gefühl, keine Luft mehr zu bekommen. Glücklicherweise stand sie direkt neben der Treppe. In der Hoffnung, dass es nicht allzu sehr auffallen würde, ging sie nach oben in ihr Zimmer und warf sich zitternd aufs Bett.

Warum hatte sie es Nicolas nicht schon in der letzten Nacht gesagt?, fragte sie sich unglücklich. *Warum hatte sie bis heute gewartet?* Damit hatte sie es nur umso komplizierter gemacht.

Kapitel 15

Ein zerbrochenes Herz

»Lotte?«

Nicolas war ins Zimmer gekommen.

Sie brachte kein Wort heraus. Er setzte sich zu ihr ans Bett.

»Was ist los, mein Liebling?«, fragte er leise und strich ihr sanft über die Haare. »Etwas stimmt doch nicht mit dir.«

Jetzt war endlich der Moment da, an dem sie ihm reinen Wein einschenken musste, wie Katja vorhin gescherzt hatte. Doch ihr war nicht nach Lächeln zumute.

»Du bist so unglaublich, Nicolas«, flüsterte sie. »Meine Eltern … alle sind hier.«

»Und doch scheinst du nicht glücklich darüber zu sein«, stellte er fest und klang ein wenig ratlos.

»Doch. Das bin ich. Wirklich. Ich hätte nur niemals damit gerechnet, dass du meine Eltern ausgerechnet an Weihnachten herlocken könntest. Genauso wenig, wie …«

»Wie was?«

»Nicolas … ich weiß, dass du mir morgen einen Heiratsantrag machen möchtest«, kam sie nun endlich zur Sache. Sie durfte und konnte es nicht mehr länger hinausschieben.

Sie spürte, wie seine Hand sich von ihrem Kopf entfernte, und setzte sich auf, um mit ihm auf gleicher Höhe zu sein.

»Hat Katja es dir verraten?«, fragte er und wirkte etwas verstimmt.

»Nein. Sie hat kein Wort gesagt. Ich habe es zufällig von dir mitbekommen«, erklärte Lotte heiser und war froh, dass sie überhaupt noch die Kontrolle über ihre Stimme hatte.

»Du hast es von mir mitbekommen? Wann denn?«

»Gestern. Als du hier oben im Zimmer mit deiner Mutter telefoniert hast.«

War das wirklich erst gestern gewesen? Lotte kam es vor wie eine Ewigkeit.

»Ich wollte dich überraschen!«, sagte er enttäuscht und versuchte, ein Lächeln zustandezubringen. Was ihm jedoch nicht gelang.

Lotte spürte, wie ihr die Tränen wieder in die Augen schossen.

»Und das ist so unglaublich großartig von dir. Du hast dir so eine Mühe gegeben. Nicolas, ich liebe dich, ich liebe dich sehr, das musst du mir glauben, aber …« Ihr Mund war staubtrocken, während sie weitersprach, »… du darfst mir morgen keinen Heiratsantrag machen.«

»Was? Warum nicht?«, fragte er leise, erschrocken.

»Weil ich ihn nicht annehmen würde. Ich kann dich nicht heiraten, Nicolas. Weil ich … schon verheiratet bin.«

Endlich war es heraus.

Einige Sekunden, die sich wie eine Ewigkeit anfühlten, sagte er nichts.

»Du bist was?«, fragte er schließlich und strich sich fahrig durch die Haare.

»Verheiratet«, wiederholte sie.

»Das verstehe ich nicht.«

»Wie auch!«

Lotte erklärte ihm alles so knapp wie möglich, ohne darauf einzugehen, was genau sich damals in Las Vegas abgespielt hatte. Das war auch jetzt gar nicht wichtig. Und Details schienen ihn ohnehin nicht zu interessieren.

»Wir kennen uns heute genau seit einem Jahr, Lotte!«, sagte er erstaunlich ruhig. »Und in dieser ganzen Zeit hast du es nicht für nötig befunden, mir zu sagen, dass du verheiratet bist?«

Seine Worte wirkten gefasst, aber kühl. Lotte wäre es viel lieber gewesen, wenn er sie angeschrien oder ihr zumindest laute Vorwürfe gemacht hätte. Oder wenn er einfach nur gelacht hätte über den Unsinn, den sie damals so unbedacht gemacht hatte.

Sie suchte nach den richtigen Worten, um ihm begreiflich zu machen, dass sie es ihm niemals bewusst hatte verschweigen wollen.

»Ich war damals gerade mal neunzehn und habe einen riesigen Fehler gemacht, Nicolas. Einen Fehler, für den ich mich in Grund und Boden geschämt habe. Was ich noch heute tue. Ich habe Jason zwei Stunden nach der Hochzeit verlassen, ohne ihn jemals wiedergesehen oder seither irgendetwas von ihm gehört zu haben. Er spielte nie mehr eine Rolle in meinem Leben. Und für dich und mich schon gar nicht. Deswegen habe ich das verdrängt und es immer hinausgeschoben, mit dir darüber zu sprechen. Nicht weil ich dir nicht vertrauen würde oder es gar verheimlichen wollte, sondern weil es mir so schrecklich peinlich war. Niemand wusste es. Noch nicht einmal Katja oder meine Eltern.«

Er schwieg.

»Nicolas, ich hatte echt nicht damit gerechnet, dass du mir einen Heiratsantrag machen könntest. Nicht so bald. Sonst hätte ich es dir doch längst erzählt.«

Wieder schwieg er eine Weile, dann räusperte er sich.

»Oder …«, er zögerte kurz, bevor er weitersprach, »… oder du wolltest dir von Anfang an eine Tür offen lassen«, sagte er, und sie sah ihm an, wie schwer ihn ihr Geständnis getroffen hatte.

»Ich wollte mir eine Tür offen lassen?«, wiederholte sie irritiert.

»Du bist ein Mensch, der immer wieder gern Neues ausprobiert und nirgends lange bleibt, Lotte. Hamburg – Brasilien – Bayern und jetzt Frankreich. Vielleicht ist dir die Vorstellung, dass du dir mit jemandem auf Dauer etwas Festes aufbaust, nicht geheuer? Es gibt Menschen, die brauchen einfach immer Abwechslung im Leben. Da ist es natürlich praktisch, wenn man nicht heiraten kann, weil man schon verheiratet ist, egal ob man mit dem Partner noch zusammen ist oder nicht.«

»Aber Nicolas, das ist doch nicht der Grund!«, beteuerte sie rasch.

»Bist du dir da sicher, Lotte?«

Er sah sie mit einem intensiven Blick an, der bis tief in ihre Seele drang.

Lotte zögerte. Hatte er womöglich recht? Wollte sie gar nicht auf Dauer fest gebunden sein? Musste sie womöglich nach einer Weile ihre Zelte immer wieder abbrechen und weiterziehen, um neu anzufangen? Bisher war das tatsächlich so gewesen, aber doch nur, weil es sich einfach so ergeben hatte. Das mit Nicolas war doch etwas völlig anderes. Und genau das musste sie ihm unbedingt begreiflich machen.

»Nicolas … Bitte hör mir zu. Du bist der Mann, den ich liebe. Ich will nicht weg, sondern möchte hier mit dir zusammen sein. Mir mit dir etwas aufbauen, gemeinsam alt werden und bis dahin so viele schöne Momente erleben wie nur möglich. Ich kann dich nur nicht heiraten. Nicht, solange ich noch mit Jason verheiratet bin. Aber das werde ich ändern. Ich werde alles daransetzen, ihn so schnell wie möglich ausfindig zu machen und die Ehe annullieren oder mich scheiden zu lassen, oder was auch immer da jetzt getan werden muss. Das verspreche ich dir.«

»Meinetwegen musst du dir deswegen keinen Stress mehr machen, Lotte. Das mit dem Heiratsantrag an Weihnachten hat sich jetzt ja erledigt«, sagte er, und seine Worte trafen sie mitten ins Herz.

Damit stand er auf.

»Deine Eltern wissen übrigens nicht, was ich für morgen geplant hatte«, kam er ihrer Frage zuvor. »Sie denken, dass ich dich damit überraschen wollte, gemeinsam Weihnachten mit ihnen zu feiern. Nur meine Mutter und Katja wissen Bescheid. Belassen wir es bitte dabei, damit die Blamage nicht noch größer wird.«

»Nicolas ...« Sie fand keine Worte.

Er drehte sich von ihr weg.

»Unsere Gäste werden sich schon wundern, wo wir bleiben. Ich entschuldige dich bei ihnen, dass du dich nicht ganz wohlfühlst und dich ein wenig ausruhen möchtest, damit du morgen fit bist.«

Und dann war er aus dem Zimmer verschwunden.

Lotte war zu geschockt, als dass sie weinen konnte. Sie hatte damit gerechnet, dass es unangenehm werden würde. Aber sie hätte nicht gedacht, dass er so kühl, fast abweisend sein könnte, auch wenn sie natürlich verstehen konnte, dass er enttäuscht war. Ängstlich fragte sie sich, was das zu bedeuten hatte. War das nun der Anfang vom Ende ihrer Beziehung? Oder brauchte er jetzt einfach nur ein wenig Abstand? Immerhin gab es einiges für ihn, das er erst einmal verdauen musste.

Plötzlich legte sich ihre Hand wie von selbst auf ihren noch flachen Bauch. Was bedeutete das nun alles für das kleine Wesen, das erst vor Kurzem so völlig unerwartet bei ihr eingezogen war?

Lotte hoffte so sehr, dass Nicolas nur ein wenig Zeit brauchte, um zu erkennen, dass sie ihm nie hatte wehtun wollen. Und dass diese verflixte Ehe mit Jason keine Bedeutung für ihre Beziehung hatte.

»War es schlimm?«

Lotte hatte nicht bemerkt, dass die Tür sich wieder geöffnet hatte und Katja ins Zimmer gekommen war.

»Schlimmer«, antwortete Lotte unglücklich.

Katja setzte sich zu ihr ans Bett.

»Lass ihm ein wenig Zeit. Er war so euphorisch wegen der Verlobung, und du hast ihn mit deinem Geständnis natürlich völlig überrumpelt. Die Frau, die er liebt und die er heiraten möchte, ist schon verheiratet! Jetzt muss er seinen Plan auf Eis legen. Das muss er erst einmal alles verdauen.«

»Ich weiß … Aber ich hoffe, es ist nur das. Vorhin hat er plötzlich in Frage gestellt, ob ich überhaupt dazu fähig bin, mich fest an einen Menschen und ein beständiges Leben an einem Ort zu binden. Wenn er daran nun zweifelt, dann … dann weiß ich nicht, wie wir weiterhin eine glückliche Beziehung führen können.«

»Jetzt mal bitte nicht den Teufel an die Wand!«, ermahnte Katja sie. »So schlimm wird es ganz bestimmt nicht kommen. Jedenfalls musst du alles tun, um das wieder einzurenken, Lotte. Schon alleine deswegen, damit euer Baby eine intakte Familie hat … Apropos Baby. Hast du es ihm schon gesagt?«

»Nein. Und das werde ich auch nicht tun, bis ich weiß, wie es bei uns weitergeht.«

»Ach Lotte …« Katja drückte sie kurz an sich. »Sag mal, hast du überhaupt schon etwas gegessen?«

»Nur ein paar Plätzchen am Nachmittag.«

»Das ist viel zu wenig. Du musst jetzt nicht nur auf dich schauen, Lotte, sondern auch auf das Kind!«, ermahnte die Freundin sie. »Soll ich dir was bringen? Es gibt gleich französische Zwiebelsuppe.«

Beim Gedanken daran drehte sich Lottes Magen um. Sie winkte ab.

»Nein danke. Ich bringe jetzt wirklich keinen Bissen runter.«

»Okay. Folgender Plan. Ich geh jetzt wieder runter zu den Gästen und gebe auch bei deiner Mutter Entwarnung. Nachdem Nicolas allen vorhin mitgeteilt hatte, dass du dich nicht ganz wohlfühlst, wollte sie schon zu dir nach oben kommen und nach dir sehen.«

»Oh bitte, nur das jetzt nicht!«

Lotte liebte ihre Mutter, aber ihr würde sie nichts vormachen können. Das könnte sie jetzt nicht auch noch überstehen.

»Keine Sorge, Nicolas hat sie gleich gebremst. Und ich sage ihr jetzt, dass es dir schon wieder ein wenig besser geht und du so bald wie möglich nach unten kommst.«

»Danke!«

»Später versuche ich dann, mit Nicolas alleine zu sprechen. Vielleicht hat er sich bis dahin wieder etwas beruhigt und sieht es ein, dass er daraus jetzt kein Drama machen muss, auch wenn es keine Verlobung geben wird.«

»Was ist das nur für ein bescheuertes Chaos!«, murmelte Lotte.

»Eines, das man klären kann«, meinte Katja überzeugt. »Ich gehe jetzt wieder nach unten. Bis dann!«

Sie stand auf und ging zur Tür.

»Katja?«

»Ja?«

»Ich bin so froh, dass du da bist. Danke!«

»Du warst immer für mich da, wenn es mir nicht gut ging. Jetzt werde ich für dich da sein! … Und eine Sache will ich gleich mal klarstellen.«

»Was denn?«

»Ich werde die Patentante deines Kindes sein!«

Nun musste Lotte doch lächeln.

»Das will ich aber auch ganz schwer hoffen!«, sagte sie.

Katja nickte ihr zu.

»Alles wird gut werden. Ganz bestimmt!«

Als Katja gegangen war, versuchte Lotte, ein wenig positiver zu denken. Nachdem sie es Nicolas gesagt hatte, war das Schlimmste schon mal überstanden. Jetzt mussten sich nur die Wogen glätten.

Mit einem Mal zog sich ihr Magen zusammen und knurrte laut vor Hunger. Auch wenn sie keinen Appetit hatte, so musste sie doch bald etwas essen. Plötzlich kam ihr ein Gedanke. Sie öffnete die Schublade, in die sie vor einer Weile das Lebkuchenherz gelegt hatte, das sie für Nicolas vom Weihnachtsmarkt mitgebracht hatte. Sie nahm es heraus. Doch als sie es aus der Hülle holte und die zwei Teile in der Hand hielt, schossen ihr erneut Tränen in die Augen. Ein zerbrochenes Herz. Stand es sinnbildlich für eine möglicherweise zerbrochene Beziehung?

Kapitel 16

Nicolas

Nicolas versuchte, sich vor den Gästen und seiner Familie nicht anmerken zu lassen, wie sehr ihn das Gespräch mit Lotte aus der Bahn geworfen hatte.

Während alle am großen Tisch im Esszimmer saßen, französische Zwiebelsuppe löffelten, dazu knuspriges Baguette aßen und sich angeregt unterhielten, tat er so, als ob er interessiert den Gesprächen lauschen würde. Doch dabei ging ihm nur ein Gedanke durch den Kopf.

Lotte ist verheiratet!

Sie hatte versucht, ihm zu erklären, dass diese Ehe, die offenbar aus einer dummen Laune heraus und völlig unüberlegt in Las Vegas geschlossen worden war, keine Bedeutung für sie hatte. Und damit auch nicht für ihre Beziehung. Und das mochte womöglich für Lotte auch so sein, trotzdem verletzte ihn die Tatsache, dass sie ihm nichts davon erzählt hatte. Er wusste nicht, wie er das für sich einordnen sollte. Jedenfalls empfand er es als einen großen Vertrauensbruch. Und natürlich hatte sie damit auch seinen Plan, sie morgen unter dem Weihnachtsbaum vor der ganzen Familie zu fragen, ob sie seine Frau werden wollte, zunichtegemacht. Er hatte sich alles so schön vorgestellt, und nun platzte sein Vorhaben wie eine Seifenblase. Dabei musste er noch froh sein, dass sie sein Geheimnis herausgefunden hatte, sonst wäre der Moment morgen für sie alle total peinlich geworden.

Lotte ist verheiratet.

»Hoffentlich geht es ihr bald wieder besser«, riss Lottes Mutter ihn aus den Gedanken. Sie wirkte etwas besorgt. »Soll ich nicht doch mal raufgehen und nach ihr sehen?«

»Lassen wir sie doch noch ein wenig schlafen, Marion!«, sagte Katja, die vor zehn Minuten wieder nach unten gekommen war.

»Schlafen hört sich gut an. Ehrlich gesagt bin ich von der langen Anreise auch schon etwas müde!«, meinte Lottes Großvater und gähnte verhalten.

»Verständlich. Immerhin sind wir heute schon um vier Uhr früh losgefahren!«, sagte Udo. »Lange werde auch ich die Augen nicht mehr offen halten. Ich schlage vor, dass wir nach dem Essen zurück ins Hotel fahren.«

Nicolas war erleichtert darüber, dass der Abend mit den Gästen doch nicht so lang werden würde wie gedacht. Es fiel ihm schon schwer genug, allen gute Laune vorzutäuschen. Er konnte es kaum mehr abwarten, endlich allein zu sein, damit er seine Gedanken ordnen konnte.

Lotte ist verheiratet.

Und dann hatte er noch das Gespräch mit seiner Mutter vor sich. Er musste ihr beibringen, dass der so aufwendig geplante Heiratsantrag doch nicht stattfinden konnte.

Und Sarah würde natürlich nicht lockerlassen, bis er ihr den Grund dafür nannte. Was unweigerlich bissige Kommentare ihrerseits gegen Lotte nach sich ziehen würde. Er wollte jedoch nicht zulassen, dass seine Mutter schlecht über seine Freundin sprach, egal, wie sehr er sich selbst momentan über Lotte ärgerte, weil sie ihm eine so wichtige Sache vorenthalten hatte. Streit war also vorprogrammiert. In diesem Moment wünschte er sich, er hätte seine Mutter nicht in sein Vorhaben eingeweiht. Doch wie hätte er ahnen können, dass sich alles zu einer solchen Katastrophe entwickeln würde?

»Schade, dass wir heute keine richtige Gelegenheit mehr hatten, uns mit Lotte zu unterhalten«, sagte Udo.

»In den nächsten Tagen habt ihr bestimmt genügend Zeit«, meinte Bernard. »Ihr seid hier jederzeit herzlich willkommen, solange ihr im Elsass seid.«

»Vielen Dank, Bernard«, sagte Marion.

»Stimmt es eigentlich, dass ihr normalerweise nie Weihnachten feiert?«, fragte Sarah neugierig und nahm einen Schluck Riesling.

»Ja, das stimmt«, antwortete Udo mit einem Lächeln. »Die letzten Jahre sind wir immer geflüchtet.«

»Die letzten Jahre?«, mischte Karsten sich ein. »Von wegen! Das geht schon über dreißig Jahre lang so. Und ich verstehe bis heute nicht, warum die beiden solche Weihnachtsverweigerer sind. Dabei haben meine Frau und ich unserer Tochter immer ein schönes Weihnachtsfest bereitet.«

»Oft genug habt ihr an den Feiertagen aber auch gestritten«, erinnerte Marion ihn.

»Meine Güte. Das waren doch nur harmlose Meinungsverschiedenheiten in der ganzen Hektik. So etwas gehört doch dazu. Das musste man überhaupt nicht ernst nehmen«, meinte Karsten.

»Als Kind fand ich das aber schlimm. Ich mag es nicht, wenn Menschen streiten. Außerdem muss man ja nicht bei allem mitmachen, was andere Leute tun«, erklärte Marion und aß einen weiteren Löffel Suppe.

»Umso erstaunlicher ist es, dass ihr die Einladung angenommen habt«, sagte Katja.

»Es war wirklich eine besondere Herausforderung, sie zum Kommen zu überreden«, erklärte Nicolas. Doch für seinen Plan, Lotte zu überraschen, hätte er nicht lockergelassen.

Lotte ist verheiratet!

»Ich freue mich jedenfalls darüber, dass wir hier sind«, beteuerte Karsten.

»Und wir freuen uns auch, dass ihr gekommen seid!«, sagte Bernard.

»Machen die Leute hier alle beim Tanzkurs mit?«, fragte Maria plötzlich.

Nicolas merkte, dass der Trubel sie doch ein wenig durcheinanderbrachte. Trotzdem schien sie gut gelaunt zu sein.

»Nein, Oma. Die sind alle nur wegen Weihnachten da!«, erklärte Ella. Es war rührend, wie unkompliziert und liebevoll das Mädchen mit Maria umging. »Und wegen der Verlobung!«

Kaum hatte sie es gesagt, schlug Ella sich erschrocken die Hand vor den Mund und schaute zuerst zu Katja und dann zu Nicolas.

»Ups. Das hätte ich nicht sagen dürfen!«, murmelte sie.

Katjas Wangen färbten sich innerhalb von Sekunden dunkelrot. Julia schaute etwas verlegen zur Seite, und Jonas tat so, als ob er eine Nachricht auf seinem Handy lesen würde. Nicolas schluckte. Offenbar hatte Katja sie bereits eingeweiht, obwohl sie ihm hoch und heilig versprochen hatte, es nicht zu tun.

Nicolas spürte, wie sein Puls sich beschleunigte.

»Welche Verlobung?«, fragte Marion neugierig, doch noch während sie die Worte aussprach, fiel der Groschen bei ihr.

»Nicolas, du und Lotte, ihr wollt ... heiraten?«, fragte sie völlig aus dem Häuschen.

»Das sollte morgen eigentlich eine Überraschung für alle sein. Vor allem für Lotte!«, meinte Sarah ziemlich kühl.

»Entschuldigung!«, murmelte Katja, die ehrlich bedrückt wirkte.

»Es ist ihr heute versehentlich rausgerutscht, als wir schon losgefahren waren und Katja bemerkte, dass sie den Verlobungsring im Tresor vergessen hatte«, sprang Jonas seiner Freundin zur Seite. »Und es tut ihr wirklich sehr leid.«

»Aber keine Sorge. Wir werden Lotte natürlich nichts sagen! Für sie wird das morgen immer noch eine große Überraschung sein«, versprach Julia, die offensichtlich noch nicht auf dem ganz aktuellen Stand der Ereignisse war.

»Nicolas, mein Junge! Du willst Lotte einen Antrag machen? Das ist die beste Entscheidung überhaupt! Du und Lotte – ihr seid einfach ein wunderbares Paar«, rief Bernard und schien sich sehr zu freuen.

Nicolas wurde es immer elender zumute.

»Deswegen war es dir also so wichtig, dass wir kommen!«, meinte Udo und grinste breit. »Du willst unsere Tochter heiraten. Ich finde es wirklich toll von dir, wie du die ganze Familie einbindest und bei diesem besonderen Anlass alle dabeihaben möchtest.«

Nicolas suchte verzweifelt nach einer Erklärung, warum der Heiratsantrag morgen nicht stattfinden würde.

»Wie romantisch!«, meinte Maria entzückt. »Eine echte Weihnachtsverlobung.«

Marion lachte. »Ausgerechnet an Weihnachten? Aber na ja, irgendwie wirklich sehr romantisch.«

Katja warf Nicolas einen hilflosen Blick zu. Sie ahnte natürlich, was gerade in ihm vorgehen musste. Inzwischen war die Farbe in ihrem Gesicht einer auffallenden Blässe gewichen. Offensichtlich hatte sie ein schlechtes Gewissen, weil sie sich verplappert hatte und nun durch Ellas unabsichtlichen Patzer alle von der Verlobung wussten. Einer Verlobung, die nicht stattfinden konnte, weil Lotte schon verheiratet war.

Nicolas räusperte sich.

»Es tut mir leid, dass ihr das jetzt auf diese Weise erfahren habt«, sagte er. »Denn es gibt leider eine Planänderung. Morgen werden wir tatsächlich nur gemeinsam Weihnachten feiern, die Verlobung wird doch nicht stattfinden.«

»Was? Warum denn nicht?«, rief Sarah, und bis auf Katja – und Jonas, der inzwischen wohl auch schon von der Heirat in Las Vegas wusste – sahen ihn alle verdutzt an.

»Ja, warum denn nun doch nicht?«, wollte Udo wissen und sah Nicolas irritiert an.

»Du willst doch jetzt nicht kneifen?«, fragte Bernard und runzelte die Stirn.

»Habt ihr euch zerstritten?«, fragte Marion direkt. »Ist Lotte deswegen oben auf dem Zimmer?«

»Nein. Es ist nur so, weil ... Weil, ihr habt es ja mitbekommen, Lotte geht es schon seit ein paar Tagen nicht so gut. Vermutlich irgendein blöder Virus«, versuchte Nicolas sich herauszureden. Auch wenn er sauer auf Lotte war, so wollte er doch nicht derjenige sein, der ihr bisher so lange gehütetes Geheimnis in die Welt hinausposaunte. »Und wenn ich Lotte die Frage der Fragen stelle, dann möchte ich, dass sie sich richtig wohlfühlt und es ihr gut geht!«

Er erkannte an den Gesichtern, dass seine Erklärung sie eher irritierte als zufriedenstellte.

»Ist Lotte denn ernsthaft krank?«, fragte Opa Karsten besorgt.

»Nein!«, beteuerten Nicolas und Katja gleichzeitig.

»Es ist nur ...«, Nicolas suchte hilflos nach Worten.

»Es gibt eine andere Erklärung!«, sagte plötzlich eine Stimme von der Tür her.

Alle drehten sich um. Lotte war nach unten gekommen und hatte wohl einen Teil des Gesprächs mitbekommen.

»Lotte, mein Schatz!«, rief Marion. »Geht es dir wieder besser? Wobei, du siehst wirklich ziemlich angeschlagen aus.«

»Mach dir bitte keine Sorgen, es geht schon ... Aber ich muss jetzt unbedingt wegen der Verlobung ...«

»Du weißt es auch schon?«, unterbrach Sarah sie perplex und auch etwas konsterniert. Sie wusste, wie viel Mühe ihr Sohn sich gemacht hatte, alles vorzubereiten, damit er Lotte und die restliche Familie überraschen konnte.

»Ja ...«, sagte Lotte.

Sarah warf Katja einen vorwurfsvollen Blick zu. In ihren Augen trug sie die Verantwortung, dass die Überraschung geplatzt war.

Katja interpretierte ihren Blick richtig und beteuerte: »Sie weiß es aber nicht von mir!«

»Katja hat es mir tatsächlich nicht verraten, Sarah«, erklärte Lotte. »Aber darum geht es jetzt auch gar nicht.«

Sie strich sich eine lose Strähne hinters Ohr, wie sie es immer tat, wenn sie nervös war. Nicolas sah ihr an, wie schwer es ihr fiel, und er wusste nicht, ob es eine gute Idee war, wenn sie es ihnen allen jetzt erzählte. Aber diese Entscheidung musste er Lotte überlassen.

»Ich habe zufällig mitbekommen, dass Nicolas mir morgen einen Antrag machen möchte. Aber diesen Antrag könnte ich nicht annehmen, weil ...«

Alle sahen sie gespannt an.

»Weil ich schon verheiratet bin.«

Ein lautes Scheppern ertönte, als Sarah der Löffel aus der Hand rutschte und auf dem Unterteller der Suppenschale landete.

Vor Schreck fing Noël an zu bellen. Ella versuchte, ihn zu beruhigen, und gab ihm ein kleines Stück Käse.

Alle anderen starrten Lotte an.

»Verheiratet?«, fragte ihre Mutter ungläubig. »Wann hast du denn geheiratet? Als du in Brasilien warst?«

»Nein. Das war schon viel früher, Mama!«, erklärte Lotte kleinlaut.

»Viel früher?« Udo schüttelte ungläubig den Kopf.

»Entschuldigt, ich kenne die Geschichte bereits!«, sagte Nicolas und stand auf.

Er würde es jetzt nicht noch einmal hören wollen, schon gar nicht vor den anderen. Eilig ging er vom Esszimmer ins Büro. Dort setzte er sich an seinen Schreibtisch und schloss die Augen. Zum ersten Mal war er allein und musste niemandem mehr etwas vorspielen. Nach einer Weile griff er in seine Hosentasche. Darin war immer noch die kleine Samtschachtel mit dem Verlobungsring, den Katja ihm gleich nach der Ankunft gegeben hatte. Nur vor wenigen Stunden war die Welt für ihn noch in Ordnung gewesen, und er hatte es kaum mehr erwarten können, Lotte an Heiligabend den Antrag zu machen.

Und jetzt?

Er klappte den Deckel auf und nahm den goldenen Ring mit dem geschliffenen Diamanten heraus, der im Licht der Schreibtischlampe in allen Regenbogenfarben funkelte. Katja hatte ihn genau nach seinen Vorstellungen ganz klassisch angefertigt. Doch jetzt war der Ring nutzlos.

Nicolas schluckte. Nach einer Weile steckte er den Ring wieder in die kleine Schachtel und legte sie in die Schublade seines Schreibtischs.

In diesem Moment öffnete sich die Tür, und Katja kam herein.

»Ich dachte mir schon, dass du hier bist!«, sagte sie leise.

»Na, wie kommt Lottes Geschichte drüben an?«, fragte Nicolas mit Galgenhumor.

»Von ungläubigem Erstaunen bis Fassungslosigkeit und einem Heiterkeitsausbruch ihres Großvaters, der es zunächst für einen Scherz hielt, gibt es so ziemlich alle möglichen Reaktionen«, erklärte Katja.

»Ich weiß nicht, ob es eine so gute Idee war, es allen zu erzählen«, sagte er.

»Sie wollte reinen Tisch machen. Das lag ihr wohl lange genug auf der Seele.«

Nicolas sah Katja unglücklich an.

»Warum hat sie es mir nicht einfach von Anfang an gesagt?«, fragte er.

Katja zuckte mit den Schultern.

»Sie hat sich wohl immer dafür geschämt. Deswegen hat sie es für sich behalten. Glaub mir, ich bin auch sauer, dass sie mir nie davon erzählt hat. Dabei dachte ich wirklich, als beste Freundin wüsste ich alles von ihr.«

»Das dachte ich auch.«

Nicolas schüttelte den Kopf.

»Ich verstehe das alles nicht. Lotte ist eine taffe Frau. Wie konnte sie das so sehr aus der Bahn werfen, dass sie es vor allen geheim hielt? Sogar vor ihren Eltern. Sie hätten ihr doch helfen können, das zu regeln«, grübelte Nicolas.

»So ganz kann ich es auch nicht nachvollziehen. Es entspricht überhaupt nicht ihrer Art. Wenn es irgendwelche Probleme gibt, dann stellt sie sich ihnen. Aber gerade das zeigt mir auch, dass sie das wirklich sehr belastet haben muss. Und ich weiß, wie leid es ihr tut, dass sie dir die Überraschung damit verdorben hat. Sie ist wirklich am Boden zerstört! Kannst du ihr diesen Fehler nicht einfach verzeihen, Nicolas? Es ist doch schon so lange her.«

Nicolas suchte nach den richtigen Worten.

»Für mich ist eine Ehe etwas Besonderes, Katja. Wenn ich heirate, dann soll es im besten Falle nur ein einziges Mal und für immer sein. Ich habe noch nie zuvor eine Frau gefragt, ob sie mich heiraten möchte. Auch Lissy nicht, obwohl ich lange mit ihr zusammen war. Ich habe schon ab und zu darüber nachgedacht, aber nie den ernsthaften Wunsch verspürt, sie zu fragen. Letztlich war sie eben nicht die Richtige. Bei Lotte war alles anders. Da war von Anfang an so ein Gefühl der Vertrautheit. Wenn ich in ihrer Nähe bin, dann bin ich glücklich. Als wäre sie die Frau, auf die ich immer schon gewartet habe. Mit ihr habe ich mir zum ersten Mal vorstellen können, dass wir unser restliches Leben gemeinsam verbringen. Aber jetzt frage ich mich, ob ich Lotte wirklich kenne. Von ihrer Seite war nicht genug Vertrauen da, um mir zu erzählen, dass sie verheiratet ist! Verheiratet! Das sagt man doch jemandem, wenn man merkt, dass sich auf beiden Seiten Gefühle entwickeln. Spätestens dann, wenn man beschließt, zusammenzuziehen. Oder etwa nicht?«

»Doch!«, gab Katja ihm recht und seufzte. »Normalerweise tut man das.«

»Weißt du, nachdem ich es heute erfahren habe, habe ich mich gefragt, ob ich mich bei Lotte vielleicht auch in anderer Hinsicht getäuscht habe. Womöglich ist sie gar nicht der Mensch, mit dem ich mein restliches Leben verbringen kann, weil sie sich nicht festlegen möchte und immer wieder Veränderung braucht.«

»Das hat Lotte mir vorhin schon gesagt, dass du das befürchtest. Ich kenne Lotte nun schon eine ganze Weile, Nicolas. Ja, sie hat sich niemals so richtig festgelegt und war noch nie sonderlich lange mit einem Mann zusammen, seit ich sie kenne. Und ja, sie hat auch keine Probleme damit, sich irgendwo auf dieser Welt etwas Neues aufzubauen. Lotte ist neugierig, reiselustig und sehr offen für Menschen. Aber das bedeutet doch nicht, dass sie mit dem richtigen Mann an ihrer Seite nicht an einem Ort glücklich sein kann.«

»Und wenn sie es doch nicht kann?«, fragte er leise. »Ich möchte nicht eines Morgens aufwachen, und Lotte ist weitergezogen, weil sie es doch vermisst, wieder etwas Neues zu erleben.«

»Bitte übereile jetzt nichts, Nicolas«, beschwor Katja ihn. »Du bist jetzt verständlicherweise total aufgewühlt. Schlaf eine Nacht darüber. Und dann redet ihr morgen noch mal ganz in Ruhe miteinander. Lotte ist auch gerade ziemlich durch den Wind. Das alles hat sie sehr durcheinandergebracht und wohl auch einige alte Verletzungen aufgebrochen. Ich weiß nicht, ob sie es dir erzählt hat, aber dieser Jason hat sie damals nur geheiratet, um eine Wette zu gewinnen. Das vor allem hat sie sehr getroffen.«

»Das wusste ich nicht. Und das ist schlimm und tut mir leid für sie. Aber langsam frage ich mich, was sie mir noch alles nicht erzählt hat. Gibt es da vielleicht noch mehr, das sie mir verheimlicht?«

»Frag sie einfach, Nicolas. Ihr müsst wirklich darüber reden«, sagte Katja.

Nicolas seufzte erschöpft.

Die Tür öffnete sich erneut, und Bernard kam herein. Er stützte sich schwer auf seinem Stock ab und wirkte sehr ernst.

»Lottes Eltern und ihr Großvater sind ins Hotel gefahren«, informierte er sie. »Julia kümmert sich um Maria, die den ganzen Trubel nicht so richtig versteht. Jonas ist mit Ella rüber in die Wohnung. Und Sarah ist ziemlich aufgebracht mit einer Flasche Riesling auf ihr Zimmer verschwunden.«

»Und was ist mit Lotte?«, fragte Katja besorgt.

»Sie ist mit Noël ebenfalls wieder auf ihr Zimmer gegangen.«

Bernard setzte sich schwerfällig in den Ledersessel an seinem Schreibtisch. In diesem Moment sah man ihm sein Alter an.

»Das war ein ganz schönes Durcheinander heute!«, sagte er müde.

»Du kannst mir glauben, das hatte ich mir auch alles ganz anders vorstellt, Onkel Bernard.«

»Das ist das Vorrecht des Schicksals, dass es nach seinen eigenen Regeln spielt und unsere Pläne gerne mal über den Haufen wirft!«, sagte Bernard. »Ich kenne das aus eigener Erfahrung nur zu gut.«

»Bitte seid Lotte nicht allzu böse«, bat Katja.

»Ich bin ihr überhaupt nicht böse. Es war mutig von ihr, vorhin allen die Wahrheit zu sagen. Sie tut mir einfach nur leid. Genauso wie du, mein Junge!« Er warf einen mitfühlenden Blick zu Nicolas. »Schade, dass es deswegen morgen keine Verlobung geben wird!«

»Das wäre alles nicht passiert, wenn sie mir von Anfang an davon erzählt hätte!«, sagte Nicolas, und plötzlich brach der Zorn sich seine Bahn. Es ging nicht darum, dass er keinen Fehler verzeihen konnte, sondern darum, dass sie ihm nicht vertraut hatte.

Weder Katja noch Bernard sagten etwas.

»Ich weiß, dass außer dir bis zur Bescherung morgen Abend normalerweise keiner mehr ins Wohnzimmer darf, aber ist es okay, wenn ich heute Nacht ausnahmsweise dort auf dem Sofa schlafe?«, fragte Nicolas.

»Natürlich!«, antwortete Bernard. »Und du wirst sehen, morgen sieht die Welt wieder anders aus.«

Nicolas hoffte es, auch wenn er sich das im Moment nicht vorstellen konnte.

Als er später mit einer Decke auf dem Sofa im Wohnzimmer lag, den würzigen Duft der Tanne in der Nase, konnte er lange nicht einschlafen. Er dachte noch mal über die letzten Stunden nach und fragte sich, ob er nicht vielleicht überreagierte. Ja, Lotte hatte ihm etwas sehr Bedeutendes nicht anvertraut, und das verletzte ihn. Vor allem aber konnte er es nicht verstehen. Umso wichtiger war es, bald ganz in Ruhe mit Lotte zu reden, wenn er selbst auch ein wenig runtergekommen war. Obwohl er es gar nicht wollte, gingen ihm plötzlich tausend Erinnerungen durch den Kopf. Die vielen besonderen Momente mit Lotte. Ihr erstes Date, als er sie zum Essen in sein Lieblingslokal in der mittelalterlichen Stadt Riquewihr eingeladen hatte und sie hinterher auf dem Weg zum Parkplatz von einem Regenschauer überrascht und völlig durchnässt wurden. Ihr erster Kuss bei einem Spaziergang durch die Weinberge, dem noch viele weitere Küsse dort während der Weinlese folgten. Lottes herrliches Lachen, das so ansteckend war. Ihre Entschlossenheit, Dinge anzupacken, und das Gefühl der völligen Vertrautheit, wenn er mit ihr zusammen war.

Doch genau dieses Gefühl war nun angeschlagen. Ließ sich das wieder reparieren?

Kapitel 17

Das Weihnachtsfrühstück

4. Adventssonntag

Lotte hatte die ganze Nacht lang kaum ein Auge zugemacht und gehofft, dass Nicolas zu ihr aufs Zimmer käme. Doch sein Bett war leer geblieben. Noël hingegen wich nicht von ihrer Seite, als ob er es spüren würde, dass es ihr nicht gut ging. Und der kleine Kerl war tatsächlich ein Trost. Der Tag war noch nicht ganz angebrochen, als Lotte es nicht mehr länger im Bett aushielt. Sie brauchte unbedingt Bewegung an der frischen Luft.

Als sie in der Diele in ihre Stiefel schlüpfte, hörte sie Geräusche aus der Küche. Wenn sie sicher gewusst hätte, dass es Nicolas war, wäre sie sofort zu ihm gegangen, um ihn zu bitten, sie zu begleiten, damit sie in Ruhe reden konnten. Doch es könnte auch seine Mutter sein, die sich einen Kaffee machte. Und Sarah wollte sie jetzt auf keinen Fall in die Arme laufen. Nicolas' Mutter hatte ihr gestern nach ihrem Geständnis so eisige Blicke zugeworfen, dass sie erst einmal Abstand zu ihr nehmen wollte. Einer Diskussion mit ihr fühlte sie sich im Moment nicht gewachsen.

Lotte half dem Hund in sein Mäntelchen, zog ihre eigene Jacke an und verschwand mit Noël leise aus dem Haus.

Draußen war es grau und immer noch düster, so, als ob der Tag sich nicht entschließen könnte anzubrechen. Dunkle Wolken hingen tief am Himmel. Es sah nach Schnee aus. Eigentlich perfekt für Weihnachten, auch wenn sie sich in ihrer Stimmungslage eher Sonne und Helligkeit gewünscht hätte, um sie aufzumuntern. Trotzdem tat die frische Luft ihr gut. Zum ersten Mal seit zwei Tagen hatte sie das Gefühl, dass sie wieder frei atmen konnte.

Als sie gestern Abend nach unten gekommen war, hatte sie eigentlich nur Nicolas bitten wollen, noch mal mit ihr zu reden. Sie hatte nicht vorgehabt, allen von ihrer damaligen Hochzeit zu erzählen. Doch als sie mitbekommen hatte, dass jemandem die Sache mit der Verlobung herausgerutscht war, wollte sie nicht, dass Nicolas sich für Lotte eine Ausrede zusammenreimen musste, warum es nun doch keinen Heiratsantrag unter dem Weihnachtsbaum geben würde. Das hatte er nach all der Enttäuschung, die sie ihm bereitet hatte, nicht verdient. Es war ihr noch nicht einmal schwergefallen, die Geschichte noch einmal zu erzählen. Schlimm war nur der Moment gewesen, als Nicolas aufgestanden und gegangen war.

Neben Nicolas schien ihr Vater am meisten schockiert gewesen zu sein, dass er nichts von der Heirat gewusst hatte. Vor allem war er traurig darüber, dass seine einzige Tochter sich den Eltern nicht anvertraut hatte.

»Stell dir vor, wenn du ein Kind hättest, das dir so etwas Wichtiges nicht erzählt. Wie würde es dir damit gehen?«, hatte er sie gefragt, als sie nach dem Geständnis kurz in der Küche allein waren. Lotte hatte ihn noch nie so bedrückt und gleichzeitig so aufgebracht gesehen. Als wäre es sein persönliches Versagen, dass seine Tochter ihm etwas so Bedeutsames verheimlicht hatte.

Was hatte sie da nur mit ihrem Schweigen angerichtet? Nie hätte sie sich das ausmalen können, dass diese blöde Hochzeit in Las Vegas sie einmal auf diese Weise einholen würde.

»Es tut mir wirklich sehr leid, Papa! Aber bitte versuche, mich zu verstehen.«

»Das versuche ich. Ganz ehrlich, Lotte. Ich weiß auch, dass es dein Leben ist und wir nicht das Recht haben, dir irgendwelche Vorwürfe zu machen. Ich wünsche mir nur, dass ich für dich hätte da sein können, als es dir damals so schlecht ging.«

»Ach Papa … du warst trotzdem für mich da, auch wenn du es nicht gewusst hast.«

Udo hatte sie seufzend an sich gedrückt.

»Wir fahren jetzt zurück ins Hotel, weil dein Opa wirklich schon sehr müde ist und wir, ehrlich gesagt, auch. Außerdem ist die Stimmung hier … nun ja, etwas angespannt. Ich habe fast ein wenig Angst, dass Nicolas' Mutter dir an die Gurgel gehen könnte … Pass also auf, dass du nicht mit ihr alleine bist.«

Lotte musste lachen.

»Ich kann mich schon wehren, Papa.«

Als Lotte später im Bett lag, hatte ihr Handy einen Videocall ihres Vaters gemeldet.

»Schatz. Ich kann einfach nicht schlafen. Mir lässt die Sache keine Ruhe.«

Lottes Mutter ging etwas verständnisvoller damit um, aber auch sie hatte noch einige Fragen gehabt, die Lotte alle ehrlich beantwortet hatte. Und am Ende hatten die Eltern sie dann doch verstehen können. Immerhin.

»Ich weiß, du bist kein kleines Kind mehr, aber schreib es dir bitte endlich hinter die Ohren, dass du immer zu uns kommen kannst. Egal, was dich bedrückt!«, hatte Udo seiner Tochter am Ende schließlich noch mitgegeben. Kurz war sie versucht gewesen, ihnen von der Schwangerschaft zu erzählen, aber das wäre für heute zu viel des Guten gewesen.

Während sie mit Noël den Weg entlangspazierte, spürte sie das Handy in ihrer Jackentasche mehrmals vibrieren. Schließlich zog sie es heraus. Sie hatte einige Anrufe verpasst. Katja und ihre Mutter hatten versucht, sie zu erreichen.

»Bitte melde dich, ich mache mir Sorgen!«, hatte Katja eine Sprachnachricht geschickt.

Lotte rief sie sofort zurück.

»Endlich!«, seufzte Katja erleichtert. »Ich war vorhin drüben im Haupthaus. Aber du warst schon weg. Ich hatte schon fast Angst, dass du dich aus dem Staub gemacht hast.«

»Du meinst, so wie damals in Las Vegas?«

»Ähm …«

»Glaub mir, inzwischen bin ich schlauer und weiß, dass man nicht vor seinen Problemen davonlaufen kann. Ich musste nur unbedingt ein wenig raus an die frische Luft!«, erklärte Lotte.

»Verstehe … Hör mal, Lotte. Ich habe gestern noch mit Nicolas gesprochen. Er war wirklich überrumpelt und sehr enttäuscht über alles, aber ich habe ihn gebeten, darüber zu schlafen. Vorhin wirkte er schon etwas entspannter. Aber ihr müsst unbedingt in Ruhe über alles reden, Lotte. Und zwar so bald wie möglich.«

»Ja. Ich weiß.«

»Das wird schon wieder alles! Ganz bestimmt«, sagte Katja zuversichtlich.

»Es tut mir so leid, dass ich euch allen mit meinem Mist das ganze Weihnachtsfeeling durcheinandergebracht habe.«

»Ach komm. Das war sicherlich das Letzte, das du wolltest. Und ich würde sowieso eher sagen, dafür ist eine Verkettung sehr unglücklicher Umstände verantwortlich«, meinte Katja, und Lotte musste plötzlich lächeln.

»Sicherlich wird uns allen dieses Weihnachten unvergesslich bleiben.«

»Ich hoffe, es wird nicht als das Weihnachten in die Familiengeschichte eingehen, an dem Nicolas und ich uns getrennt haben«, murmelte Lotte und seufzte.

»Unsinn!«, rief Katja streng. »Mein Bauchgefühl sagt mir, dass ihr beide das wieder hinkriegt.«

»Hoffentlich hat dein Bauchgefühl recht. Meinem kann ich im Moment nicht trauen.«

»Vielleicht weil dein Bauch nicht mehr dir allein gehört?«, fragte Katja, und Lotte konnte ihr Lächeln durch das Handy spüren.

»Vielleicht.« Sie legte eine Hand auf den Bauch.

»Wann kommst du denn zurück?«, fragte Katja.

»Noël und ich machen uns langsam wieder auf den Heimweg.«

»Ich bereite mit Jonas zusammen schon mal das Frühstück für alle vor. Weißt du zufällig, ob deine Eltern und dein Opa auch kommen?«

»Keine Ahnung. Mutter hat vorhin versucht, mich zu erreichen. Ich rufe sie gleich an und schicke dir eine Nachricht, wenn ich weiß …«

»Musst du nicht mehr«, unterbrach Katja sie. »Sie kommen gerade in den Hof gefahren.«

»Okay … dann bis gleich.«

»Bis gleich.«

Lotte legte auf.

»Noël!«, rief sie, und gleich darauf tauchte der Hund hinter einem Schneehaufen auf und flitzte auf sie zu.

»Komm, wir gehen nach Hause!«

Nach Hause. Hoffentlich würde es auch weiterhin Lottes Zuhause bleiben.

Als Lotte zwanzig Minuten später mit Noël wieder am Weingut ankam, saßen alle bereits im Esszimmer beim Frühstück am weihnachtlich gedeckten Tisch. Vier Kerzen brannten am Adventskranz.

»Guten Morgen«, sagte Lotte und setzte sich auf den freien Platz neben Maria.

Alle bemühten sich, so zu tun, als ob nichts gewesen sei, und begrüßten sie freundlich. Nur Sarah lächelte nicht.

Lotte warf einen Blick zu Nicolas, doch der nickte ihr nur kurz zu und bestrich dann eine Scheibe des niederbayerischen Bauernbrotes mit Butter und Marmelade.

»Was steht denn heute eigentlich alles auf dem Plan?«, fragte Udo.

»Ich dachte, ihr wollt euch vielleicht mit mir ein wenig auf dem Weingut umsehen«, sagte Nicolas. »Aber natürlich könnt ihr euch auch die Gegend hier anschauen oder es euch im Haus oder Hotel gemütlich machen. Der Tag soll jedenfalls ganz entspannt für alle sein.«

Lotte bemerkte, dass Nicolas weit weniger entspannt wirkte, als er den Gästen den Tag soeben angekündigt hatte.

»Falls jemand Lust hat, können wir gerne auch gemeinsam meditieren«, schlug Udo vor, der feine Antennen für Spannungen hatte. »Das würde uns allen vermutlich nicht schaden. Oder wenn jemand mag, können wir auch Yoga machen«, ergänzte er.

Lotte verkniff sich ein Lächeln. Sie konnte sich an keinen einzigen Tag erinnern, an dem ihre Eltern sich nicht wenigstens für kurze Zeit zurückzogen, um ihren Körper und Geist bei Yoga und Meditationen fit zu halten.

»Yoga hört sich gut an!«, sagte Julia. »Da wäre ich gern dabei.«

»Ich auch«, sagte Jonas.

»Und wenn wir euch bei den Vorbereitungen für heute Abend etwas helfen können, sagt bitte Bescheid«, bot Marion an.

»Danke, Marion, das ist sehr nett, aber das braucht es

nicht. Darum werden Julia und ich uns am Nachmittag kümmern«, sagte Nicolas.

»Lotte, wir beide wollten doch zur Kirche fahren, um die Generalprobe von Patricias Chor zu hören!«, meinte Maria plötzlich.

»Stimmt!«, sagte Lotte, die das Konzert durch die ganze Aufregung völlig vergessen hatte.

»Patricia?«, fragte Karsten.

»Unsere Haushälterin«, erklärte Bernard.

Vielleicht war es ja eine gute Idee, eine Weile von hier wegzukommen. Lotte warf einen Blick auf die Uhr. »Wenn wir rechtzeitig dort sein wollen, müssten wir in einer halben Stunde fahren. Möchte sonst noch jemand mit?«

»Ich würde gern mitkommen!«, sagte ihre Mutter zu Lottes Erstaunen.

»Mama, es ist die Probe für ein Weihnachtskonzert. Bist du dir sicher, dass du da hinmöchtest?«

»Ja. Bin ich.«

Ihre Mutter wollte in ein Weihnachtskonzert? Langsam, aber sicher wunderte sich Lotte über gar nichts mehr.

»Dann komme ich auch mit«, sagte Lottes Opa, und Maria schien sich über diese Nachricht zu freuen.

»Gut. Sonst noch jemand?«, fragte Lotte, doch alle schüttelten den Kopf.

»Ich lasse mir gern das Weingut von Nicolas zeigen«, sagte Udo. »Und danach freue ich mich auf eine Yogastunde mit Julia und Jonas.«

»Und ich möchte mit Uropa Mensch ärgere dich nicht spielen«, erklärte Ella.

»Das machen wir, Schätzchen«, stimmte Bernard zu.

»Na gut, dann fahren wir vier zum Konzert!«, sagte Lotte.

Sie war zwar hungrig, schaffte aber wegen ihres nervösen Magens wieder nur ein halbes Brot und eine Tasse Tee. Obwohl keiner mehr über das gestrige Thema sprach, hatte Lotte das Gefühl, dass alle sie genau beobachteten. Auch Nicolas. Doch er ließ sich nichts anmerken.

Kapitel 18

Das Weihnachtskonzert

Nach dem Frühstück ging Lotte nach oben, um sich für die Konzertprobe umzuziehen. Als sie in ihr Schlafzimmer kam, holte Nicolas sich gerade einen Pullover aus dem Kleiderschrank.

»Nicolas …«

Er drehte sich zu ihr um.

»Ja?«

»Es tut mir alles so leid. Wirklich.«

»Mir auch, Lotte.«

Er wirkte bedrückt.

»Können wir miteinander reden, wenn ich zurückkomme? Nur wir beide ganz in Ruhe?«, bat sie ihn.

»Eigentlich möchte ich das auch. Aber ich weiß nicht, ob heute der richtige Tag dafür ist. Mit dem ganzen Besuch bei uns und den Vorbereitungen für den Abend.«

Lotte schluckte.

»Bis gestern wolltest du mir noch einen Heiratsantrag machen, und jetzt habe ich das Gefühl, dass alles, was du bisher für mich empfunden hast, nun nicht mehr zählt.

Nur weil ich damals diesen einen dummen Fehler gemacht habe?«

»Nein, so ist es nicht, Lotte. Vielleicht brauche ich einfach noch ein wenig länger Zeit.«

Er schlüpfte in seinen Pullover.

»Aber ich kann nicht einfach heute Weihnachten feiern und so tun, als ob alles in Ordnung wäre. Nicolas, bitte. Ich muss wissen, wo wir beide stehen. Wie du zu mir stehst. Denn wenn du mir nicht mehr vertrauen kannst, dann ist es vielleicht besser, wenn ich vorerst zu meinen Eltern ins Hotel gehe.«

Sie standen sich gegenüber und sahen sich an. Lottes Herz klopfte wie wild. Sie wollte ihn nicht verlassen, aber wenn er solche Zweifel an ihr hatte, dann konnte sie keine Beziehung mehr mit ihm führen.

»Ich will doch nicht, dass du gehst! Ganz bestimmt nicht. Das alles hat mich nur wirklich sehr aus der Bahn geworfen. Und du hast völlig recht. Lass uns reden, wenn du zurückkommst. Okay?«

Sie nickte.

»Okay.«

Dann holte sie sich Kleidung aus dem Schrank, um sich umzuziehen, und ging ins Badezimmer.

Zehn Minuten später machte sie sich mit Maria, ihrer Mutter und ihrem Opa im Wagen auf den Weg zur Kirche.

»Dass ich das noch erlebe! Mit meiner Tochter und meiner Enkelin in ein Weihnachtskonzert gehen«, schwärmte

Karsten leise, als sie gemeinsam das festlich geschmückte Gotteshaus betraten.

»Ich kann es auch kaum glauben, Opa«, sagte Lotte.

»Und mit deiner Tanzpartnerin!«, ergänzte Maria vergnügt.

»Stimmt. Und mit meiner Tanzpartnerin!«

Maria und Karsten verstanden sich erstaunlich gut, und Lotte freute sich darüber. Sie hatte ein wenig Bedenken gehabt, dass der Besuch Maria zu sehr aus ihrem Alltag werfen würde, aber es lief erstaunlich gut, mit nur wenigen kleinen Aussetzern ab und zu.

Sie waren noch sehr früh dran. Nur einige wenige Leute saßen in den ersten Bankreihen.

»Ich würde gerne ein paar Kerzen anzünden«, flüsterte Maria.

»Schöne Idee«, sagte Marion.

Sie gingen zu einem kleinen Seitenaltar. Dort stand ein großer schmiedeeiserner Ständer mit mehreren Reihen in fünf Etagen, in denen zahlreiche Teelichter in roten Gläsern brannten.

Maria zündete zwei Kerzen an. »Eine ist für meine Mutter und eine für meinen lieben Karl.«

Karsten entzündete eine Kerze für seine verstorbene Ehefrau, Lottes Oma, wie er seiner Enkelin flüsternd verriet.

»Mit dem Licht wünsche ich mir Frieden im Herzen. Für jeden einzelnen Menschen auf dieser Welt«, flüsterte Marion, die ebenfalls eine brennende Kerze in den Leuchter stellte.

Lotte entzündete eine Kerze mit einem Stoßgebet nach oben, dass zwischen ihr und Nicolas wieder alles in Ordnung kommen solle. Und ein weiteres, dass ihr Baby gesund zur Welt kommen würde.

Dann setzten sie sich in eine der vorderen Bankreihen.

Nach und nach fanden sich immer mehr Leute ein, um der Generalprobe des gemischten Chors zuzuhören. Die halbe Kirche war voller Zuhörer, als die Tür zur Sakristei sich öffnete. Die Sängerinnen und Sänger kamen heraus und stellten sich neben einem mit silbernen Kugeln und Strohsternen geschmückten Baum vor dem Altar auf. Patricia entdeckte Lotte und Maria und winkte ihnen erfreut zu. Maria winkte zurück.

»Schön, dass wir hier sind«, flüsterte sie. »Das stimmt uns auf Weihnachten ein.«

Karsten nickte.

»Ich finde das auch sehr besinnlich.«

Schon nach den ersten Liedern merkte Lotte, wie ihre Unruhe langsam wich. Es wurden Stücke in Französisch, Latein und Deutsch vorgetragen und zum Teil von einer Orgelspielerin begleitet. Die meisten Lieder kannte sie, doch einige waren Lotte fremd und gingen trotzdem sofort ins Ohr. Und ins Herz.

Als gegen Ende das Lied *Oh du fröhliche* erklang und der Chor mit jeder Strophe stimmgewaltiger wurde, entdeckte Lotte Tränen in Marias Augen, die sie verlegen wegzublinzeln versuchte.

»Das war immer das Lieblingslied meiner Mutter«, murmelte sie bewegt.

Lotte griff nach ihrer Hand und drückte sie. Maria war inzwischen für sie Familie geworden. Genauso wie Bernard und David. Sie wünschte sich so sehr, dass sich zwischen ihr und Nicolas alles wieder einrenken würde und sie weiterhin gemeinsam auf dem Weingut leben und glücklich sein konnten. Doch egal, wie es zwischen ihr und Nicolas ausging, das Baby würde immer im Mittelpunkt stehen. Schon jetzt spürte sie eine Verbindung zu diesem kleinen Wesen.

»Der Chor ist echt toll! Dabei sind das alles Laien, oder?«, flüsterte ihre Mutter Lotte ins Ohr.

»Ja.«

»Wenn man der Musik zuhört, ist das eine andere Art von Meditation. Sehr belebend und erhebend.«

Lotte nickte und verspürte plötzlich den Wunsch, ihrer Mutter zu verraten, dass sie in einigen Monaten Großmutter sein würde, vorausgesetzt, dass in der Schwangerschaft alles gut ging. Doch zuvor musste Nicolas es erfahren. Das war sie ihm schuldig.

Schließlich war die Probe des Chors zu Ende, und die Zuhörer bedankten sich mit einem minutenlangen Applaus, worüber die Sängerinnen und Sänger sich unübersehbar freuten. Ein Spendenkorb ging herum, dessen Erlös dem Waisenhaus in der Gegend zugutekommen würde.

Danach verließen die Leute rasch die Kirche. Vermutlich wollten alle schnell nach Hause, um noch die letzten Vorbereitungen für die Bescherung am Abend zu treffen. Oder um Familie und Freunde zu besuchen.

Auf dem Weg nach draußen spürte Lotte plötzlich eine Hand an ihrem Arm, die sie zurückhielt.

»Frau Müller? Geht es Ihnen wieder gut?«, fragte Dr. Duval. Lotte hatte nicht gesehen, dass sie ebenfalls in der Kirche gewesen war.

»Ja danke. So weit geht es mir wieder besser«, antwortete sie.

Maria freute sich, ihre Hausärztin zu sehen, und wünschte ihr frohe Weihnachten.

»Ihnen auch, Frau Tanner!«, sagte Dr. Duval. »Sicher sehen wir uns bald.«

Lotte bezog das auf die regelmäßigen Kontrolluntersuchungen in der Praxis.

»Geht ihr bitte schon mal hinaus, ich komme gleich nach«, bat Lotte ihre Familie und wandte sich dann wieder an die Ärztin.

»Die Übelkeit ist auch weg?«, fragte Dr. Duval, und Lotte ahnte, dass hinter der Frage eigentlich eine andere Frage steckte.

Lotte sah sich kurz um, ob niemand in der Nähe war. Dann sagte sie leise: »Die Übelkeit ist nicht weg, aber ich kenne jetzt zumindest den Grund dafür. Sie lagen mit Ihrer Vermutung richtig.«

Dr. Duval nickte, als ob sie nichts anderes erwartet hätte.

»Und ich freue mich darüber«, stellte Lotte mit einem Lächeln klar.

»Sehr schön. Umso wichtiger ist es, dass Sie gleich nach den Feiertagen Ihre Frauenärztin aufsuchen. Drängen Sie darauf, sofort einen Termin zu bekommen.«

»Das werde ich.«

»Ich wünsche Ihnen alles Gute. Schöne Weihnachten,

Frau Müller, und sagen Sie Bernard und Nicolas bitte einen Gruß von mir.«

»Das werde ich. Ebenfalls ein schönes Fest!«

»*Merci!*«

Lotte verließ die Kirche und gesellte sich zu ihrer Familie. Sie warteten vor dem Eingang der Sakristei, bis Patricia herauskam. Lotte stellte der Haushälterin ihre Mutter und ihren Opa vor.

»Ah, die Gäste aus Norddeutschland!«, sagte Patricia lächelnd.

»Du wusstest auch, dass sie kommen?«, fragte Lotte überrascht.

»Nicolas hat mich eingeweiht. Ich habe zusätzlich noch Vorräte eingekauft und größere Mengen von der Zwiebelsuppe und dem Rinderbraten vorgekocht. Und auch viel mehr Baguettes gebacken für die Häppchen.«

»Ach deswegen! Ich hatte mich schon über die Mengen gewundert!«

Nicolas hatte wirklich alles genau geplant.

»Wunderschön war das Konzert, Patricia! Ganz wunderbar«, schwärmte Maria.

»Ja. Das war es wirklich!«, stimmten Marion und Karsten zu.

»Vielen Dank!«

Sie plauderten noch eine Weile, dann wünschten sie sich frohe Weihnachten, und alle fuhren nach Hause.

Maria und Karsten saßen hinten im Wagen und unterhielten sich.

»Ich bin sehr froh, dass wir zu euch ins Elsass gekommen

sind«, sagte Marion leise zu ihrer Tochter. »Ehrlich gesagt hatte ich keine Lust, die Feiertage schon wieder irgendwo im Nirgendwo alleine mit deinem Vater zu verbringen.«

Lotte war darüber so überrascht, dass sie vergaß, den nächsten Gang einzulegen. Erst als der Motor vernehmlich protestierte, schaltete sie hoch.

»Aber Mama, ich dachte, das wolltest du immer. Weg von dem ganzen Weihnachtstrubel.«

Marion zuckte mit den Schultern.

»Ehrlich gesagt, das wollte ich schon lange nicht mehr, aber du kennst ja deinen Vater. Ihm war das immer schon wichtig, dass wir uns an Weihnachten ausklinken.«

»Du meinst das wirklich ernst?« Lotte konnte es kaum glauben.

»Ja. Als Nicolas uns angerufen und eingeladen hat, habe ich sehr gehofft, dass er es schafft, deinen Vater zu überzeugen, hierherzureisen.«

»Wirklich erstaunlich, dass ihm das gelungen ist«, sagte Lotte.

»Für dich hat er alle Register gezogen, Lotte. Er wollte dich unbedingt mit unserem Besuch überraschen. Auch wenn er uns nichts von der Verlobung erzählt hat, war ihm anzumerken, wie wichtig es für ihn ist, dass wir kommen. Ich bin mir sicher, dass er nicht lockergelassen hätte. Ach, mein Schatz, echt blöd, wie das gestern alles gelaufen ist und dass ihr wegen dieser unüberlegten Hochzeit damals in Las Vegas jetzt Schwierigkeiten habt. Klar war das nicht deine genialste Entscheidung, aber ich wünschte mir, Nicolas könnte das nach dem ersten Schreck, der völlig verständlich ist, doch ein wenig entspannter sehen. Und vielleicht mit ein wenig mehr Humor.«

»Das wünschte ich auch, Mama.«

»Trotzdem mag ich ihn. Er ist ein ganz feiner junger Mann mit einer tollen Aura.«

Lotte nickte mit einem Lächeln.

»Aber wer weiß?«, fuhr Marion fort. »Vielleicht macht er ja im nächsten Jahr an Weihnachten einen neuen Versuch mit einem Heiratsantrag, wenn du endlich diese Ehe annulliert hast? Dann hätten wir auch einen guten Grund, wieder zu euch kommen.«

»Ich weiß nicht, ob er mich noch mal fragen wird, Mama. Im Moment wäre ich schon froh, wenn wir uns nur wieder richtig versöhnen.«

»Das wünsche ich euch sehr!«

»Danke. Und ihr braucht keinen besonderen Grund, um uns auch im nächsten Jahr an Weihnachten zu besuchen. Oder egal wann. Ich freue mich immer, euch zu sehen.«

»Danke, mein Schatz. Mal sehen, ob dein Vater sich noch einmal auf ein solches Weihnachtsabenteuer einlässt.«

»Vielleicht tut er es ja mir zuliebe«, hoffte Lotte.

Oder vielleicht, weil er Weihnachten mit seinem Enkelkind verbringen möchte.

»Schaut mal, es fängt an zu schneien!«, rief Maria plötzlich, und sie klang dabei so fröhlich wie ein junges Mädchen.

Und tatsächlich schwebten dicke Flocken vom Himmel.

Marion lachte.

»Weihnachtlicher geht es wirklich kaum mehr«, sagte sie vergnügt.

»Oh doch!«, meinte Lotte und grinste plötzlich, als sie über die Playlist auf dem Handy ein Lied aufrief: *Last Christmas!* von Wham.

Marion stöhnte kurz auf, doch dann lachte sie und sang tatsächlich mit.

Kapitel 19

Manchmal reicht Liebe allein nicht aus

Nachdem sie wieder zurück auf dem Weingut waren, legte sich Maria eine Weile hin, um für später ausgeruht zu sein. Lottes Eltern wollten ebenfalls noch für ein paar Stunden ins Hotel zurück und würden am späten Nachmittag kurz vor der Bescherung wiederkommen.

»Die Yogastunde war super, Udo!«, sagte Jonas, als Lottes Vater in der Diele in seine Jacke schlüpfte, während Marion und Karsten bereits draußen im Wagen auf ihn warteten.

»Freut mich. Falls ihr wollt, können wir das gerne in den nächsten Tagen wiederholen!«, meinte Udo. »Und vielleicht hast du ja auch Lust mitzumachen, Lotte? Das würde dir gewiss guttun.«

»Vielleicht, Papa … Bis später.«

»Bis später.«

»Deine Eltern sind ganz anders, als ich sie mir vorgestellt hatte«, sagte Jonas zu Lotte, nachdem Udo das Haus verlassen hatte.

»Wie hattest du sie dir denn vorgestellt?«, wollte Lotte wissen.

»Keine Ahnung und bitte nicht falsch verstehen, vielleicht ein wenig verrückter?«

Lotte lachte.

»Verrückt sind sie schon – manchmal. Und das liegt wohl in der Familie.«

»Ich finde euch jedenfalls alle super!«

»Danke, Jonas.«

»Und ich möchte dir gerne helfen, Lotte.« Er sprach nun leiser. »Ich bin dabei, diesen Jason ausfindig zu machen.«

Lotte sah Jonas erstaunt an.

»Echt?«

»Ja … ich hab da so meine Quellen als Journalist. Vielleicht hab ich ja Glück und finde was raus.«

»Das wäre wirklich großartig«, murmelte Lotte, obwohl ihr plötzlich auch ein wenig mulmig zumute war. Sie wünschte sich nichts mehr, als Jason endlich ausfindig zu machen. Gleichzeitig hatte sie aber auch Angst davor, sich mit ihm nach so vielen Jahren auseinandersetzen zu müssen.

»Katja hat mir seinen Namen gesagt. Weißt du zufällig den genauen Geburtstag?«

»Nein. Er meinte damals, er wäre einen Monat zuvor einundzwanzig geworden. Also müsste das irgendwann im Oktober sein.«

»Hm. Das könnte mich schon mal weiterbringen. Zumindest im Ausschlussverfahren. Gibt es noch irgendwas, das du über ihn weißt und das mir helfen könnte, ihn zu finden?«

Sie überlegte.

»Er hat gesagt, dass er ein Wirtschaftsstudium abgebrochen hat. Aber ich habe keine Ahnung, wo. Und auch nicht, ob das überhaupt gestimmt hat. Ehrlich gesagt, bin ich mir inzwischen noch nicht einmal mehr sicher, ob Jason Williams tatsächlich sein echter Name war.«

»Aber das müsste doch auf der Heiratslizenz gestanden haben«, erinnerte Jonas sie.

»Schon, aber wir haben das nach einer Nacht ohne Schlaf gemacht. Das ging alles so schnell, dass ich hauptsächlich meinen Teil gelesen und seine Angaben nur überflogen habe«, murmelte Lotte beschämt über ihre damalige Naivität.

»Aber bei der Trauung wurde doch sein Name genannt?«

»Ja.«

»Dann dürfte zumindest das gestimmt haben. Sonst noch irgendwas?«

»Leider fällt mir nichts Konkretes mehr ein. Wir haben hauptsächlich über unsere Träume gesprochen, Reisen, Musik, die wir beide gern hören, Filme, die wir mögen, oder was wir gern essen oder eben überhaupt nicht gern essen. Inzwischen weiß ich, dass er mir nur vorgespielt hat, wie sehr wir auf einer Wellenlänge liegen, damit ich mich in der kurzen Zeit so richtig in ihn verknalle und er mich um den Finger wickeln konnte.«

»Das ist wirklich ziemlich niederträchtig von ihm gewesen. Wie kann man nur so sein?« Jonas schüttelte missbilligend den Kopf.

»Ich weiß nicht. Vielleicht weil es so dumme junge Frauen wie mich gibt, mit denen man das machen kann?«

»Jetzt hör aber mal auf! Manchmal gehen die Gefühle

eben mit einem durch, gerade wenn man denkt, dass man den perfekten Partner gefunden hat und die Hormone nur so sprudeln. Er hat ganz offensichtlich alles bewusst getan, um dich zu ködern. Und vermutlich sah er noch dazu nicht übel aus, oder?«

»Er sah … nun ja, echt ziemlich gut aus«, gab sie zu. »Und ich bin so was von blauäugig auf ihn hereingefallen.«

»Hey, du warst gerade mal neunzehn, Lotte! Du willst gar nicht wissen, was ich in diesem Alter für Unsinn angestellt habe. Da gibt es einiges, das ich niemandem freiwillig erzählen würde.«

»Immerhin hast du nicht geheiratet und es vor allen Menschen verheimlicht, die dir wichtig sind.«

»Stimmt. Das nicht … Trotzdem. Sei nicht so streng mit dir. Und ich versuche, alles zu tun, um dir zu helfen, das zu korrigieren.«

»Das ist total lieb, Jonas, vielen Dank!«, sagte Lotte.

»Gern. So, ich verschwinde jetzt mal wieder rüber in die Gästewohnung. Ich muss noch ein paar Geschenke verpacken und einen gewissen Jason Williams ausfindig machen.« Er zwinkerte ihr zu. »Bis später.«

»Bis später, Jonas.«

Als Lotte in die Küche ging, um sich eine Kleinigkeit zu essen zu holen, traf sie ausgerechnet auf Sarah, die sich eine Tasse Kaffee einschenkte.

Lotte hatte keine Ahnung, wie sie mit Nicolas' Mutter umgehen sollte. Ihrem Blick nach zu urteilen, war sie jedenfalls immer noch ziemlich sauer auf Lotte.

»Die Generalprobe von Patricias Chor war beeindruckend!«, sagte Lotte unverfänglich und öffnete den Kühlschrank. »Maria hat es auch sehr gefallen.«

Doch das interessierte Sarah nicht.

»Wie hast du meinem Sohn nur verheimlichen können, dass du verheiratet bist?«, fuhr Sarah Lotte ohne Umschweife an.

Lotte schloss den Kühlschrank wieder und drehte sich zu Sarah um.

»Ich habe gestern versucht, es euch zu erklären. Es war ein Fehler, aber keine böse Absicht. Und es tut mir sehr leid, dass es meinetwegen nun so ein Durcheinander gibt.«

»Durcheinander? Er wollte dir heute einen Heiratsantrag machen! Da geht es nicht um ein Durcheinander, du hast Nicolas schwer enttäuscht, Lotte! So wie ich meinen Sohn kenne, bedeutet das das Ende eurer Beziehung! Genau wie es damals bei ihm und Lissy war. Allerdings hatte Lissy damals nur versucht, Nicolas zu schonen, bis sie wegen ihrer Krankheit Gewissheit hatte. Du aber …« Sie schien nach Worten zu suchen, »… ehrlich gesagt, ich habe keinen blassen Schimmer, warum du es ihm verschwiegen hast. Um dich selbst zu schonen? Für so etwas finde ich jedenfalls keine nachvollziehbare Erklärung. Und ich weiß nicht, ob mein Sohn dir noch mal vertrauen kann. Ich hoffe, dass er sich das gut überlegt.«

Lotte zitterte innerlich. Sarah sprach aus, was sie selbst befürchtete.

»Ich kann die Zeit nicht zurückdrehen und es ungeschehen machen«, sagte sie so ruhig wie möglich. »Aber ich möchte, dass du eines weißt, Sarah. Ich liebe Nicolas sehr.

Und ich hoffe, dass er das weiterhin spürt, auch wenn er im Moment enttäuscht ist.«

»Manchmal reicht Liebe nicht aus, wenn die Basis einer Beziehung erschüttert wurde! Und soll ich dir was sagen? Ich habe inzwischen den Verdacht, dass du das alles mit meinem Sohn gar nicht so ernst genommen hast«, ließ Sarah nicht locker.

»Mutter. Bitte misch dich da nicht ein!«, forderte Nicolas Sarah auf.

Lotte hatte nicht bemerkt, dass er in die Küche gekommen war. Wie lange hatte er schon zugehört?

»Du wirst mir ja wohl noch erlauben, dass ich meine Meinung dazu sage!«, protestierte Sarah.

»Ich weiß nicht, ob deine Meinung im Moment hilfreich ist. Das müssen Lotte und ich alleine klären.«

Lotte spürte einen leisen Hauch von Hoffnung. Dass er vor seiner Mutter zu ihr hielt, musste doch ein gutes Zeichen sein.

»Jedenfalls hat sie deine ganze Überraschung ruiniert. Und vielleicht auch noch das Weihnachtsfest für uns alle.« Sarah konnte es nicht lassen. »Aber wenn es nicht gewünscht ist, werde ich mich natürlich raushalten.« Sie nahm ihre Tasse und rauschte eingeschnappt aus der Küche.

»Danke, Nicolas!«, sagte Lotte und warf ihm ein zaghaftes Lächeln zu.

»Wenn jemand wie meine Mutter schon zwei Ehen und eine weitere feste Beziehung in den Sand gesetzt hat, sollte sie sich in Beziehungsfragen bei anderen zurückhalten«, sagte er ernst.

»Es tut mir leid, wenn du meinetwegen jetzt auch noch Stress mit deiner Mutter hast.«

»Stress mit meiner Mutter ist nichts Ungewöhnliches. Stress mit dir hingegen …«

Er sprach nicht weiter.

»Nicolas, ich weiß nicht, was du vorhin von meinem Gespräch mit deiner Mutter mitbekommen hast. Ich hoffe jedoch, du hast auch gehört, dass ich dich sehr liebe.«

Nicolas nickte.

»Das habe ich gehört.«

»Und? Bedeutet dir das nichts? Bist du vielleicht auch der Meinung deiner Mutter, dass Liebe allein manchmal nicht ausreicht?«, fragte Lotte und hatte Angst vor seiner Antwort. Ihr Herz schlug zum Zerspringen.

Er ließ sich so lange Zeit mit einer Antwort, dass sie das Gefühl hatte, sich weiter erklären zu müssen.

»Denkst du, ich hätte dir vorgeschlagen, hier auf dem Hof ein Weinlokal einzurichten und auch noch mein Geld zu investieren, wenn ich vorhätte, in Kürze wieder zu verschwinden?«, fragte sie ihn direkt.

»Du hast dir auch in Brasilien eine Strandbar aufgebaut und sie nach ein paar Jahren wieder verkauft, um wegzugehen«, erinnerte er sie.

»Da gibt es aber einen sehr großen Unterschied. Ich hatte niemals vorgehabt, für immer in Brasilien zu bleiben. Eigentlich ging ich hauptsächlich wegen Katja nach Südamerika, weil sie dort alles über Edelsteine lernen wollte. Ich wäre mit ihr auch nach Australien gegangen oder nach Island. Das war mir damals egal. Mir ging es darum, zusammen mit Katja die Welt zu entdecken und eine gute Zeit zu haben. Genau das hatten wir in Brasilien – und dazu habe ich noch viel gelernt. Ich möchte keinen Tag davon missen.«

Nicolas sagte dazu nichts.

Plötzlich wurde sie wütend.

»Ich verstehe, dass du sauer bist, weil ich dir das mit Jason nicht erzählt habe. Und weil ich damit deine Pläne für Weihnachten ruiniert habe. Und das tut mir auch wirklich alles sehr leid. Aber ich verstehe echt nicht, wie du plötzlich so grundsätzlich an mir und meiner Liebe zweifeln kannst, Nicolas. Das tut richtig weh!«

Plötzlich schossen ihr Tränen in die Augen.

»Irgendwie habe ich das Gefühl, du drehst jetzt gerade den Spieß um!«, sagte Nicolas. »So, als ob ich was falsch gemacht hätte.«

»Das tue ich sicher nicht!«

»Ich versuche einfach nur herauszufinden, was ich davon halten soll, dass du mir so wesentliche Dinge über dich verschwiegen hast. Und ich frage mich – oder besser gesagt dich –, ob es noch etwas Relevantes gibt, das du mir verheimlichst, aus welchen Gründen auch immer?«

Ja, ich bin schwanger von dir! Aber das würde er erst erfahren, wenn ihre Beziehung geklärt war.

»Hast du mir denn alles über dich erzählt?«, fragte sie ausweichend.

»Du stellst mir eine Gegenfrage, ohne direkt zu antworten?«, fuhr er sie an. »Gibt es also doch noch was, das du mir nicht sagst?«

Nun schwieg Lotte.

»Na gut, aber ich werde dir antworten: Natürlich kann man nie alles über sich erzählen oder zumindest erst nach und nach, wenn man länger zusammen ist. Trotzdem weißt du längst alles von mir, was für unsere Beziehung relevant ist, Lotte. Und du kannst mich auch fragen, was immer du von mir wissen möchtest. Gilt das umgekehrt auch?« Er sah sie mit funkelnden Augen an.

»Ach ja?«, wich sie seiner letzten Frage aus. »Warum hast du mir dann nicht schon früher erzählt, dass du mit deiner Exfreundin noch Kontakt hast? Lissys Erscheinen auf dem Hof hat mich auch ganz schön überrumpelt.«

Das saß. Er wirkte plötzlich etwas verlegen.

»Ich habe mir nichts dabei gedacht. Das mit Lissy und mir ist längst vorbei und spielt doch für uns keine Rolle, Lotte.«

»So? Das mit Jason und mir ist noch viel länger vorbei. Und ich habe auch nicht gedacht, dass es mal so eine Rolle für dich spielen würde.«

Draußen hörten sie Schritte im Flur. Bernard kam in die Küche. Besorgt sah er zwischen den beiden hin und her. Es war nicht zu übersehen, dass sie gerade eine heftige Auseinandersetzung hatten.

»Habt ihr beide ein wenig Zeit? Ich würde gerne etwas mit euch im Büro besprechen.«

»Können wir das vielleicht später tun, Onkel Bernard? Lotte und ich haben etwas zu klären.«

»Es ist wirklich wichtig«, beharrte Bernard jedoch.

»Na gut.«

Und auch Lotte nickte.

Da Lotte durch die Gespräche mit Sarah und Nicolas wieder keine Gelegenheit gehabt hatte, etwas zu essen, und ihr Magen schon protestierend knurrte, nahm sie sich rasch zwei Vanillekipferl aus einer Schale und stopfte sie in den Mund. Langsam hatte sie das Gefühl, sich fast nur noch von Weihnachtsgebäck zu ernähren. Sie seufzte und folgte den beiden ins Büro.

Kapitel 20

Das Geheimnis im Koffer

Bernard deutete auf die beiden Sessel gegenüber von seinem Schreibtisch, und Nicolas und Lotte nahmen Platz.

Sie kam sich fast ein wenig vor wie damals, als der Direktor ihrer früheren Schule sie ins Büro zitiert hatte, wegen eines heftigen Streits mit einer Mitschülerin, die sie wegen ihrer roten Haare verspottet hatte.

Bernard hob einen kleinen Koffer vom Boden auf und legte ihn auf den Schreibtisch. Lotte erkannte ihn sofort. Es war der alte Koffer, den sie für Bernard auf dem Speicher gesucht hatte. Würde sie nun doch etwas über den geheimnisvollen Inhalt erfahren? Wollte er deswegen mit ihnen sprechen?

»Der Abend gestern war für uns alle eine Überraschung und sehr aufwühlend, vor allem für euch zwei«, begann Bernard ohne Umschweife. »Und es ist für mich sehr traurig zu sehen, dass es euch beiden deswegen nicht gut geht und ihr sogar streitet.«

»Onkel Bernard, es tut mir leid, aber das ist etwas, das

Lotte und ich untereinander klären müssen«, meinte Nicolas höflich, aber bestimmt.

Bernard schaute von Nicolas zu Lotte.

»Trotzdem habe ich das Gefühl, dass ich da etwas dazu beitragen kann. Und wenn ich euch beide so ansehe, dann zweifle ich nämlich daran, dass ihr im Moment auf einem guten Weg seid, das aus der Welt zu schaffen. Und das wäre sehr schade.«

Lotte wusste nicht, was sie darauf sagen sollte. Sie hatte vorhin das Gefühl gehabt, dass Nicolas und sie tatsächlich keinen Schritt vorangekommen waren, um sich wieder zu versöhnen, auch wenn er sie vor seiner Mutter in Schutz genommen hatte.

»Wenn ich mir mit der Frau, die ich liebe, gemeinsam eine Zukunft aufbauen will, dann muss ich mir sicher sein können, dass sie mir voll und ganz vertraut«, erklärte Nicolas, fast ein wenig trotzig.

»Und ich wünsche mir von meinem Partner, den ich liebe, dass er nicht sofort alles in Frage stellt, weil ich einen Fehler gemacht habe, der schon so lange zurückliegt.«

Doch Nicolas schüttelte energisch den Kopf.

»Genau das ist der Punkt! Der Fehler mit dieser Hochzeit mag vielleicht lange zurückliegen. Aber darum geht es mir doch überhaupt nicht, Lotte. Der Fehler, der mich verletzt hat, ist der, dass du mir in der Zeit, die wir uns nun kennen, nichts davon gesagt hast.«

»Willst du denn nicht verstehen, dass ich dir nichts verschweigen wollte, sondern nur auf den richtigen Moment gewartet habe, um darüber zu reden?«

»Und wann wäre dieser richtige Moment deiner Ansicht nach gewesen?« Er verschränkte die Arme.

Lotte zuckte mit den Schultern.

»Keine Ahnung. Das kann ich dir leider nicht beantworten. Vielleicht hätte ich es dir ja an Silvester erzählt oder ganz spontan bei einem Spaziergang jetzt an den Feiertagen. Oder auch erst im nächsten Frühjahr, wenn ich all meinen Mut zusammengekratzt hätte, um dir diese Peinlichkeit aus meiner Teenagerzeit zu beichten.« Denn tatsächlich war sie mit neunzehn damals zwar schon volljährig gewesen, aber ganz bestimmt noch nicht erwachsen.

»Wenn du es mir eher gesagt hättest, wäre ich vielleicht kurz irritiert gewesen, aber vermutlich hätte ich sogar darüber gelacht und dir angeboten, dass wir den Typ gemeinsam ausfindig machen, damit du diese Ehe beenden kannst. Hast du wirklich so wenig Vertrauen in mich gehabt und gedacht, dass ich kein Verständnis dafür haben würde?«

»Doch. Aber ich hatte ja keine Chance mehr, es dir dann zu erzählen, wenn ich dafür bereit gewesen wäre. Nachdem ich herausgefunden hatte, dass du diese Überraschung geplant hast und mir einen Antrag machen wolltest, musste ich es dir natürlich sofort sagen. Und da war es dann leider schon zu spät. Und überhaupt, wenn du es damals geschafft hättest, Verständnis zu haben, warum nicht auch jetzt? Oder kann es sein, dass es auch um verletzte Eitelkeiten geht, weil nun alle davon wissen?«

»Stopp!«

Bernard hob beide Hände.

»So kommt ihr nicht weiter. Irgendwie dreht ihr euch

nur im Kreis. Ich finde, ihr seid so ein tolles Paar, aber redet völlig aneinander vorbei.«

Er sah zu Lotte.

»Ich kenne euch beide jetzt schon eine ganze Weile und würde euch gern folgenden Rat geben. Lotte, versuche Nicolas nachzusehen, dass er sehr enttäuscht ist. Sicherlich wäre das im umgekehrten Fall ebenso gewesen. Dieser Heiratsantrag vor der ganzen Familie war für Nicolas ein sehr großer Schritt. Und wie ich inzwischen mitbekommen habe, hat er sehr viel Zeit und Engagement in die Planung gesteckt. Natürlich hat ihn die Nachricht, dass du schon verheiratet bist, aus der Bahn geworfen. Gerade weil er dich liebt und weil er ein hoffnungsloser Romantiker ist. Das ist ja auch eine ziemlich verflixte Situation.«

Lotte schluckte und warf einen Blick zu Nicolas, der nickte.

»Genauso ist es!«, sagte er.

»Ich weiß«, murmelte sie an Bernard gewandt. »Ich weiß nur nicht, wie ich es Nicolas klarmachen soll, wie sehr mir das alles leidtut.«

»Das glaube ich dir ja, Lotte!«, rief Nicolas.

Lotte sah ihn unglücklich an.

»Und trotzdem gehst du auf Distanz zu mir? Du zweifelst sogar an meiner Liebe!«

»An deiner Liebe zweifle ich nicht!«

Bernard sah nun Nicolas an.

»Nicolas, ich glaube Lotte wirklich, dass sie nur nach dem richtigen Zeitpunkt gesucht hat, um es dir zu sagen, und dass sie dir nichts verheimlichen wollte. Warum auch?

Da sie offenbar überhaupt noch nicht mit einem Heiratsantrag gerechnet hatte, dachte sie, sie hätte noch ein wenig mehr Zeit. Und vermutlich würde sie alles dafür geben, wenn sie nur die Uhr zurückdrehen könnte, um es dir viel früher zu sagen. Nicht wahr, Lotte?«

»Das würde ich nur zu gern! Danke, Bernard, dass du mich verstehst. Genau das versuche ich Nicolas die ganze Zeit zu erklären.«

Bevor Nicolas etwas dazu sagen konnte, sprach Bernard bereits weiter.

»Nicolas, sosehr ich deine Enttäuschung verstehen kann, sowenig kann ich nachvollziehen, dass du plötzlich an Lotte zu zweifeln scheinst. Eine Garantie gibt es für keine Beziehung, egal wie sehr man sich das am Anfang erhofft oder wünscht. Es ist immer ein Risiko, sich auf einen anderen Menschen einzulassen. Das war es übrigens auch für Lotte, als sie hierhergezogen ist. Und zwar nicht, um die feine Madame auf dem Weingut zu spielen, sondern um überall mit anzupacken. Egal wo sie gebraucht wurde, sie hat nicht lange gefackelt und Verantwortung übernommen. Lotte hat mit dir nicht nur einen Partner, sondern gleich auch noch Familienanschluss bekommen. Nicht alle Frauen würden sich darauf einlassen, wenn sie frisch in einer Beziehung sind, mit den älteren Angehörigen eines Freundes zusammenzuziehen. Und sich um diese auch noch zu kümmern. Lissy zum Beispiel hätte das nicht gemacht. Vergiss das bitte nicht.«

Bernard machte eine kurze Pause und nahm einen Schluck Wasser, bevor er weitersprach.

»Es ist für mich keine Selbstverständlichkeit, dass Lotte sich so zuverlässig um Maria kümmert. Und ich sehe durchaus, dass ihr beide mit der vielen Arbeit auf dem Hof dabei als Paar leider oft zu kurz kommt und nur sehr wenig Zeit für euch allein habt. Aber meines Wissens hat Lotte deswegen noch nie auch nur ein Wort verloren. Im Gegenteil. Sie ist ein Sonnenschein und scheint immer aus allem das Beste machen zu wollen. Und da ist sie genau wie du. Ihr seid euch so ähnlich! Nicolas, ich habe dich noch nie so glücklich gesehen wie in den Monaten, seitdem ihr zusammen seid. David hat mir kürzlich von Lottes Vorschlag eines Weinlokals auf dem Hof erzählt. Für mich zeugt das davon, dass Lotte dich nicht nur sehr liebt, sondern auch die besten Absichten hat, ihre Erfahrungen und ihr Engagement in unser Unternehmen einzubringen. Meinen Segen habt ihr jedenfalls schon jetzt dafür, wenn ihr das machen wollt. Aber das Wichtigste ist, als Familienmitglied gehört sie für mich und Maria schon längst dazu.«

Lottes Kehle war bei seinen Worten eng geworden. Sie schluckte.

»Danke«, flüsterte sie.

Bernard warf ihr einen aufmunternden Blick zu.

»Das musste einfach gesagt werden. Ich finde, es darf schon auch mal einen heftigen Sturm in einer Beziehung geben, und man muss darüber reden, was einen belastet oder ärgert. Das ist nur allzu menschlich. Aber gleich aufgeben? Das darf man nicht. Sonst geht es euch ähnlich wie mir, und ihr bereut es ewig, dass ihr eine falsche Entscheidung getroffen habt, die euer ganzes Leben beeinflusst. Und noch dazu das anderer Menschen.«

Er deutete auf den Koffer und öffnete ihn.

»Eigentlich hatte ich vor, den Inhalt wegzuwerfen, weil ich nicht wollte, dass nach meinem Tod jemand schwarz auf weiß lesen kann, wie feige ich damals war. Deswegen wollte ich den Koffer unbedingt finden.«

Seine Stimme war nun heiser geworden. Er nahm einen Packen Briefe heraus und legte sie auf den Schreibtisch.

»Ich habe alle geöffnet und gelesen, was ich damals geschrieben habe. Und das hat mir in den letzten Tagen zu schaffen gemacht, das kann ich euch sagen, auch wenn ich weiß, dass ich die Zeit nicht mehr zurückdrehen kann. Nun bin ich aber froh, dass ich die Briefe noch nicht vernichtet habe, damit ich euch damit hoffentlich etwas klarmachen kann.«

Schweigend sahen die beiden ihn an.

»Wie ihr wisst, habe ich im Krieg, nachdem ich schwer verletzt worden war und mein Bein verloren hatte, meiner großen Liebe Marianne durch meinen Bruder ausrichten lassen, dass ich bei einem Luftangriff gestorben sei. Ich dachte damals, dass es für sie besser wäre, mich zu betrauern und sich nach einer gewissen Zeit etwas Neues aufzubauen, als ein Leben lang mit einem Krüppel verbringen zu müssen. Viele der Träume, die wir damals gemeinsam hatten, hätten wir uns mit meiner Behinderung nicht erfüllen können. Zumindest war ich damals dieser Überzeugung.«

Er räusperte sich.

»Doch ich habe nie aufgehört, Marianne zu lieben.

Meine Wunde am Bein war nichts gegen die Wunde in meinem Herzen, sie verloren zu haben. Immer wieder fragte ich mich, wie es ihr wohl erging. Etwa zwei Jahre nach Kriegsende vermisste ich sie so sehr, dass ich ihr doch die Wahrheit gestehen wollte. Ich schrieb Marianne einen langen Brief, um ihr alles zu erklären, in der Hoffnung, dass wir vielleicht doch noch eine Chance haben könnten …«

»Aber du hast den Brief nicht abgeschickt«, mutmaßte Nicolas.

»Nein. Ich war zu feige dazu. Ich war ja immer noch ein Krüppel und meine Verletzung noch nicht ganz verheilt. Vor allem aber gab es diese große Lüge, weil wir meinen Tod vorgetäuscht hatten. Ich hatte Angst davor, dass sie mir das nicht verzeihen könnte. Trotzdem musste ich die ganze Zeit an Marianne denken. In den Jahren danach habe ich immer wieder einen neuen Anlauf genommen, jedes Mal einen neuen Brief geschrieben. Verzweifelt habe ich versucht, die richtigen Worte zu finden, warum ich sie glauben ließ, dass ich beim Luftangriff umgekommen sei. Das sind all diese Briefe hier. Falls ihr mir nicht glaubt, könnt ihr sie alle lesen.«

Er nickte zu dem Stapel auf dem Tisch.

»Wenn ich einen dieser Briefe abgeschickt hätte oder besser noch zu Marianne nach Bayern gefahren wäre, um persönlich mit ihr zu sprechen, hätte ich erfahren, dass ich eine kleine Tochter habe. Ich hätte Marianne alles erklären können, und vielleicht hätte sie meine Beweggründe verstanden und mir verziehen. Dann hätte meine Maria nicht ohne Vater aufwachsen müssen. Und auch nicht ohne ihre Elsässer Familie. Von klein auf hätte ich sie als Vater begleiten und ihr zur Seite stehen können. Ich habe uns allen damals so viel genommen, nur weil ich dachte, es besser zu wissen und Marianne vor einem Krüppel wie mir schützen zu müssen, damit sie ein glücklicheres Leben haben konnte. Letztlich war ich aber nur feige gewesen, weil ich immer die Angst hatte, ihre Enttäuschung über meine Lüge oder womöglich sogar Ablehnung wegen der Verstümmelung in ihren Augen sehen zu müssen. Warum ich euch das erzähle? Weil ich nicht möchte, dass ihr den Fehler macht, eure Beziehung wegen einer falschen Entscheidung in Frage zu stellen. Bei euch ist so viel Liebe, und diese Liebe muss so eine Krise auch mal aushalten können. Das ist eigentlich alles, was ich euch mit dieser Geschichte sagen will.«

Bernard räusperte sich.

Seine Worte hatten Lotte sehr bewegt und nachdenklich gemacht. Ähnlich schien es auch Nicolas zu gehen. Er griff nach ihrer Hand und drückte sie. Und plötzlich lächelten sie sich zu.

»Lotte, ich … lass uns später noch mal in Ruhe reden, ja?«

»Ja, das machen wir.«

»Aber um deine Frage von vorhin schon jetzt zu beantworten, Liebe allein reicht manchmal nicht aus, aber bei uns gibt es viel mehr als nur Liebe und …«, begann Nicolas.

In diesem Moment kam Julia ins Büro.

»Maria ist nicht bei euch?«, fragte sie aufgeregt.

»Nein. Sie hat sich nach dem Konzert hingelegt«, antwortete Lotte.

»Ich war gerade auf dem Weg zur Küche, um mit den Vorbereitungen für die Weihnachtsschnitzel anzufangen, da habe ich gesehen, dass die Tür zu Marias Zimmer weit offen stand. Aber das Zimmer war leer. Deswegen dachte ich, sie könnte bei euch sein.«

Bernard griff nach seinem Stock und erhob sich besorgt.

»Sicher ist sie irgendwo hier im Haus«, sagte Nicolas. »Wir teilen uns auf und suchen alles ab.«

Doch eine Viertelstunde später war klar: Maria war weder im Haupthaus noch in der Gästewohnung oder im Nebengebäude. Und auch Noël war verschwunden.

Die Haustür war nicht abgesperrt, und so hatte Maria das Haus unbemerkt verlassen können.

»Ihr Mantel und die Stiefel fehlen, also ist sie immerhin warm angezogen«, stellte Lotte ein klein wenig erleichtert fest, auch wenn sie sich deswegen kaum weniger Sorgen um Maria machte.

»Wohin kann sie denn nur verschwunden sein?«, fragte Katja aufgewühlt.

»Leider wissen wir nicht, wie lange sie schon unterwegs ist«, sagte Julia.

»Als meine Eltern zum Hotel fuhren, war die Tür zu Marias Zimmer sicher noch zu«, erinnerte sich Lotte.

»Und auch dann noch, als wir zu Bernard ins Büro gingen«, ergänzte Nicolas.

Lotte sah auf ihre Armbanduhr.

»Dann kann sie höchstens eine halbe Stunde unterwegs sein.«

Bernard war ganz blass geworden.

»Wir müssen sie unbedingt so schnell wie möglich finden, bevor ihr etwas passiert!«

Kapitel 21

Maria und Noël

Lotte hatte ihre Eltern angerufen, damit sie bei der Suche halfen. Und auch David hatte man Bescheid gegeben, der zufällig schon unterwegs zum Hof gewesen war. Die ganze Familie war in heller Aufregung und in Sorge um Maria.

»Wir müssen uns aufteilen!«, schlug David vor.

Nicolas suchte mit Bernard, David und Sarah jeden Winkel auf dem ganzen Gelände ab. Auch im Weinkeller, den Abfüllräumen und im Lager. Julia durchforstete mit Jonas und Ella noch mal jedes Zimmer im Haus. Doch von Maria und Noël war keine Spur zu finden.

Lottes Eltern und Karsten gingen die Wege in der Nähe des Hauses ab, Katja und Lotte suchten in den Weinbergen.

»Noël!«, rief Lotte immer wieder nach dem Hund. Sie war sich sicher, dass der Hund zu ihr käme, wenn er in der Nähe wäre. »Ich glaube nicht, dass sie hier irgendwo sind«, sagte sie zu Katja.

»Irgendwie ist das fast wie im letzten Jahr an Heiligabend, als kurz vor der Bescherung Ella plötzlich verschwunden ist«, erinnerte sich Katja.

»Ja, da herrschte auch eine große Aufregung. Aber Ella hatte sich glücklicherweise nur auf dem Hof versteckt, und wir haben sie schnell wiedergefunden«, sagte Lotte.

»Oma kann überall sein. Meinst du, wir sollen besser die Polizei anrufen?«, fragte Katja.

»Ich weiß auch nicht. Vielleicht nehmen wir einfach die Autos und fahren erst noch die nähere Umgebung ab«, meinte Lotte. »So weit weg kann sie doch eigentlich noch gar nicht sein.«

»Okay … dann gehen wir schnell zurück zum Hof und fahren von dort aus los.«

Bernard blieb mit Sarah und Ella auf dem Hof, damit jemand hier war, falls Maria doch von selbst zurückkam.

Jonas und Nicolas suchten zu Fuß abermals die Umgebung beim Haus und bei den Weinbergen ab.

Lotte fuhr im Wagen mit ihrem Vater, Katja mit Marion, und David machte sich mit Karsten auf den Weg.

»Mist, jetzt fängt es auch wieder an zu schneien«, sagte Lotte, während sie von der privaten Landstraße auf die Hauptstraße einbogen.

»Ihr solltet Maria ein Armband mit einem Sender besorgen«, schlug Lottes Vater vor. »Dann könnte man sie jederzeit über GPS finden.«

»Das hatten wir eigentlich schon vorgehabt, aber in dem ganzen Weihnachtstrubel immer aufgeschoben«, sagte Lotte. »Hätten wir uns nur schon früher darum gekümmert.«

Je mehr Zeit verstrich, umso unruhiger wurde sie.

»Mach dich jetzt bitte nicht verrückt, mein Schatz«,

sagte Udo ruhig. »Ich bin mir sicher, dass wir sie bald finden.«

»Aber was, wenn sie gestürzt ist und sich verletzt hat und irgendwo im Schnee liegt?«

Lotte wollte sich gar nicht ausmalen, was alles passiert sein könnte. Ihr Handy klingelte. Nicolas! Vielleicht hatte er gute Neuigkeiten? Doch dem war nicht so. Sie suchten noch immer die Wege um das Haus herum ab.

»Lotte, ich hab überlegt, ob Maria vielleicht zu Patricia unterwegs sein könnte«, sagte Nicolas.

Die Haushälterin wohnte nur knapp drei Kilometer vom Weingut entfernt.

»Aber wieso sollte sie denn zu Patricia?«, fragte Lotte verwundert.

»Keine Ahnung. Aber mir fällt sonst nichts mehr ein, wo sie sein könnte.«

»Ich fahre die Strecke bis zu Patricia ab und frage, ob sie dort ist, Nicolas. Aber Patricia hätte uns doch sicherlich benachrichtigt, wenn Maria bei ihr aufgetaucht wäre.«

»Trotzdem. Wir müssen alles versuchen.«

»Klar. Bis dann.«

»Bis dann.«

Lotte legte auf.

»Habt ihr euch wieder versöhnt?«, fragte ihr Vater.

Lotte zuckte mit den Schultern.

»Wir waren zumindest gerade dabei, uns auszusprechen, als Julia kam und Maria suchte. Aber unser Streit kommt mir so unbedeutend vor. Wichtig ist jetzt einfach nur, dass wir Maria wieder finden und es ihr gut geht.«

»Ja … Trotzdem hoffe ich, dass sich bei dir und Nicolas bald wieder alles einrenkt.«

Lotte warf einen Blick zu ihrem Vater.

»Danke, Papa.«

Nur wenig später parkte Lotte vor dem Haus, in dem Patricia mit ihrer Familie wohnte, stieg aus und klingelte.

»Hallo, Patricia, ist Maria zufällig bei euch?«, fragte sie, kaum dass die Haustür offen war.

»Lotte? Nein, ist sie nicht! Wieso sollte sie bei uns sein? Ist sie etwa verschwunden?«, rief die Haushälterin besorgt.

»Leider ja. Sie hat sich einfach aus dem Haus geschlichen, und keiner hat es mitbekommen.«

»Um Himmels willen! Soll ich euch bei der Suche helfen?«

»Eigentlich sind wir schon genügend Leute. Aber falls Maria doch noch hier auftauchen oder du etwas von ihr hören solltest …«

»Sag ich euch natürlich sofort Bescheid und bringe sie zu euch.«

»Danke, Patricia.«

»Es wird sicher alles gut gehen, Lotte. Schließlich ist heute Weihnachten«, sagte Patricia. »Da passieren oft besondere Dinge.«

»Ich hoffe, du hast recht.«

Lotte stieg eilig wieder in den Wagen und fuhr los. Diesmal fuhren sie die andere Seite in Richtung Colmar ab.

»Danke, dass du mich auf dieser Suche begleitest, Papa. Überhaupt bin ich glücklich, dass du hier bist. Und das, obwohl du Weihnachten sonst immer aus dem Weg gehst.«

»Ehrlich gesagt, bin ich sehr froh, dass Nicolas uns eingeladen hat. Ich finde es inzwischen nämlich ziemlich anstrengend, an den Feiertagen immer wegzufahren, nur um nicht Weihnachten feiern zu müssen.«

Lotte warf ihm nur einen verdutzten Blick zu.

»Aber Papa! Ich dachte, das wolltest du immer?«

»Ich? Nein. Ich mache das nur, weil es deiner Mutter so wichtig ist, dem Ganzen aus dem Weg zu gehen. Dabei würde ich viel lieber daheimbleiben.«

Trotz ihrer Sorge um Maria musste Lotte plötzlich lächeln. Ihre Mutter hatte es umgekehrt ganz ähnlich geschildert.

»Wirklich?«, hakte Lotte nach.

»Ja. Anfangs war das ja vielleicht mal ein wichtiges Statement gegen den übermäßigen Weihnachtskonsum. Aber so lustig war es dann auch nicht, die Feiertage in irgendwelchen nüchternen Ferienwohnungen oder Hotels zu verbringen. Das habe ich nur deiner Mutter zuliebe getan. Ich freue mich jedenfalls so richtig auf den Heiligabend heute und die kommenden gemeinsamen Feiertage.«

Natürlich wollte Lotte ihm nicht verraten, dass ihre Mutter das inzwischen ähnlich sah. Das mussten ihre Eltern schon selbst herausfinden. Trotzdem sagte sie: »Vielleicht können wir ja auch nächstes Jahr an Weihnachten gemeinsam bei uns als Familie feiern. Nicolas kann Mama bestimmt dazu überreden, wiederzukommen.«

»Dem traue ich das tatsächlich zu … Lotte! Schau mal da vorn!«

Er deutete aufgeregt auf eine Parkbucht etwa dreihundert Meter entfernt.

»Das ist doch Maria, oder?«

»Ja! Das ist sie. Und Noël ist auch bei ihr!«, rief Lotte erleichtert.

Ihr fiel ein riesiger Stein vom Herzen. Rasch drückte sie am Handy auf die Kurzwahlnummer von Nicolas.

»Wir haben sie gefunden, Nicolas«, rief sie aufgeregt, während sie hinter einem dunkelblauen Mercedes mit einem deutschen Autokennzeichen anhielt. Dort stand Maria mit Noël auf dem Arm neben zwei Männern.

»Gott sei Dank!«, seine Erleichterung war nicht zu überhören.

»Ich muss jetzt aussteigen und mich um sie kümmern. Bitte sag allen Bescheid. Ich melde mich, wenn wir auf der Rückfahrt sind.«

»Bis dann!«

Lotte und ihr Vater sprangen fast gleichzeitig aus dem Wagen. Noël fing sofort wild zu bellen an, als er sie entdeckte.

»Lotte!«

»Maria. Da bist du ja!«, rief Lotte und umarmte sie glücklich. Dabei leckte Noël ihr freudig über die Wange.

»Sie kennen diese Frau?«, fragte einer der Männer, etwa im Alter ihres Vaters, als sie sich wieder von ihr gelöst hatte.

»Oh ja.«

Maria schien jedoch sehr angespannt zu sein.

»Habt ihr sie inzwischen gefunden?«, fragte sie mit besorgter Stimme.

»Gefunden? Wen denn?«

»Na, Ella!«

»Ella?«, fragte Udo verwundert.

»Die Frau hat meinen Bruder und mich auf der Straße bei der Einfahrt zu den Weinbergen angehalten«, erklärte nun der zweite, etwas ältere Mann. »Sie war ziemlich aufgeregt und bat uns um Hilfe, weil ihre Enkeltochter verschwunden ist. Wir sind mit ihr die Straßen in der Gegend abgefahren, aber leider konnten wir das Mädchen nicht finden. Vorhin dachte sie, sie hätte hier im Straßengraben etwas gesehen, deswegen haben wir angehalten. Aber da ist nichts gewesen.«

»Ich weiß doch, wie sehr Ella unter dem Tod ihres Vaters leidet«, sagte Maria mit Tränen in den Augen. »Es ist das erste Weihnachten ohne ihn. Wir müssen sie ganz schnell finden, bevor dem Kind etwas Schlimmes passiert.«

Plötzlich verstand Lotte, was los war. Maria war in ihrer Erinnerung offenbar ins vergangene Jahr gerutscht, als sie alle auf dem Hof nach Ella gesucht hatten. Tatsächlich hatte Katjas Halbschwester sich damals vor allen versteckt, weil sie sich nicht hatte vorstellen können, Weihnachten ohne ihren Vater zu feiern.

»Maria, stell dir vor, wir haben Ella inzwischen gefunden«, sagte Lotte ruhig.

»Wirklich? Wo ist sie denn?«

»Auf dem Hof bei Julia und Katja. Und bei Bernard. Und es geht ihr gut. Du musst dir jetzt um sie keine Sorgen mehr machen.«

»Hach, wie schön!«, rief Maria erleichtert.

»Gut, dass das Kind gefunden wurde«, sagte der ältere der Brüder und wirkte ebenfalls erleichtert. Er konnte ja nicht wissen, dass das alles nur in Marias Einbildung stattgefunden hatte, weil sie Vergangenheit und Gegenwart durcheinanderbrachte.

»Ja, es ging noch mal gut!«, sagte Lotte.

»Vielen Dank, dass sie mit Maria nach dem Kind gesucht haben«, sagte Udo, der wohl auch keine Notwendigkeit sah zu erklären, wer heute tatsächlich verschwunden gewesen war. »Das war sehr nett von Ihnen.«

»Aber das war doch selbstverständlich. Und gut, dass Sie gekommen sind. Wir wollten eben die Polizei benachrichtigen, weil wir inzwischen schon ziemlich in Eile sind und die Frau nicht allein suchen lassen wollten.«

»Ist Ella wirklich wieder daheim?«, hakte Maria ungläubig nach.

»Ja. Das ist sie, Maria«, bestätigte Udo.

»Sind Sie aus der Gegend hier?«, fragte Lotte die Männer.

»Wir kommen aus Freiburg, sind aber oft in Colmar bei unseren Eltern.«

»Falls Sie in den nächsten Tagen mal nicht mehr so in Eile sind und am Weingut Beaulieu vorbeikommen sollten ... das ist etwa dort, wo Sie Maria aufgegabelt haben in den Weinbergen ...«, sie deutete in die Richtung, » ... dann melden Sie sich bitte bei mir. Wir würden uns für Ihre Hilfsbereitschaft gern mit einer Kiste Wein erkenntlich zeigen«, meinte Lotte, die froh war, dass Maria an zwei so anständige Menschen geraten war. Das hätte auch ganz anders ausgehen können.

»Eine Kiste Wein? Da sagen wir nicht Nein, oder, Hans-Joachim?«

»Sicher nicht.«

Die Männer nickten sich lächelnd zu.

»Fragen Sie einfach nach mir. Ich bin Lotte!«

»Machen wir. Danke, Lotte.«

Dann wünschten sich alle frohe Weihnachten und stiegen in die Fahrzeuge.

Auch Noël schien überglücklich zu sein, dass das Abenteuer mit Maria wieder vorbei war. Lotte hatte in der Konsole immer einen kleinen Vorrat mit Hunde-Leckerlis, wenn sie unterwegs waren.

»Hier. Für dich, mein Süßer!«, sagte sie und gab ihm eine Handvoll, die er gierig verputzte. Dann sprang er in die Transportbox.

»Und jetzt fahren wir heim! Dort warten schon alle auf uns«, meinte Udo.

»Aber der Ausflug heute mit euch beiden nach Deggendorf war wirklich sehr schön«, sagte Maria, und Lotte sah im Rückspiegel, wie sie fröhlich lächelte. »Das sollten wir öfter mal machen. Vielleicht hat Karl Zeit, dass er auch mal mitfährt.«

»Vielleicht!«, sagte Lotte.

»Und jetzt muss ich schnell in die Werkstatt und den Verschluss einer Perlenkette reparieren. Und die Batterie in einer Uhr muss ich auch noch auswechseln.«

Offenbar schien Maria ihre Suche nach Ella bereits vergessen zu haben und war nun in einer anderen Erinnerung aus früheren Zeiten.

Kapitel 22

Schmetterlinge

Nach der ganzen Aufregung waren alle überglücklich, dass Maria und Noël wieder wohlbehalten zu Hause waren. Lotte hatte sie jedoch gebeten, kein großes Aufheben zu machen. Das würde Maria vermutlich nur noch mehr durcheinanderbringen, als sie ohnehin schon war. Deswegen bemühten sich alle, so zu tun, als wäre alles ganz normal, und sie hätten nicht fast eineinhalb Stunden lang voller Angst nach Maria gesucht.

Lottes Eltern und Karsten, die vorhin völlig übereilt zum Haus gekommen waren, um bei der Suche zu helfen, fuhren noch mal zurück ins Hotel, um sich für den Abend umzuziehen.

In der Diele umarmte Nicolas Lotte und drückte sie fest an sich.

»Ich bin so froh, dass du Maria gefunden hast, Lotte«, murmelte er erleichtert.

»Es war ein Zufall, aber ich bin auch sehr froh!«, sagte sie.

»Gut, dass Maria nichts passiert ist. Aber es hätte auch

anders ausgehen können. Nicolas, wir müssen ihr so schnell wie möglich dieses Armband mit GPS und Notruf besorgen, damit so etwas nicht noch einmal vorkommen kann.«

»Ja, so eine Gefahrensituation müssen wir für Maria zukünftig vermeiden. Ich werde mich gleich nach den Feiertagen darum kümmern. Diesen Schreck möchte ich nicht noch mal erleben«, meinte Nicolas.

»Ich auch nicht. Du kannst dir gar nicht vorstellen, was für ein Stein mir vom Herzen gefallen ist, als ich sie mit Noël da am Straßenrand stehen sah.«

»Doch, das kann ich.«

Eine Haarsträhne war ihr ins Gesicht gerutscht. Er schob sie hinter ihr Ohr, und plötzlich zog er sie an sich und umarmte sie.

Sie spürte seinen Herzschlag, atmete seinen Duft ein und fühlte sich geborgen in seinen Armen. Die überstandene Sorge um Maria ließ ihren Streit plötzlich unbedeutend erscheinen. Das vorherige Gespräch mit Bernard hatte ihr zudem vor Augen geführt, wie achtsam man miteinander umgehen musste, um keine Fehler zu machen, die man später bereute.

»Ach, meine Süße …«

Lotte löste sich von Nicolas und sah ihn an. Offenbar gingen ihm ähnliche Gedanken durch den Kopf.

»Das Gespräch vorhin mit Bernard hat bei mir wieder einiges zurechtgerückt«, sagte er dann auch. »Es tut mir leid, dass ich so emotional reagiert habe, Lotte.«

»Ach, Nicolas, ich kann dich ja auch verstehen. Mir tut das alles auch sehr leid. Und eines weiß ich ganz gewiss: Ich möchte mit dir zusammen sein. Wichtig ist mir aber, dass du dein Vertrauen in mich nicht verloren hast.«

»Nein … ich bitte dich nur, mich künftig nicht mehr auszuschließen, wenn dich etwas beschäftigt. Ich will für dich da sein, Lotte. Gemeinsam können wir alles durchstehen, auch wenn es mal schwierig ist. «

»Ja … das können wir.«

Die beiden sahen sich ein paar nicht enden wollende Sekunden in die Augen.

»Ich liebe dich«, flüsterte sie.

»Und ich dich.«

Er zog sie noch mal an sich, und nun küsste er sie, zärtlich und doch leidenschaftlich. Und diesmal flatterten mehr Schmetterlinge in Lottes Bauch als je zuvor.

»Ich bin so froh, dass alles wieder gut ist«, sagte sie leise, nachdem sie sich erneut voneinander gelöst hatten. Nicolas nickte und lächelte.

Plötzlich hörten sie Schritte hinter sich. Sie drehten sich um.

»Was für ein Tag. Maria ist unbeschadet zurück. Ich kann dir gar nicht genug danken, Lotte. Und wenn ich euch so ansehe, dann scheint es, als ob unser Gespräch vorhin auch Früchte getragen hätte«, stellte Bernard erleichtert fest. »Was mich ganz besonders freut.«

»Danke, Onkel Bernard, dass du uns beiden den Kopf zurechtgerückt hast«, sagte Nicolas. »Es war nötig, dass wir uns wieder an das erinnern, was wirklich zählt.«

»Dafür bin auch ich dir sehr dankbar, Bernard.«

»Für irgendwas muss ich ja in meinem Alter noch gut

sein, oder?«, meinte er und lächelte. »Es war sicher keine einfache Situation für euch beide, und da darf es schon mal knirschen und krachen, aber dann muss es auch wieder gut sein, und ich bin sehr glücklich, dass ich helfen konnte.«

»Und was passiert jetzt mit den Briefen?«, fragte Lotte neugierig.

Bernard zuckte mit den Schultern.

»Eigentlich haben sie ihren Dienst jetzt getan. Und dafür musstet ihr sie noch nicht einmal selbst lesen. Vielleicht lasse ich sie einfach im Koffer und stelle ihn wieder auf den Speicher. Irgendwann kann dann jemand anderer entscheiden, sie wegzuwerfen.«

»Oder vielleicht gehören diese Briefe zur Geschichte dieses Hauses auf den Speicher, neben all die anderen Dinge aus der Vergangenheit, die einfach zu schade sind, um sie wegzuwerfen«, überlegte Lotte.

»Vielleicht ... und jetzt leiste ich Maria ein wenig Gesellschaft«, sagte Bernard.

Die beiden sahen ihm hinterher, wie er in das Zimmer seiner Tochter verschwand, in dem Katja sich inzwischen um Maria gekümmert hatte.

Lotte überlegte, ob sie Nicolas jetzt nach oben bitten sollte, um ihm ungestört von ihrer Schwangerschaft zu erzählen. Nun, da zwischen ihnen alles wieder in Ordnung war, wollte sie ihn nicht mehr länger im Ungewissen lassen.

Doch plötzlich hatte sie eine Idee, wie sie ihm die Nachricht, dass er Papa werden würde, auf eine besondere Weise überbringen könnte. Wenn es schon keinen Heiratsantrag unter dem Weihnachtsbaum geben konnte, dann vielleicht die Verkündung einer Geburt in etwa acht Monaten. Beim Gedanken daran musste sie lächeln. Das Geschenk mit dem Badeschaum, den Kerzen und Pralinen war von Anfang an sowieso nur eine Notlösung gewesen, ein Platzhalter für eine viel bessere Weihnachtsüberraschung. Nun hatte sie doch noch das perfekte Geschenk für Nicolas gefunden.

»Wieso lächelst du so?«, fragte er.

»Weil ich sehr erleichtert und glücklich bin«, antwortete sie.

»Das bin ich auch.«

Er warf einen Blick auf die Uhr.

»Aber jetzt wird es echt Zeit, dass ich mit Julia in die Küche verschwinde, damit wir das Essen vorbereiten können. Wie gut, dass Patricia den Rinderbraten schon vorgekocht hat«, sagte er. »Eigentlich wollte auch meine Mutter mithelfen, aber ich weiß nicht, ob ich mir ihren immer noch konsternierten Blick antun möchte.«

»Dem werden wir beide aber sowieso nicht entkommen«, befürchtete Lotte.

»Du meinst, ich soll es gleich hinter mich bringen und ihr klarmachen, dass es mir egal ist, dass du schon längst verheiratet bist?«

»Ja, das fände ich eine super Idee!«, sagte Lotte verschmitzt. »Dann ist sie bei mir vielleicht schon milder gestimmt.«

»Du machst es dir ja einfach«, scherzte er. »Aber gut. Ich beiße also in den sauren Apfel für uns beide. Und was machst du?«

»Apropos in einen Apfel beißen. Ich muss jetzt unbedingt eine Kleinigkeit essen, sonst verhungere ich noch. Und dann muss ich noch schnell etwas für später vorbereiten«, erklärte Lotte.

»Na gut, dann komm mit in die Küche, damit du mir nicht vom Fleisch fällst, meine Süße«, schlug er vor und legte ihr einen Arm um die Hüfte.

In der Küche war Julia bereits dabei, die Weihnachtsschnitzel in Mehl zu wenden und dann in verquirlte Eier mit Milch und Preiselbeeren zu tauchen. Danach wurden sie in einer Mischung aus Semmelbröseln und gemahlenen Haselnüssen paniert.

Lotte belegte eine Scheibe Brot dick mit Käse und biss hungrig hinein. Zusammen mit der ganzen Aufregung der letzten Tage hatte glücklicherweise auch ihre Übelkeit etwas nachgelassen. Als der größte Hunger gestillt war, holte sie unbemerkt von Nicolas die große Blechdose mit den Lebkuchenherzen und eine Packung mit bunter Zuckerschrift aus der Speisekammer. Bisher war sie noch nicht dazu gekommen, die Herzen zu verzieren. Glücklicherweise. Denn sie hatte damit etwas ganz Besonderes vor.

Nachdem sie ihr Geschenk etwas später in einer roten Schachtel mit einer goldenen Schleife verpackt hatte, nahm sie rasch eine heiße Dusche und zog sich für den Abend eine elegante grüne Hose mit einer cremefarbenen Seidenbluse an. Die roten Locken ließ sie offen auf den Rücken fallen. Sie sah auf die Uhr. Inzwischen war es schon fast halb fünf. Bald würden ihre Eltern und Opa Karsten kommen. Da sie nicht damit gerechnet hatte, an Weihnachten mit ihnen zusammen zu sein, hatte sie auch keine Geschenke für sie besorgt.

Aber ihre Eltern legten sowieso keinen Wert darauf, und ihrem Opa würde sie einfach die Pralinen schenken, die sie für Nicolas gekauft hatte. Sie holte auch die restlichen Geschenke aus ihrem Schrank und brachte alles zu Bernard, damit er die Päckchen ins Wohnzimmer räumen konnte.

Als sie danach das Esszimmer betrat, saß David zusammen mit Katja am Tisch und sah Lotte mit einem amüsierten Kopfschütteln entgegen.

»Ich habe vorhin erfahren, was gestern Abend hier alles los war«, sagte er. »Kaum bin ich einmal nicht da, bricht hier das Chaos aus! Eine verpatzte Verlobung und eine bereits verheiratete Lotte?«

»Nur damit du das weißt. Ich war nicht diejenige, die es David gepetzt hat!«, stellte Katja sofort klar.

»Mein Vater weiß schon, dass wir uns bereits ausgesprochen haben, Lotte. Er muss sich also nicht auch noch aufregen«, meinte Nicolas, der gerade mit einem Stapel Teller hereingekommen war, um die beiden aneinandergestellten Tische für dreizehn Personen zu decken.

»Aufregen wollte ich mich gar nicht«, sagte David. »Im Gegensatz zu Sarah, die mir das vorhin brühwarm und mit bebender Empörung in der Stimme haarklein erzählt hat.«

»Mutter hat in dir wohl einen Verbündeten gesucht«, vermutete Nicolas.

»Da kann sie lange suchen«, meinte David. »Ich bin froh, dass ihr alles so schnell geklärt habt.«

»So wie wir alle«, sagte Katja und breitete das erste weiße Tischtuch aus.

»Ich weiß, dass damit eine Bombe geplatzt ist. Aber jetzt,

wo alles raus ist, fühle ich mich irgendwie auch sehr befreit. Ich habe das Geheimnis lange genug mit mir herumgetragen. Und auch wenn ich es nicht wahrhaben wollte und meistens verdrängte, so hat es doch ganz schön an mir genagt.«

Nicolas warf ihr einen verständnisvollen Blick zu. Offensichtlich hatte er inzwischen erkannt, was für eine Belastung diese unselige Heirat von damals für Lotte gewesen war.

Katja legte die zweite Tischdecke auf und strich sie glatt.

»Jetzt ist ja alles raus. Und irgendwann finden wir diesen Kerl, und dann kannst du die Sache für immer abschließen«, munterte sie Lotte auf.

»Und was ist, wenn Lotte ihren Mann wiedersieht und er ihr doch noch gefällt?«, feixte David, der normalerweise nicht gerade für seine Scherze bekannt war, mit einem Zwinkern. In letzter Zeit wirkte er überhaupt viel lockerer als früher.

»Vater! Also wirklich!«, empörte sich Nicolas.

»Das wird ganz sicher nicht passieren!«, versprach Lotte hoch und heilig.

»Das will ich dir auch geraten haben, *Chérie!*«, sagte Nicolas mit hochgezogenen Brauen.

»Schade ist es aber schon, dass es heute keine Verlobung gibt«, fand David.

Nicolas zuckte mit den Schultern.

»Dafür feiern wir alle gemeinsam ein schönes Weihnachtsfest.«

»Ach, Nicolas, könntest du noch ein vierzehntes Gedeck auflegen?«, bat David.

»Wieso? Wer kommt denn noch?«

»Das wird eine Überraschung«, sagte er mit einem feinen Lächeln, doch mit mehr Infos rückte er nicht heraus.

»Eine Überraschung?«, hakte Nicolas nach, doch David schmunzelte nur und sagte nichts weiter.

»Ich muss mich jetzt schnell umziehen«, erklärte Katja. »Und nachsehen, was Jonas drüben die ganze Zeit macht.«

In diesem Moment klingelte es an der Haustür. Lotte ging in die Diele hinaus und öffnete. Ihre Eltern und Opa Karsten waren gekommen. Und sie hatten reich gefüllte Taschen dabei.

»Mama? Papa? Sind das etwa lauter Weihnachtsgeschenke?«, fragte Lotte ungläubig.

»Deine Mutter und ich haben unabhängig voneinander Geschenke für alle eingekauft.«

Marion zuckte mit den Schultern.

»Weil ich dachte, dein Vater würde das nicht machen. Du weißt schon, unnötiger Weihnachtskonsum und so.«

»Und ich dachte, du würdest keine Geschenke besorgen. Aus genau demselben Grund«, bemerkte Udo und grinste.

Lotte konnte sich ein Lachen nicht verkneifen.

»Aber ich dachte mir, wenn schon Weihnachten, dann auch mit allem, was dazugehört!«, erklärte Marion und schlüpfte aus ihrem Mantel.

»Und ich ging ganz sicher davon aus, dass die beiden Weihnachtsmuffel bestimmt keine Geschenke besorgen würden, und habe natürlich auch eingekauft«, erklärte Karsten, und nun lachten alle.

»Da gibt es ja dann einiges auszupacken!«, meinte Lotte

vergnügt. »Und jetzt kommt bitte mit mir ins Esszimmer zu den anderen.«

Inzwischen hatten Nicolas und David den Tisch für vierzehn Personen fertig gedeckt und ihn mit Kerzen und Weihnachtsdekoration geschmückt. In der Mitte stand der Adventskranz, den sie später anzünden würden.

Außerdem waren draußen in der Diele Stehtische aufgebaut, um die sich nach und nach alle Gäste versammeln konnten, um bei einem weihnachtlichen Aperitif oder einem Becher gewürztem Apfelsaft zu plaudern und sich die Wartezeit bis zur Bescherung zu verkürzen.

Bernard kam mit Maria, Ella und Noël ins Esszimmer. Alle hatten sich für den Abend hübsch zurechtgemacht, und auch Noël trug heute ein besonderes Halsband mit kleinen Schneemännern drauf.

Ella ging auf Lotte und Nicolas zu.

»Ich muss euch noch was sagen. Es tut mir leid, dass ich mich gestern verplappert habe mit der Verlobung«, meinte sie zerknirscht. »Ich wollte das echt nicht.«

Nicolas legte ihr eine Hand auf die Schulter.

»Schon gut, Ella. Mach dir deswegen bitte keinen Kopf mehr. Es wäre ja so und so bald rausgekommen. Du hast das Ganze nur abgekürzt.«

»Ihr seid mir also nicht böse?«, fragte die Kleine.

»Aber nein«, beteuerte Lotte. »Wir sind dir überhaupt nicht böse. So was Blödes kann jedem mal passieren. Also denk am besten nicht mehr daran, okay?«

»Okay!«

»Stellt bitte alle Geschenke, die ihr noch habt, vor die

Wohnzimmertür«, bat Bernard. »Ich werde eure Päckchen unter den Baum legen.«

»Soll ich dir dabei vielleicht helfen, Onkel?«, fragte David.

Bernard schien kurz zu überlegen. Traditionell machte er das immer ganz allein. Doch zu Lottes Überraschung nickte er.

»Wenn du magst, sehr gern, mein Junge.«

»Das gab es ja noch nie!«, murmelte Nicolas, nachdem die beiden das Zimmer verlassen hatten.

»Es gab auch noch nie so viele Leute hier an Weihnachten und dementsprechend viele Päckchen. Ich glaube, Bernard kann Davids Hilfe diesmal wirklich gebrauchen ... Aber sag mal, Nicolas, solltest du dich nicht auch langsam mal umziehen?«, fragte Lotte.

»Doch. Ich bin schon unterwegs«, sagte Nicolas und verschwand nach oben ins Schlafzimmer.

Kapitel 23

Schöne Bescherung

Inzwischen standen alle in der großen Diele an den Stehtischen und warteten darauf, dass Bernard sie ins Wohnzimmer rief. Lotte bemerkte, wie Nicolas ein wenig abseits leise, aber energisch auf seine Mutter einsprach. Offenbar war sie immer noch ungehalten. Kurz entschlossen ging sie zu den beiden. Sarah sah sie vorwurfsvoll an. Doch Lotte ließ sich von ihr nicht einschüchtern.

»Sarah, du kannst auf mich weiterhin so sauer sein, wie du möchtest. Aber lass es nicht an Nicolas aus. Wir haben untereinander alles geklärt, und nur das zählt«, sagte sie höflich, aber bestimmt.

»Glaub nicht, dass die Sache damit erledigt ist, Lotte.«

»Das hast aber nicht du zu entscheiden, Sarah«, sagte David, der plötzlich neben ihnen stand. »Ausgerechnet du bist gewiss keine Spezialistin für Beziehungsfragen.«

Lotte sah, wie Sarahs Wangen sich vor Empörung röteten und Nicolas sich ein Grinsen nicht verkneifen konnte.

»Also bitte, David …«, begann sie, doch David unterbrach sie.

»Jetzt komm, lass es doch endlich gut sein, Sarah, und verdirb uns allen nicht Weihnachten mit deiner missmutigen Miene.«

Bevor sie darauf reagieren konnte, klingelte es an der Haustür. David lächelte plötzlich.

»Gast Nummer vierzehn ist da«, sagte er vergnügt und öffnete die Haustür. Draußen stand Dr. Victoria Duval, mit einer Geschenktasche in der Hand.

»Schönen guten Abend zusammen!«, sagte sie. »Es tut mir leid, dass ich so spät dran bin, aber ich musste vorhin noch ins Obdachlosenheim zu einer Patientin.«

»Du kommst gerade rechtzeitig«, sagte David und half ihr aus dem Mantel.

»Ich hab Wein und Gebäck mitgebracht.« Sie reichte die Tasche David. Er stellte sie ab und wandte sich dann zu den Anwesenden.

»Die meisten kennen Victoria bereits. Sie ist unsere Hausärztin – und seit drei Monaten meine neue Partnerin, mit der ich morgen verreise.«

»Ihr seid zusammen?«, fragte Nicolas völlig perplex. »Warum wusste ich da nichts davon?«

»Stell dir vor, es gibt außer dir noch mehr Menschen, die eine Überraschung für den Heiligabend geplant haben«, erklärte David verschmitzt. »Nur Onkel Bernard wusste es.«

Nicolas lächelte. »Tja, dann herzlich willkommen, Victoria.«

Dr. Duval ging reihum, begrüßte alle und stellte sich bei denen, die sie noch nicht kannten, ganz leger als Victoria vor.

Lotte war ebenfalls verdattert über die Tatsache, dass David mit der Ärztin liiert war. Doch jetzt erklärte es sich auch, warum David in letzter Zeit viel besser gelaunt war. Ob Dr. Duval sich an ihre Schweigepflicht gehalten oder ihrem Freund schon verraten hatte, dass er bald Großvater werden würde?

Sarah wirkte wenig begeistert über die neue Entwicklung, doch Lottes Vater, der ein feines Gespür für die Befindlichkeiten der Menschen hatte, verwickelte sie in ein Gespräch und brachte sie sogar zum Lachen.

Da Noël wegen der vielen Leute ziemlich hibbelig war, hatten sie ihn in Marias Zimmer verfrachtet. Er hatte noch nicht einmal protestiert und sich sofort auf sein Hundebett gelegt, um ein Nickerchen zu machen.

Auch auf Maria mussten sie heute besonders achten. Der ereignisreiche Tag und die vielen, ihr teils bis vor Kurzem fremden Menschen machten ihr doch ein wenig zu schaffen. Trotzdem wollte sie bei der Bescherung dabei sein. Falls es für sie zu stressig werden sollte, würden sie sie auf ihr Zimmer begleiten und sich bei ihr abwechseln, damit sie immer Gesellschaft hatte.

»Dauert es noch lang?«, fragte Ella schon ein wenig ungeduldig.

»Bernard macht es ja wirklich ziemlich spannend«, fand Marion, die ein sonnengelbes Flatterkleid trug, in dem sie viel jünger aussah, als sie war. »Ich komme mir fast vor wie in meiner Kindheit. Da mussten wir auch immer draußen ewig vor der Wohnzimmertür warten, bis Mutter das Glöckchen klingelte.«

»Spannung gehört eben zum Weihnachtszauber dazu«, sagte Karsten. »Und die Momente, kurz bevor man ins Zimmer darf, sind immer die ganz besonderen.«

In diesem Moment klingelte tatsächlich ein Glöckchen, und die Tür zum Wohnzimmer wurde geöffnet.

»Frohe Weihnachten!«, rief Bernard. »Und bitte hereinspaziert!«

Als Erstes durften Ella und Maria das herrlich geschmückte Zimmer betreten. Überall auf den Kommoden und Regalen standen kleine Engel, und unzählige Kerzen verbreiteten nicht nur warmes Licht, sondern auch den besonderen Duft nach geschmolzenem Wachs, der mit dem würzigen Duft der Tanne und dem Aroma der Plätzchen eine einmalige Verbindung einging, die es so nur an Weihnachten gab. Der imposante Baum war mit bunten Kugeln, kleinen Holzspielzeugen, Girlanden und Kerzen zauberhaft geschmückt.

»Cool! Der Weihnachtsbaum ist wunderschön!«, schwärmte Ella. Maria nickte mit funkelnden Augen.

»Ich muss zugeben, es ist tatsächlich das schönste Exemplar, das wir jemals aus dem Wald geholt haben«, beteuerte David und sah mit einem Zwinkern zu seinem Sohn.

Inzwischen hatten sich alle so gut wie möglich vor dem Baum versammelt, unter dem eine Unmenge von Päckchen lagen. Doch das Besondere waren die Bilder, die daneben, ebenfalls weihnachtlich dekoriert, auf einer Kommode standen. Fotos von lieben Familienangehörigen, die bereits verstorben waren und auf diese Weise für ihre Angehörigen doch mit dabei sein konnten:

Karl, der nicht nur Marias Sohn und Katjas und Ellas Vater war, sondern auch Julias Ehemann und Bernards Enkelsohn.

Katjas Mutter Barbara, die verstarb, als Katja noch ein kleines Mädchen war.

Bernards große Liebe und gleichzeitig Marias Mutter Marianne, sowie Bernards Bruder Louis und auch Davids Eltern.

Bernard hatte nach Absprache mit Lotte auch Fotos ihrer verstorbenen Großeltern aufgestellt.

»Das ist aber eine schöne Idee«, flüsterte Marion, als sie das Bild ihrer Mutter betrachtete.

»Solange wir noch immer an sie denken, bleiben sie ein wichtiger Teil unseres Lebens«, sagte Karsten mit belegter Stimme und legte einen Arm um seine Tochter.

Bernard räusperte sich, dann wandte er sich an Ella.

»So, mein Schätzchen, du kennst das ja schon vom letzten Jahr. Es ist deine Aufgabe, die Figuren in die Krippe zu platzieren«, sagte er.

Ella trat neben Bernard. Sie holte vorsichtig eine handgeschnitzte Holzfigur nach der anderen aus der Kiste und stellte sie auf, während im Hintergrund leise das Lied *Ihr Kinderlein kommet* aus den Lautsprechern des Plattenspielers zu hören war.

»Danke, liebe Ella, jetzt ist die Krippe wieder komplett aufgestellt«, sagte Bernard.

Danach kam das Lied *O du fröhliche,* und fast alle sangen mit.

Lotte beobachtete ihre Eltern, die sich gegenseitig an

den Händen hielten und ebenfalls mitsangen. Für Lotte war das fast schon ein kleines Weihnachtswunder. Niemand würde jetzt auf die Idee kommen, dass die beiden noch bis vor Kurzem solche Weihnachtsverweigerer waren. Es war das erste Mal, dass Lotte zusammen mit ihren Eltern und ihrem Opa an Heiligabend ein richtiges Weihnachtsfest feierte.

Als das Lied zu Ende war, wünschten sich alle ein frohes Fest und umarmten sich.

»Eigentlich war es bei uns immer üblich, die Geschenke erst nach dem Essen zu öffnen. Oder zumindest erst einmal nur eines oder zwei. Aber vielleicht machen wir in diesem Jahr eine Ausnahme und öffnen die Päckchen gleich«, schlug Bernard vor. »Auch wenn ich das Gefühl habe, dass wir bei dieser Menge ziemlich lange beschäftigt sein werden.« Er deutete ein wenig ratlos auf den riesigen Berg.

»Dann fangen wir am besten gleich mal an, sonst wird das so schnell nichts mit dem Abendessen«, meinte David.

»Als Erste bekommt natürlich unser jüngstes Familienmitglied ihre Geschenke. Hier, Ella.« Bernard reichte dem Kind eine hübsch verpackte Schachtel.

»*Merci beaucoup!*«, bedankte sie sich bei ihrem Urgroßvater.

Aufgeregt riss sie das Papier ab und holte die geschnitzten Handpuppen heraus, die Lotte und Bernard vom Speicher geholt hatten.

»Kasperlpuppen! Die sind ja toll! Sogar ein Krokodil ist dabei. Und ein Teufel!«, rief Ella begeistert.

»Mit denen habe ich als Kind besonders gern gespielt«,

verriet Bernard. »Mein Bruder und ich haben uns kleine Theaterstücke ausgedacht und sie für die Nachbarskinder aufgeführt.«

»Können wir auch ein Theaterstück spielen damit?«, fragte Ella.

»Natürlich, wir lassen uns gemeinsam eine Geschichte einfallen und versuchen das in den nächsten Tagen«, versprach Bernard.

»Und dann spielen wir sie allen vor?«

»Wenn alle zusehen möchten, gern.«

Es gab noch weitere Geschenke für Ella, sogar von Lottes Eltern. Vor allem bekam sie Bücher, über die sich die Leseratte sehr freute. Ganz besonders über Pinocchio in der französischen Ausgabe, die Lotte ihr geschenkt hatte.

»Und das ist für dich, meine liebe Maria!«

Bernard reichte seiner Tochter ein Päckchen. Darin war eine Schatulle, in der zahlreiche kleine und eine sehr große Muschel – eine herrliche Meeresschnecke – waren.

»Ach, die sind ja wunderschön!«, staunte Maria und drehte die große Muschel herum.

»Ich weiß, wie sehr dir Muscheln gefallen, Maria. Die hier habe ich bei meiner ersten und einzigen Reise ans Meer selbst gefunden. Das war vor fast fünfzig Jahren. Du musst die große an dein Ohr halten. Sicher bilde ich es mir nur ein, aber manchmal meine ich, man kann das Meeresrauschen hören. Oder zumindest etwas, das sich wie ein Meeresrauschen anhört.«

Maria hielt die Muschel an ihr Ohr, und alle waren plötzlich ganz leise geworden.

»Telefonieren kann man damit aber nicht, oder?«, fragte Maria ein wenig irritiert.

»Aber nein, Oma, das ist doch kein Handy«, erklärte Ella und grinste.

»Dann bin ich ja froh. Mit der neuen Technik kenne ich mich gar nicht mehr so gut aus.«

»Jetzt bin ich dran«, rief Marion und reichte ihrer Tochter ein Päckchen.

»Das ist für dich, Lotte!«, sagte sie in einem fast feierlichen Tom.

»Mama! Echt? Das ist mein erstes Weihnachtsgeschenk von dir«, sagte Lotte amüsiert.

»Wirklich? Du hast von deiner Mama nie ein Geschenk bekommen?«, fragte Ella ungläubig.

»Nein. Zumindest keines in einem Päckchen. Dafür waren wir an Weihnachten viel auf Reisen«, erklärte Lotte und öffnete neugierig die hübsch verpackte Schachtel.

Währenddessen sagte ihre Mutter: »Ich hab damals, als du vielleicht zehn oder elf Jahre alt warst, ein Gespräch zwischen dir und deiner Schulfreundin mitgehört. Und da hast du zu ihr gesagt, dass der Weihnachtsmann zu uns leider nicht kommt. Aber wenn er doch irgendwann einmal kommen würde, dann würdest du dir nur eine ganz bestimmte Sache wünschen. Und zwar einen …«

»Gameboy!«, rief Lotte und grinste, als sie das Gerät aus der Schachtel holte. »Das gibt es doch gar nicht. Genau den hab ich mir tatsächlich damals so sehr gewünscht.«

»Und kaum sind zwanzig Jahre vergangen, hast du ihn auch schon«, witzelte Marion.

»Danke, Mama!«

Sie umarmte ihre Mutter, dann sah sie wieder auf das gelbe Kästchen in ihrer Hand.

»Was ist das denn?«, wollte Bernard wissen.

»Ein Gameboy Color aus 1998«, erklärte Marion. »Natürlich bekommt man so einen heutzutage fast nur noch gebraucht, aber laut Händler ist er noch voll funktionsfähig. Und es sind zwei Spiele dabei.«

»Das ist ja fast wie eine kleine Zeitreise«, meinte Lotte vergnügt.

»Wow – so einen hatte ich damals auch«, rief Jonas mit glänzenden Augen. »Allerdings den Vorgänger in Grau. Damit habe ich halbe Nächte lang gespielt, bis ihn mir meine Eltern wieder weggenommen haben, weil meine Noten so schlecht wurden.«

»Wie cool!«, rief Ella. »Darf ich den auch mal ausprobieren?«

»Na klar!«, sagte Lotte.

Plötzlich war das immer lauter werdende Lachen ihres Vaters zu hören.

»Udo? Was ist denn mit dir los?«, fragte Marion verwundert.

Es dauerte eine Weile, bis Udo sich wieder beruhigt hatte. Dann hob er eines der Päckchen vom Boden auf und gab es Lotte.

»Ich habe auch ein Geschenk für dich, mein Schatz!«, sagte er und prustete sofort wieder los.

Lotte packte das Geschenk aus und fing nun ebenfalls zu lachen an.

»Noch ein Gameboy! Und der ist sogar noch originalverpackt! Papa! Du bist ja verrückt.«

»Du hast auch einen Gameboy für unsere Tochter gekauft?«, fragte Marion verdutzt.

Udo zuckte mit den Schultern.

»Nicht nur du hast das mitbekommen, Marion. Damals habe ich es nicht verstanden, was an den Dingern so besonders sein soll. Und ehrlich gesagt tue ich das auch heute noch nicht. Aber irgendwie hatte ich das Bedürfnis, dir bei dem ersten Weihnachtsfest, das wir gemeinsam erleben, diesen Wunsch zu erfüllen, Lotte. Wenn auch ziemlich spät. Symbolisch als eine Art Stellvertreter für sämtliche entgangenen Weihnachtsgeschenke.«

»Aber ich hatte auch ohne Geschenke eine tolle Kindheit mit euch als Eltern«, beteuerte Lotte.

»Vielleicht hätten wir uns doch vorher absprechen sollen«, sagte Marion kopfschüttelnd und lächelte. »Aber wie bist du denn an ein noch originalverpacktes Gerät gekommen? Die sind ja total selten.«

»Durch Zufall über einen unserer Stammteilnehmer beim Yoga. Ich hatte Glück. Er hat mir gesagt, dass es sich um ein Sammlerstück handelt.«

»Mensch, Papa, die sind doch total teuer. Trotzdem ist das superlieb von euch beiden.« Lotte freute sich vor allem darüber, dass ihre Eltern nach all der Zeit noch wussten, was sie sich als Kind so sehnlichst gewünscht hatte.

Sie umarmte sie nacheinander und drückte jedem einen Kuss auf die Wange.

»Nachdem Mama dir auch einen geschenkt hast, kannst

du meinen vielleicht als Wertanlage verpackt lassen«, riet Udo. »Oder deine Kinder freuen sich irgendwann mal über diese Antiquität aus dem Ende der 90er Jahre.«

Meine Kinder?

Vielleicht war dies genau das passende Stichwort für Lotte. Irgendwie konnte sie es jetzt nicht mehr erwarten, allen von der Schwangerschaft zu erzählen. Vor allem aber wollte sie, dass Nicolas es endlich erfuhr.

»Wir müssen ein wenig flotter werden mit den Geschenken. Sonst stehen wir morgen früh immer noch unter dem Baum. Wer hat das nächste Päckchen?«, fragte David.

»Ich!«, riefen Nicolas und Lotte gleichzeitig.

»Kann ich zuerst?«, bat Lotte.

»Wenn es dir nichts ausmacht, dann würde ich jetzt gerne, Schatz«, sagte Nicolas.

»Na gut, wenn du unbedingt meinst.«

Auf ein paar Minuten mehr oder weniger würde es nun auch nicht mehr ankommen.

Lotte erwartete, dass er ein Geschenk unter dem Baum hervorholen würde, aber das tat er nicht.

Nicolas räusperte sich und sah in die Runde.

»Die letzten Tage waren hier im Haus ziemlich turbulent. Für die einen weniger, für die anderen dafür umso mehr. Am turbulentesten war es wohl für Lotte und mich. Und tatsächlich gab es sogar ein klein wenig Ärger im Paradies.«

Lotte zuckte etwas verlegen mit den Schultern, doch Nicolas lächelte ihr zu.

»Alles gut, Schatz … Inzwischen haben wir uns zum

Glück ausgesprochen und versöhnt. Ich bin mir sicher, das hätten du und ich im Laufe der kommenden Tage ohnehin getan, aber mit der Hilfe von Onkel Bernard ging es sehr viel schneller. Und dafür bin ich dir sehr dankbar, Onkel Bernard.«

Er schaute zu Bernard, der lächelnd nickte.

»Onkel Bernard hat uns ein wenig den Kopf zurechtgerückt und uns daran erinnert, worauf es im Leben wirklich ankommt. Dabei wurde mir klar, wie glücklich ich sein kann, mit Lotte eine so tolle Frau an meiner Seite zu haben. Auch wenn sie einen klitzekleinen Makel hat. Einen Makel, der Jason Williams heißt und mit dem Lotte verheiratet ist.«

Nicolas sagte das so entspannt, dass alle sich trauten zu lachen. Sogar seine Mutter hatte ein leises Lächeln im Gesicht.

Lotte spürte, wie ihre Wangen sich vor Verlegenheit röteten.

Plötzlich griff er in die Jacke seines Anzuges. Er zog ein kleines samtenes Kästchen heraus.

Alle begannen leise zu murmeln.

Was hatte er denn jetzt vor? Er wollte ihr doch nicht etwa den Ring zeigen, damit sie sah, was sie verpasst hatte?

Doch als Lottes Mutter und Katja sich gleichzeitig vor Überraschung die Hand auf den Mund legten, stieg plötzlich eine seltsame Ahnung in ihr hoch, die sie jedoch nicht ganz einordnen konnte. Ihr Herz begann plötzlich wild zu schlagen, und das leise Murmeln um sie herum wich einer angespannten Stille. Alle wollten hören, was Nicolas gleich zu sagen hatte.

Nicolas trat auf Lotte zu und sah sie mit einem ernsthaften Blick an.

»Lotte?«

»Ja?«

»Ich werde dich nicht fragen, ob du mich heiraten möchtest. Heute nicht und auch nicht in Zukunft«, begann er, und Lotte nahm ein leises Zittern in seiner Stimme wahr, das ihr zeigte, wie nervös er plötzlich war.

Sie sah ihn gebannt an.

»Seitdem ich dir zum ersten Mal vor ziemlich genau einem Jahr hier auf unserem Weingut begegnet bin und du mich gefragt hast, ob es genügend Riesling im Kühlschrank gibt, gehst du mir einfach nicht mehr aus dem Kopf.«

Lotte lächelte bei der Erinnerung daran. Es schien eine Ewigkeit her zu sein, und gleichzeitig kam es ihr so vor, als wären seither nur ein paar Wochen vergangen.

»Du hast mir mit deinem offenen Wesen, deinem Lachen, deiner Energie und deinen wilden roten Locken sofort den Kopf verdreht. Wenn wir beide zusammen sind, dann ist die Welt viel fröhlicher und heller. Ich liebe deinen Humor – und du hoffentlich auch meinen …«

Lotte hörte Lachen um sich herum.

»Du hast ein riesengroßes Herz, egal ob für Menschen oder Tiere. Du fragst nicht, ob du was machen kannst, du machst einfach. Ob in den Weinbergen, auf dem Hof, im Haushalt oder im Büro. Überall packst du mit an. Sogar unser Wein verspricht, in diesem Jahr ein besonders guter Jahrgang zu werden, und ich bin fest davon überzeugt, dass du dafür mitverantwortlich bist.«

Lotte bemerkte, dass Bernard leise lachte und sich gleichzeitig verstohlen eine Träne von der Wange wischte. Auch sie selbst kämpfte inzwischen um ihre Fassung.

»Für mich bist du mehr als meine große Liebe, du bist auch meine Freundin, Lotte. Meine Freundin im besten Sinne. Dieser eine ganz besondere Mensch, mit dem ich mein ganzes Leben verbringen möchte. Und deswegen …«

Er klappte die kleine Samtschachtel auf und holte einen wunderschön funkelnden Ring heraus. Alle schienen in dem Moment den Atem anzuhalten.

»Nicolas … «, flüsterte sie ungläubig und ein wenig verwirrt.

»Lotte Müller, ich bitte dich nicht, meine Ehefrau zu werden, aber ich frage dich, ob du die Gefährtin an meiner Seite sein möchtest. Denn ich kann und will mir ein Leben ohne dich einfach nicht vorstellen.«

Lotte versuchte, etwas zu sagen, doch sie war nicht ganz Herrin über ihre Stimme. Dabei gab es so vieles, das sie ihm sagen wollte. Sie sah ihm fest in die Augen und entdeckte darin nicht nur Liebe, sondern absolutes Vertrauen in Lotte.

Sie räusperte sich und streckte ihm langsam ihre Hand entgegen.

»Ich kann mir auch kein Leben mehr ohne dich vorstellen, Nicolas«, sagte sie, erleichtert, dass ihre Stimme ihr wieder gehorchte, auch wenn sie noch sehr zittrig war. »Und ich wünsche mir nichts mehr, als dass du der Gefährte an meiner Seite bist.«

Nicolas nahm ihre Hand und schob den Ring auf ihren Finger. Dann küsste er ihren Handrücken.

Plötzlich spürte Lotte ein Gefühl der Heiterkeit. Alles schien in diesem Moment so richtig zu sein. So perfekt. Am liebsten hätte sie laut losgelacht.

»Nicolas. Der Ring ist unglaublich schön!«, sagte sie und sah dann zu Katja. »Kompliment. Du kannst es einfach, Blondie!«

»Heute lasse ich dir das Blondie ausnahmsweise mal durchgehen!«, entgegnete Katja. »Und natürlich kann ich es. Ich war ja nicht umsonst ein paar Jahre mit dir in Brasilien, um das Edelsteinschleifen zu lernen.«

»Lenk die beiden jetzt nicht ab!«, mahnte Jonas, und leises Kichern war zu hören.

Lotte sah wieder zu Nicolas.

»Ich weiß, du wirst mich nicht mehr fragen, ob ich dich heiraten möchte«, sagte sie zu ihm und wunderte sich selbst, dass ihre Stimme nun so fest klang. »Aber vielleicht kann ich dir ja eines Tages diese Frage stellen, wenn es mir möglich ist.«

Nicolas' dunkle Augen funkelten.

»Auf genau diesen Vorschlag habe ich insgeheim gehofft«, sagte er mit einem Zwinkern.

Dann zog er sie an sich und küsste sie. Und alle um sie herum begannen zu klatschen.

Inzwischen war Noël ins Zimmer gekommen. Als ob der Hund geahnt hätte, dass hier gerade etwas ganz Besonderes stattfand. Er rannte zu Lotte und machte bellend auf sich aufmerksam, bis sie ihn auf den Arm nahm.

»Hier ist heute ganz schön was los, mein Kleiner, nicht wahr«, murmelte sie an seinem Ohr.

»Soll ich mich um ihn kümmern?«, fragte Ella.

»Gern.«

Lotte reichte ihr den Hund.

»Also gibt es jetzt doch eine Weihnachtsverlobung?«, fragte Maria ein wenig später, als Lotte und Nicolas die Glückwünsche ihrer Familie entgegennahmen.

»Wie immer du das auch nennen möchtest, Maria!«, sagte Bernard vergnügt. »Aber letztlich ist es egal. Die beiden gehören zusammen. Mit oder ohne Trauschein.«

Kapitel 24

Das rote Päckchen

Alle redeten durcheinander und gratulierten Lotte und Nicolas zur Nicht-Verlobung, wie Katja es spaßeshalber nannte. Dass noch jede Menge Päckchen unter dem Baum lagen, interessierte im Moment niemanden so richtig.

David klopfte seinem Sohn auf die Schulter.

»Du bist wirklich immer wieder für eine Überraschung gut, mein Junge!«, sagte er.

Dann wandte er sich an Lotte.

»Und du gehörst für mich sowieso schon längst zur Familie!«, sagte er und drückte sie an sich.

»Familie seid ihr für mich auch alle. Ich fühle mich so wohl hier.«

Sarah kam zu ihnen und küsste ihren Sohn links und rechts auf die Wange.

»Ein wenig anders als ursprünglich geplant, aber es hat trotzdem funktioniert«, sagte sie zu Nicolas und rückte wie nebenbei den Kragen seines Hemdes zurecht.

»Danke, Mutter.«

Nun drehte Sarah sich um zu Lotte.

»Herzlichen Glückwunsch, Lotte!«

Lotte sah ihr an, dass sie noch nicht völlig überzeugt war, doch offenbar hatte sie sich die Worte ihres Exmannes zu Herzen genommen.

»Danke, Sarah.«

Sarah griff nach Lottes Hand und bestaunte den Ring.

»Exquisit. Katja ist tatsächlich eine sehr talentierte Goldschmiedin.«

»Das ist sie allerdings«, bestätigte Nicolas.

David sah seine Exfrau überrascht an.

»Was ist denn jetzt los? Das hört sich ja alles fast aufrichtig an«, stichelte er.

Sarah zuckte mit den Schultern.

»Ob du es glaubst oder nicht, genau so war es auch gemeint, David.«

Lotte wusste nicht, ob sie ihr das so ganz abnehmen konnte. Aber sie hoffte, in der Zukunft einen besseren Draht zu Sarah zu bekommen. Schließlich war sie die zukünftige Großmutter ihres Kindes.

Was sie wieder daran erinnerte, dass es bald Zeit war für ihr Geschenk an Nicolas. Doch noch hatten ihnen nicht alle gratuliert. Lottes Vater kam und umarmte seine Tochter.

»Ich mag den Kerl!«, flüsterte er ihr ins Ohr. »Ich hab ein gutes Gefühl bei euch beiden.«

»Danke, Papa.«

»Das fühlte sich vorhin ja fast schon an wie eine Trauung«, sagte ihre Mutter zu Lotte und Nicolas. »Ich finde ohnehin, dass man nicht unbedingt ein Dokument braucht, um als Paar glücklich zu sein.«

»So sehe ich das auch«, stimmte Udo ihr zu.

Noch während Nicolas sich weiter mit Udo und Marion unterhielt, ging Lotte zum Weihnachtsbaum und suchte nach dem roten Päckchen. Es dauerte ein wenig, bis sie es ganz hinten unter einer mit grünen Sternen eingewickelten Rolle fand. Doch gerade als sie um die Aufmerksamkeit der anderen bitten wollte, spürte sie plötzlich, dass dies etwas war, das sie Nicolas doch lieber allein erzählen wollte. Sie ging zu ihm und nahm ihn bei der Hand.

»Kommst du bitte mal mit mir nach oben, Nicolas?«, bat sie ihn.

»Jetzt?«, fragte er verwundert.

»Ja … Ich muss dir etwas sagen.«

Während sie hinausgingen, rief sie: »Wir sind gleich wieder zurück.«

»Jetzt bin ich aber neugierig«, sagte Nicolas, als sie sich in ihrem Zimmer gegenüberstanden und sie ihm das Päckchen reichte. Ihr Herz trommelte vor Aufregung plötzlich wie wild gegen ihre Brust.

Er nestelte eine Weile an der Schleife herum, bis er sie endlich aufbekam. Dann hob er den Deckel ab und sah hinein.

»Duften tut es jedenfalls schon mal lecker aus dem Karton!«, scherzte er und hob das Seidenpapier ab, das Lotte über das Herz gelegt hatte.

»Ein Lebkuchenherz!«, rief er überrascht und nahm es vorsichtig heraus.

Als er die spezielle Dekoration sah, rutschte ihm das Lächeln aus dem Gesicht, und für einen Augenblick wirkte er verwirrt. Lotte hatte mit der Zuckerschrift auf das Lebkuchenherz zwei große und dazwischen ein kleines Herz aufgemalt. In den beiden großen Herzen standen jeweils die Anfangsbuchstaben N und L, in dem kleinen Herzen war ein Fragezeichen.

»Lotte? Ist es das, was ich vermute?«, fragte er völlig perplex.

Sie nickte.

»Du bist schwanger?«, fragte er ungläubig.

»Ja. Wir bekommen ein Baby.«

»Aber … wie kann das sein?«

»Ich gehöre zu den ganz wenigen von tausend Frauen, bei denen die Verhütung mit der Spirale nicht funktioniert«, erklärte sie ruhig. »Ich konnte es zuerst auch nicht glauben.«

»Seit wann weißt du das denn schon?«

»Seit vorgestern Abend, als Dr. Duval, also Victoria, bei mir war. Sie hatte so einen Verdacht, über den ich zunächst nur gelacht habe. Doch sie hatte recht gehabt. Ich habe einen Test gemacht, und er war positiv. Die Übelkeit kam nicht nur von der ganzen Aufregung. Ich muss auch gleich nach den Feiertagen zur Gynäkologin, damit sie die Spirale entfernen kann. Was wohl noch ein gewisses Risiko birgt, hat Dr. Duval gesagt. Aber auch wenn es verrückt klingt, ich bin überzeugt davon, dass alles gut gehen wird.«

»Du bist schwanger. Ich kann es gar nicht fassen!«

»So ging es mir auch.«

»Weiß es sonst schon jemand?«

»Nur Katja.«

»Warum hast du mir das nicht gleich gesagt, als du es herausgefunden hast? Noch an dem Abend, als du den Test gemacht hast?«, wollte er wissen.

»Nicolas, etwa eine Stunde vorher hatte ich herausgefunden, dass du mir einen Heiratsantrag machen wolltest. Und ich musste dir so schnell wie möglich beibringen, dass ich schon verheiratet bin. Was mir, wie du inzwischen weißt, alles andere als leichtgefallen ist. Als ich gerade all meinen Mut zusammengekratzt hatte und es dir sagen wollte, hast du Victoria in mein Zimmer gebracht, und kurz danach stellte sich heraus, dass ich schwanger bin. Das hat mich alles völlig aus der Bahn geworfen. Außerdem war mir immer noch total übel, und ich war viel zu durcheinander. Für dieses wichtige Gespräch mit dir brauchte ich einen klaren Kopf. Und vorher vor allem ein wenig Ruhe und Schlaf. Ich hatte vorgehabt, gleich am nächsten Morgen mit dir zu sprechen. Aber da warst du schon weg. Und später kam ständig etwas anderes dazwischen. Ich wusste nicht, wie du auf die Sache mit Jason reagieren würdest. Für mich war es das Wichtigste, dass wir beide das klären und du mir glaubst, dass Jason für mich keine Rolle spielt, und zwar, bevor du erfährst, dass ich schwanger bin. Ich wollte, dass du dich ganz allein für mich und damit für uns als Paar entscheidest, Nicolas. Das Baby durfte dich dabei nicht beeinflussen.«

Er schwieg für einen Moment, und Lotte befürchtete schon, dass er es ihr übel nehmen würde, dass sie es ihm nicht sofort gesagt hatte.

»Nicolas, freust du dich denn nicht?«

Er sah sie an und griff nach ihrer Hand.

»Oh doch! Für einen kurzen Moment habe ich eben nur gedacht, dass du wieder gewartet hast, mir etwas so Bedeutendes zu erzählen. Aber Liebling, du hast alles richtig gemacht. Ich bin sogar sehr froh, dass du abgewartet hast, bis wir beide alles geklärt hatten, was uns betraf. Unsere Partnerschaft war dir wichtig genug, dass du die Schwangerschaft nicht benutzt hast, meine Entscheidung womöglich zu beeinflussen. Damit wissen wir beide, dass wir uns füreinander entschieden haben, weil wir uns lieben.«

»Du freust dich also wirklich auf das Baby?«, fragte Lotte mit heiserer Stimme.

»Mehr, als du es dir vielleicht vorstellen kannst, mein Schatz«, sagte er. »Ich bin nur völlig überrumpelt.«

Sie lachte leise.

»Das ist meine Weihnachtsüberraschung für dich!«

»Die ist dir wirklich gelungen. Was für ein Tag! Wir haben bald unsere eigene kleine Familie!«

Er zog sie an sich und hielt sie eine Weile lang im Arm, schweigend, jeder in seine eigenen Gedanken versunken.

»Ist bei euch alles in Ordnung?«, fragte plötzlich Katja, die nach oben gekommen war.

Sie lösten sich voneinander.

»Alles ist gut«, sagte Lotte und lächelte.

»Mehr als gut. Schließlich erfährt man nicht jeden Tag, dass man ein frisch gebackener zukünftiger Vater ist«, sagte Nicolas mit funkelnden Augen.

»Bin ich froh, dass ihr euch endlich alles gesagt habt!«, sagte Katja mit einem breiten Grinsen.

»Und ich erst!«, sagte Lotte.

»Und jetzt? Wollt ihr es noch für euch behalten oder es den anderen schon sagen?« Katja sah sie fragend an. »Da unten warten nämlich alle auf euch, damit wir mit der Bescherung weitermachen können.«

Nicolas warf einen Blick zu Lotte.

»Die Entscheidung überlasse ich dir.«

»Lass es uns der Familie erzählen!«

Kapitel 25

Die letzten Weihnachtsgeschenke

Nachdem sie Hand in Hand die Neuigkeit verkündet hatten, stürmte ihr Vater als Erster auf Lotte zu und umarmte sie.

»Meine Kleine wird Mama! Ich bin so glücklich!«

»Danke, Papa!«

»Du machst mich tatsächlich zum Großvater!«

»Und mich zum Uropa!«, fügte Karsten vergnügt hinzu.

Marion wollte ihre Tochter am liebsten gar nicht mehr loslassen.

»Mein Schatz, ich freue mich so für dich! Und ich weiß, du wirst eine supertolle Mama sein!«, sagte sie leise.

»Danke, Mama!«

Genau wie vorhin gratulierten ihnen alle zur zweiten großen Überraschung des Abends.

Jonas legte einen Arm um Katja.

»Wow – ihr beide habt ja ganz schön vorgelegt. Wie sollen Katja und ich das alles auch nur irgendwie noch toppen können?«

»Das müssen wir nicht, Jonas. Ich bin absolut zufrieden

damit, wie gemütlich und unspektakulär es bei uns läuft«, sagte Katja.

Nicolas lachte vergnügt.

»Immerhin könnt ihr euch schon mal darauf einstellen, Paten zu werden.«

»Das steht ja wohl sowieso außer Frage«, entgegnete Katja prompt.

»Wann kommt das Kind denn eigentlich?«, wollte Jonas wissen.

»Ich denke, irgendwann im August«, meinte Lotte. »Ich hatte noch keine Zeit, das genau auszurechnen.«

Maria kam mit Julia auf sie zu.

»Ich habe ja gewusst, dass du schwanger bist! Ständig diese Übelkeit – genau wie bei mir damals!«, sagte Maria vergnügt.

»Du warst die Einzige, die es erraten hat. Ich hoffe, du begleitest mich und Noël auch weiterhin bei den Spaziergängen durch die Weinberge«, sagte Lotte. »Jetzt brauche ich besonders viel frische Luft und Bewegung.«

»Ich weiß nicht. Momentan gibt es in der Goldschmiede viel zu tun, aber ab und zu kann ich mir bestimmt freinehmen, nicht wahr, Julia?«, fragte sie ihre Schwiegertochter, die im Laden hauptsächlich für den Verkauf zuständig war.

»Aber klar, Maria.«

Obwohl Maria alles Mögliche durcheinanderbrachte, schien es ihr gut zu gehen.

»Und was sagst du zum Baby, Onkel Bernard?«, fragte Nicolas.

»Ich freue mich sehr für euch. Und darauf, dass eine weitere Generation auf dem Weingut aufwachsen darf«, antwortete Bernard. »Ich frage mich nur, was ich dann für dieses Kind sein werde? Der Ur-Ur-Großonkel?«

»Du bist eher wie ein ganz besonderer Großvater«, schlug Lotte vor.

»Ihr macht mich also zur Großmutter«, stellte Sarah fest mit einem Blick, den Lotte nicht deuten konnte.

»Ganz genau, Mutter«, antwortete Nicolas. »Du kannst dich schon mal drauf einstellen, ab und zu als Babysitter einzuspringen.«

Für ein paar Sekunden herrschte Stille. Dann plötzlich umspielte ein unerwartetes Lächeln ihre Lippen.

»Na gut … Aber jetzt brauch ich dringend ein Glas Crémant auf diese ganzen Überraschungen«, erklärte sie und rauschte aus dem Wohnzimmer.

»Ich weiß, sie ist nicht immer ganz einfach«, sagte Nicolas. »Aber sie hat auch ihre guten Seiten.«

»Wir hatten durch die besonderen Umstände leider keinen so guten Start, aber ich gebe uns noch mal eine Chance«, versprach Lotte.

David und Victoria kamen nun auf sie zu.

»Ich bin ganz sprachlos. Und vor allem freue ich mich«, sagte David und umarmte Lotte.

»Danke, David!«, murmelte sie, während Victoria ihr zuzwinkerte.

»Ich hoffe nur, es macht dir nichts aus, wenn du bald mit einem Opa zusammen bist«, wandte er sich an seine Freundin.

»Solange der Opa einen so knackigen Hintern hat wie

du, schreckt mich das sicher nicht ab!«, antwortete Victoria, und David gab ihr einen Kuss.

Lotte war ganz überrascht, dass die Ärztin einen so trockenen Humor hatte.

In diesem Moment klingelte ihr Handy.

»Ja, hier Duval?«, meldete sie sich. »Sehr gut, wenn es schon ein wenig besser geht, dann braucht sie die nächste Tablette erst in zwei oder drei Stunden nehmen … Natürlich. Nichts zu danken. Frohe Weihnachten, Brigitte.«

Sie legte auf.

»Entschuldigt. Es ging noch mal um eine Patientin aus dem Obdachlosenheim, bei der ich vorhin war.«

»Victoria engagiert sich dort auch ehrenamtlich«, erklärte David.

»Gerade an Weihnachten muss es besonders schwierig sein, wenn man kein Zuhause hat«, meinte Julia mitfühlend.

Victoria nickte.

»Das stimmt leider. Aber Brigitte Nhuo, die Leiterin, und ihr Team leisten tolle Arbeit dort. Heute Abend wird es ein Essen geben, das von zwei Gastwirten aus der Gegend zur Verfügung gestellt wird. Und morgen Vormittag gibt es einen ausgedehnten Feiertagsbrunch, und es werden kleine Geschenke verteilt. Eigentlich wollte ich dabei sein, aber da hatten David und ich die Reise schon gebucht.«

»Apropos Geschenke. Wir sollten jetzt wirklich weitermachen, sonst stehen wir um Mitternacht immer noch um den Weihnachtsbaum«, erinnerte David. »Langsam habe ich echt schon Hunger.«

Lotte sah zu dem Berg von Päckchen. Plötzlich ging ihr ein Gedanke durch den Kopf.

»Hört mal bitte alle zu!«, rief sie in die Runde.

»Gibt es denn noch mal eine Überraschung?«, fragte Marion neugierig.

»Von meiner Seite aus nicht, Mama. Aber ich möchte euch was fragen. Diese Geschenke, die noch unter dem Baum liegen. Brauchen wir die wirklich alle, oder können wir davon was abgeben? Ich meine, könntet ihr euch vorstellen, dass sich auch andere Menschen darüber freuen würden? Vielleicht sogar noch mehr als wir? Menschen, die so gut wie nichts haben?«

Victoria sah Lotte mit großen Augen an.

»Du willst Weihnachtgeschenke zu den Menschen im Obdachlosenheim bringen?«

»Wenn keiner von euch etwas dagegen hat?«

»Also ich finde, das ist eine tolle Idee, Lotte!«, rief David.

»Ich habe absolut nichts dagegen«, beteuerte Julia. »Im Gegenteil. Nur das Geschenk für Maria möchte ich nicht so gern weggeben.«

»Klar. Es müssen nicht alle Geschenke sein. Falls noch jemand ein ganz persönliches Geschenk unter dem Baum liegen hat und es ihm wichtig ist, es jemandem zu geben, oder wenn es etwas unpassend ist, um es einem Fremden zu schenken, dann lassen wir diese Sachen natürlich hier. Alle anderen Päckchen könnten wir aber zur Seite stellen und die Sachen morgen Vormittag zum Obdachlosenheim bringen.«

Allen gefiel dieser Vorschlag. Auch Sarah nickte zustimmend.

»Denkst du, das wäre für die Leiterin dort okay?«, fragte Lotte Victoria.

»Aber natürlich! Was sollte sie dagegen haben? Wenn ihr das wirklich machen wollt, rufe ich sie aber gleich noch an und kündige ihr an, dass du morgen Päckchen vorbeibringst.«

»Danke. Dann lasst uns die geeigneten Sachen gleich mal zur Seite räumen«, schlug Lotte vor und suchte selbst schon mal nach ihren Geschenken.

Sofort herrschte ein fröhliches Durcheinander, als alle nach ihren eigenen Sachen suchten. Marion hielt zwei Päckchen in der Hand und schien zu überlegen.

»Ich finde diese Idee wunderbar, Lotte. Aber jetzt weiß ich nicht, ob eine Yogamatte, Klangschalen oder Stressbälle wirklich geeignet sind«, rätselte sie.

»Die Yogamatte auf jeden Fall«, sagte Victoria. »Die kann man auch als Unterlage zum Schlafen draußen nutzen. Und bitte macht euch nicht zu viele Gedanken jetzt, ob alles so ganz genau passt. Die Geschenke können auch untereinander getauscht oder notfalls verkauft werden. Die finden schon ihre Abnehmer, keine Sorge.«

»Also, meine Sachen habe ich schon zur Seite gestellt, die könnt ihr alle mitnehmen«, sagte Udo.

»Bis auf das Geschenk für Marion und Udo dürfen auch meine Sachen gerne bei den Obdachlosen verteilt werden«, sagte Karsten.

»Meine könnt ihr auch mitnehmen«, meinte Maria.

»Ich weiß sowieso nicht mehr genau, was ich alles für euch eingepackt habe.«

Lotte ließ nur ein Päckchen unter dem Baum, das sie nicht weitergeben wollte. Ein Hundespielzeug für Noël.

Katja schien etwas länger zu überlegen. Doch dann zuckte sie mit den Schultern: »Was soll's. Ich lasse nur das Geschenk für Jonas hier. Und über die anderen Sachen freuen sich die Leute hoffentlich.«

»Schau nur«, sagte Lotte ein wenig später zu Victoria, als der Stapel mit Geschenken fürs Obdachlosenheim immer größer wurde und unter dem Weihnachtsbaum immer weniger Päckchen übrig blieben. Davids Freundin nickte ihr lächelnd zu.

Als alles aufgeteilt war, wurden noch die übrigen letzten Päckchen geöffnet. Julia schenkte Maria ein Fotobuch mit vielen verschiedenen Aufnahmen aus ihrem ehemaligen Heimatort Osterhofen. Jonas bekam die besondere Fahrradglocke von Katja, Noël sein Hundespielzeug, und Ella hatte für ihren Uropa einen Kalender gebastelt.

Als Letzter zog Karsten eine kleine verpackte Schachtel aus seiner Hosentasche und gab sie seiner Tochter.

»Ich hab noch was. Mein Geschenk für euch. Das konnte ich nicht an einen Obdachlosen weitergeben.«

»Jetzt bin ich aber gespannt?«, sagte Marion, während sie das Päckchen öffnete. »Ein Autoschlüssel?«

»Mein Autoschlüssel«, korrigierte Karsten. »Ich weiß, dass ihr euch schon eine Weile Sorgen macht, wenn ich mit dem Auto unterwegs bin. Bis vor Kurzem konnte ich das überhaupt nicht verstehen, weil ich mich noch so fit fühle. Und ich wollte meine Freiheit nicht aufgeben. Doch dann habe ich einer Fahrradfahrerin die Vorfahrt genommen. Sie konnte gerade noch ausweichen. Glücklicherweise war ich nicht schnell unterwegs, und es ist nichts passiert … «, er schüttelte in Gedanken daran den Kopf, was sonst gewesen wäre. »Jedenfalls … in diesem Moment wurde mir bewusst, dass meine Reaktionszeiten vielleicht doch nicht mehr so gut sind, wie sie einmal waren. Und dass ich auch ohne eigenes Auto mobil sein kann und meine Freiheit deswegen noch lange nicht verliere. Ich habe also beschlossen, gleich im neuen Jahr den Führerschein abzugeben. Den Wagen schenke ich euch beiden. Ihr könnt ihn behalten oder verkaufen, was immer ihr damit machen wollt.«

»Ach, Vater! Das ist wirklich sehr vernünftig! Ich bin so stolz auf dich«, sagte Marion und umarmte ihn.

»Ich bin auch sehr erleichtert über diese Entscheidung, Karsten!«, beteuerte Udo und nickte seinem Schwiegervater anerkennend zu.

Damit waren sie mit den Geschenken durch.

»Das ging jetzt doch viel schneller als gedacht«, sagte Nicolas. »Julia und ich verschwinden gleich mal in die Küche. Wir rufen euch, wenn wir so weit sind.«

»Ich helfe euch«, sagte Jonas und folgte ihnen, während sich die restliche Familie im Wohnzimmer bei Weihnachtsmusik unterhielt.

Eine halbe Stunde später saßen sie alle zusammen an der langen Tafel im Esszimmer und reichten sich gegenseitig die Platten und Schüsseln mit Weihnachtsschnitzel und Salaten, Rinderschmorbraten mit Gemüse und Knödeln. Es herrschte eine entspannte Stimmung.

Plötzlich meldete Davids Handy eine Nachricht.

»Das kann doch nicht wahr sein!«, rief er.

»Was ist denn, Vater?«, fragte Nicolas.

»Unser Flug morgen früh – er wurde storniert.«

»Nein! Nicht wirklich, oder?« Victoria sah ihn ungläubig an.

»Doch, leider. Wegen voraussichtlicher starker Schneefälle.«

Er überflog die Nachricht.

»So wie es aussieht, können wir erst in zwei Tagen fliegen.«

»Ach, das tut mir aber leid für euch«, sagte Lotte. Sie wusste, wie sehr David sich auf die Reise gefreut hatte.

Victoria seufzte und zuckte dann mit den Schultern.

»Nun ja. Wenn's nichts Schlimmeres ist – davon geht die Welt nicht unter. Und die Sache hat auch etwas Gutes.«

»Was?«

»Wir müssen morgen nicht so früh aufstehen.«

Er lächelte ihr zu.

»Ich hoffe, ihr kommt dann Mittag her zum Essen«, schlug Lotte vor.

»Gern, oder, David?« Victoria sah ihn fragend an.

»Klar. Wir sind auch morgen wieder da«, antwortete er und griff nach der Schüssel mit den Knödeln. »Zum Trost muss ich mir davon noch so einen genehmigen.«

Dann reichte er die Schüssel weiter an Karsten. Als Dessert gab es Patricias Weihnachtskuchen.

»Es schmeckt alles ganz ausgezeichnet. Ich möchte mich nochmals ganz herzlich für die Einladung hierher bedanken, Nicolas«, sagte Lottes Vater.

»Gerne, Udo. Ich freue mich wirklich sehr, dass ihr gekommen seid und mit uns feiert, obwohl ihr Weihnachten ja nicht gerade so mögt.«

»Wir sind froh, dass wir bei diesem besonderen Fest mit dem abgeänderten Verlobungs-Antrag und der Baby-Nachricht dabei sein durften«, sagte Marion. »Und stellt euch vor, wir haben vorhin festgestellt, dass wir diese Flucht an Weihnachten schon seit Jahren nur noch dem anderen zuliebe gemacht haben.«

»Eigentlich hatten wir beide die Nase schon längst gestrichen voll davon, uns an den Feiertagen immer abzuseilen. Aber wir haben uns das nie zu sagen getraut«, fuhr Udo fort.

Lotte lächelte. Sie hatte das schon in den letzten beiden Tagen festgestellt.

»Es ist erstaunlich, dass ausgerechnet ihr zwei so lange Zeit nicht darüber gesprochen habt, obwohl ihr sonst so offen seid und mit allem immer auf einer Wellenlänge liegt!«, sagte sie amüsiert.

»Ich verstehe es im Nachhinein auch nicht. Vermutlich wäre das noch ewig so weitergegangen, wenn du nicht diese Weihnachtsüberraschung für Lotte geplant hättest, Nicolas«, meinte Marion.

»Ich finde es jedenfalls super, gemeinsam mit euch zu

feiern«, sagte Lotte und lächelte. »Ich hoffe, wir schaffen das auch im nächsten Jahr wieder.«

»Auf jeden Fall. Ich will doch das erste Weihnachten meines Enkelkindes nicht verpassen!«, beteuerte Udo und warf seinem Schwiegervater einen entschuldigenden Blick zu. »Tut mir fast ein wenig leid, Karsten, dass du das bisher nie erleben konntest.«

»Besser spät als nie!«, meinte Karsten.

Lotte trank einen großen Schluck Wasser.

»Ist dir wieder schlecht, Lotte?«, fragte Maria, die immer noch erstaunlich fit war für diesen anstrengenden langen Tag.

»Nur ein wenig«, gab Lotte zu. »Aber nicht schlimm.«

»Hast du schon mal überlegt, ob du vielleicht schwanger bist?«

»Das könnte durchaus sein, Maria!«, antwortete Lotte und lächelte ihr zu.

Bernard hob sein Glas.

»Das ist wirklich ein ganz besonderer Heiligabend mit so vielen wunderbaren Überraschungen. Ich freue mich sehr, ihn mit euch allen zu verbringen. Lasst uns anstoßen, vor allem auf Lotte und Nicolas – und auf einen guten Verlauf der Schwangerschaft. Und natürlich auch auf Victoria und David.«

Alle hoben ihre Gläser und prosteten sich zu.

Lotte sah in die vielen fröhlichen Gesichter und war einfach nur glücklich.

Kurz vor Mitternacht lagen Lotte und Nicolas zusammengekuschelt in ihrem Bett. Draußen fiel schon seit Stunden Schnee. Noël schlief auf seiner Decke neben ihnen tief und fest.

»Was für ein Tag!«, flüsterte Nicolas und zog Lotte noch näher an sich.

»Mit einer wahren Achterbahnfahrt der Gefühle«, murmelte sie.

»Allerdings. Dieses Weihnachten werden wir ganz bestimmt nicht vergessen.«

»Was bin ich froh, wenn wir morgen mal einen ganz entspannten Tag mit der Familie haben, völlig ohne Überraschungen.«

»Das kannst du laut sagen, darauf freue ich mich auch!«, sagte er, und dann küsste er sie.

Kapitel 26

Esprit

Als Lotte am anderen Morgen wach wurde, war das Bett neben ihr leer. Der Gedanke an die vergangene Nacht, die mit einer letzten Versöhnung gekrönt war, zauberte ihr ein Lächeln ins Gesicht. Sie legte eine Hand auf ihren Bauch.

»Zwischen mir und deinem Papa ist alles wieder gut, mein Kleines«, murmelte sie.

Sie stand auf, ging zum Fenster und sah zum Hof hinunter. Dort war Nicolas mit dem Traktor dabei, den Schnee zu räumen, der in der vergangenen Nacht alles eingeschneit hatte. Sie entdeckte auch Jonas mit einer Schneeschaufel und Noël, der ausgelassen herumtollte.

Lotte genoss eine ausgiebige Dusche, zog sich an und ging nach unten in die Küche. Dort duftete es nach Kaffee und frisch gebackenem Kuchen, den Julia gerade mit einer dicken Schicht Schokoladenguss bestrich.

Lottes Magen schlug die inzwischen bekannten morgendlichen Kapriolen, doch damit musste sie sich vorerst abfinden. Sobald sie eine Tasse Tee getrunken hatte, würde es ihr besser gehen.

»Guten Morgen, Julia, und frohe Weihnachten!«

»Dir auch frohe Weihnachten, Lotte.«

»Du hast schon gebacken heute?«

»Ja. Ich dachte mir, den Kuchen könntest du noch mit ins Obdachlosenheim nehmen.«

»Gute Idee.«

»Wann fahrt ihr denn los?«

Lotte sah auf die Uhr. Es war kurz nach 9 Uhr.

»Um 10 Uhr wollen wir uns in der Einrichtung mit Victoria treffen.« Durch den verschobenen Flug konnte sie nun doch bei dem Brunch dabei sein und gemeinsam mit Lotte und Nicolas die Geschenke übergeben.

»Danke, dass du dich inzwischen um das Mittagessen kümmerst.«

»Ich habe ja Unterstützung von Jonas. Und Sarah hat auch angeboten zu helfen.«

Nachdem Lotte ihren Tee getrunken und Nicolas und Jonas den Hof fertig geräumt hatten, packten sie die Geschenke in den Wagen. Noël kam aus dem Haus auf sie zugerannt, als sie gerade einsteigen wollten.

»Hey Noël! Du möchtest auch mit?«, fragte Nicolas.

Wuff!

»Na, dann komm!«, forderte Lotte ihn auf.

Sie öffnete die hintere Tür. Noël sprang von selbst in die Transportbox. Inzwischen liebte er es, mit dem Auto in der Gegend herumzufahren.

Bevor sie losfuhren, öffnete sich die Beifahrertür.

»Halt! Ihr habt den Kuchen vergessen«, rief Julia und reichte Lotte einen Karton.

»Danke. Bis später.«

Sie fuhren durch die herrliche Winterlandschaft. Der Himmel war bewölkt, doch ab und zu blitzte die Sonne hinter den Wolken hervor. Am Straßenrand türmten sich die Schneehaufen schon über einen halben Meter hoch, und der Wetterdienst meldete bereits weitere Schneefälle.

»Ich finde deine Idee, die Sachen ins Obdachlosenheim zu bringen, wirklich toll, Lotte. Auch wenn mein Vater vermutlich die obligatorischen bunten Socken, die ich ihm jedes Jahr geschenkt habe, sehr vermissen wird«, fügte er trocken hinzu. »In diesem Jahr mit Strandmotiven, passend zu seiner Reise.«

Lotte musste lachen.

»Über den Seidenschal, den eigentlich deine Mutter bekommen hätte, freut sich hoffentlich auch ein anderer.«

»Mutter ist ohnehin kein Fan von Seidenschals«, verriet Nicolas.

»Puh, dann hab ich ja gerade noch mal Glück gehabt«, sagte Lotte, und sie lachten.

Danach schwiegen sie eine Weile.

»Danke, dass du meinen Ring gestern angenommen hast, Lotte«, sagte er plötzlich.

»Gern geschehen. Danke, dass du mich gefragt hast, dich nicht zu heiraten, Nicolas.«

»War mir ein Vergnügen.«

Plötzlich schüttelte er lächelnd den Kopf.

»Ich kann es immer noch nicht ganz fassen, dass ich wirklich Papa werde.«

»Glaub es ruhig.«

Nach weiteren fünf Minuten parkten sie ihren Wagen neben dem von Victoria vor einem älteren Gebäude, das für die Obdachlosen von einer privaten Organisation zur Verfügung gestellt worden war.

Victoria wartete schon vor dem Haus, um beim Tragen der Päckchen zu helfen.

»Wir sollen gleich alles in den Aufenthaltsraum bringen«, sagte sie.

Lotte und Nicolas folgten Victoria ins Haus. Eine Frau in den Sechzigern kam ihnen im Flur entgegen.

»Das ist Brigitte Nhuo, die Leiterin, von der ich euch schon erzählt habe. Brigitte, das ist Davids Sohn Nicolas und seine Partnerin Lotte«, stellte Victoria sie vor. »Sie hatte die Idee, die Sachen herzubringen.«

»Freut mich sehr. Ich kann es gar nicht glauben, dass wir das alles für unsere Gäste bekommen. Das ist ja fast wie Weihnachten«, scherzte die stämmige Frau überschwänglich. Lotte fiel auf, dass sie die Obdachlosen als ihre Gäste bezeichnete.

»Hier haben wir auch noch frisch gebackenen Schokoladenkuchen«, sagte Nicolas und reichte ihr den Karton.

»Vielen Dank! Den gibt es dann am Nachmittag zu Kaffee und Tee.«

Sie brachten die Geschenke in den Aufenthaltsraum.

»Ihr könnt die Sachen dort abstellen.« Frau Nhuo deutete zu einem großen Tisch, der neben einem hübsch geschmückten Weihnachtsbaum stand und auf dem schon einige Päckchen darauf warteten, später verteilt zu werden. An zwei weihnachtlich dekorierten langen Tafeln saßen etwa zwanzig Leute beim Essen, andere bedienten sich gerade an einem reichlich bestückten Frühstücksbuffet. Im Hintergrund lief leise Weihnachtsmusik. Neugierig musterten die Leute die Ankömmlinge mit den vielen Geschenkpäckchen und tuschelten.

Nachdem sie den ersten Schwung abgestellt hatten, wandte sich Lotte an die Leute.

»Frohe Weihnachten zusammen. Wir sind Nicolas und Lotte und heute im Auftrag des Weihnachtsmanns unterwegs«, erklärte sie fröhlich.

Sie gingen noch zweimal, bis sie alles abgestellt hatten. Mit den letzten Geschenken nahm Lotte Noël an der Leine mit ins Haus, der in der Transportbox schon protestiert hatte.

»Ich bin noch kurz hinten bei den Schlafräumen, nach der Patientin sehen«, sagte Victoria. »Bin gleich wieder zurück.«

Als Lotte und Nicolas sich wieder dem Aufenthaltsraum näherten, fing Noël plötzlich an, aufgeregt zu bellen.

»Was ist denn los, Noël?«, fragte Lotte.

»Vielleicht solltest du ihn doch lieber wieder ins Auto bringen«, schlug Nicolas vor.

Doch der Hund zog heftig an der Leine in Richtung Aufenthaltsraum.

»Noël! Sitz!«, rief Lotte, als sie ins Zimmer kamen, doch er hörte nicht auf ihr Kommando.

»Esprit!« Ein bärtiger Mann sprang plötzlich vom Tisch auf.

Lotte hielt den Hund fest an der Leine. Der Kleine kläffte

wie wild und hatte inzwischen die Aufmerksamkeit aller auf sich gezogen.

»Was hat er denn nur?«, fragte Lotte, die ihn einfach nicht beruhigen konnte.

»Esprit! Du bist es wirklich!«

Der bärtige Mann kam auf Lotte und Noël zu und ging vor dem Hund in die Hocke.

Noël schien sich vor Freude gar nicht mehr beruhigen zu können. Alle sahen völlig verdutzt zu, wie der Bärtige und der kleine Hund sich überschwänglich begrüßten.

»Sie kennen Noël?«, fragte Lotte das Offensichtliche, nachdem das Tier endlich aufgehört hatte zu bellen.

»Noël heißt er also? Ich habe ihn damals Esprit genannt.«

Der Mann schien sehr aufgewühlt zu sein.

»Ich habe schon befürchtet, du wärst tot, mein Kleiner«, sagte er so leise, dass Lotte ihn fast nicht verstanden hätte.

»Darf ich fragen, wie Sie heißen?«

»Hugo Esposito. Am besten einfach nur Hugo«, antwortete er.

»Freut mich sehr, Hugo.«

Erst jetzt fielen Lotte seine strahlenden hellblauen Augen auf, die deutlich jünger wirkten, als das hinter dem dichten Bart verborgene Gesicht zunächst ahnen ließ.

»Woher kennt ihr beiden euch denn?«, fragte Nicolas.

»Es war etwa vor etwa drei Monaten. Da entdeckte ich den kleinen Kerl ziemlich ausgehungert bei einer alten Lagerhalle. Der Hausmeister dort drückte manchmal zwei Augen zu, wenn ich in einem ausrangierten Container übernachtete. Ich habe den Hund gefüttert und ihm Wasser gegeben. Er wirkte irgendwie traurig, deswegen habe ich ihm Geschichten erzählt und ihm Lieder vorgesungen. Das schien ihm zu gefallen. Und von da an blieb er bei mir. Er ist ein gewitztes Kerlchen, deswegen habe ich ihm den Namen Esprit gegeben. Nicht wahr, du kleiner Schlaumeier?«

Er streichelte Noël hinter den Ohren. Der Hund schien es sehr zu genießen, warf jedoch einen Blick zu Lotte, als ob er sich vergewissern wollte, dass es in Ordnung sei.

»Noëls Frauchen verstarb vor über drei Monaten«, berichtete Nicolas. »Der Hund sollte bei Nachbarn untergebracht werden, aber dort gefiel es ihm offenbar nicht, und er ist ausgebüxt. Bald darauf muss er dann auf Sie getroffen sein, Hugo.«

»Endlich kenne ich deine Geschichte«, sagte er zum Hund, der ihm nicht von der Seite wich. »Es tut mir sehr leid, dass du dein Frauchen und dein Zuhause verloren hast. Deswegen warst du also so traurig.«

Lotte schluckte bei seinen Worten.

»Aber was ist später passiert?«, fragte Nicolas.

Der Blick des Mannes verfinsterte sich ein wenig.

»Es war Anfang Dezember. Da kamen plötzlich zwei Männer zu den Lagerhallen, die ich dort noch nie gesehen hatte. Sie wollten Geld von mir haben, wenn ich die Schlafstelle im Container noch weiter benutzen wollte. Aber das Geld hatte ich nicht. Als sie dafür meine wenigen Sachen haben wollten, fing dieser mutige kleine Kerl an, die Männer anzuknurren. Da packte ihn einer von denen und stopfte ihn in einen Karton. Ich wollte Esprit befreien, aber da schlugen sie mich nieder. Als ich wieder aufwachte, waren der Hund und all meine Sachen weg. Ich dachte wirklich, sie hätten ihn umgebracht.«

Es bewegte ihn sichtlich, über das zu sprechen, was vorgefallen war.

»Das wollten sie auch!«, sagte Lotte und verspürte wieder die Wut von damals, als sie das Tier im verschneiten Straßengraben gefunden hatten, dem sicheren Tod geweiht. »Nur durch einen großen Zufall konnten wir ihn retten. Wir haben gesehen, wie die Männer den Karton in den Straßengraben warfen, und den kleinen Kerl mitgenommen. Seitdem ist er bei uns.«

Der Mann lächelte plötzlich.

»Esprit ist offenbar ein richtiger Glückspilz. Es sieht so aus, als ob er es bei Ihnen ziemlich gut getroffen hat.«

»Ich denke schon. Er ist uns wirklich allen sehr ans Herz gewachsen und hat bei uns ein schönes Zuhause gefunden«, versicherte Lotte.

Sie war hin- und hergerissen. Einerseits freute sie sich, dass sie nun wussten, wo der Hund in den fraglichen Wochen gewesen und dass es ihm bei Hugo gut ergangen war. Andererseits fragte sie sich, ob Noël nun wieder zurück zu Hugo wollte. Sie konnte sich gar nicht vorstellen, ihn nicht mehr auf dem Hof zu haben oder, wie sehr er Maria fehlen würde.

Inzwischen hatten weitere Leute den Raum betreten und nahmen an den gedeckten Tischen Platz.

Hugo streichelte noch mal über Noëls Kopf und erhob sich dann. Er war groß und überragte sogar Nicolas.

»Ich habe mir damals die größten Vorwürfe gemacht,

dass ich den Hund nicht besser beschützt habe. Jetzt bin ich sehr froh, dass ich weiß, es geht Esprit gut!«, sagte er und setzte sich wieder zurück neben eine jüngere Frau mit rosa gefärbten Haaren an die Weihnachtstafel. Der Hund folgte ihm und legte sich neben seinen Stuhl.

Lotte warf einen unsicheren Blick zu Nicolas.

»Was machen wir denn jetzt?«, fragte sie leise.

»Tiere dürfen normalerweise gar nicht hier sein!«, erklärte Brigitte Nhuo, die nach dieser rührenden Szene offenbar ahnte, wie es in Lotte aussah. »Ich mache heute aber eine Ausnahme, weil Weihnachten ist.«

Lotte sah, wie Hugo leise mit den Hund sprach und ihm immer wieder über den Kopf streichelte. Wie sollte sie es übers Herz bringen, die beiden jetzt schon wieder zu trennen?

»Und wenn wir noch ein wenig hierbleiben?« Sie sah zu Frau Nhuo. »Ginge das?«

»Aber natürlich! Ich wollte Sie sowieso zu unserem Brunch einladen«, sagte die Frau mit einem breiten Lächeln.

»Aber Lotte, hör mal, wir können doch nicht …« begann Nicolas.

»Bitte, Nicolas!«

Er seufzte.

»Na gut.«

Kapitel 27

Weihnachtsbrunch

»Dürfen wir uns zu euch an den Tisch setzen?«, fragte Lotte Hugo und die junge Frau mit den rosa Haaren.

Die Frau nickte nur, ohne ihnen in die Augen zu sehen.

»Aber sicher!«, antwortete Hugo und wirkte froh, dass sie noch eine Weile mit dem Hund blieben.

Lotte und Nicolas nahmen gegenüber den beiden Platz.

Noël stand kurz auf, tippelte zu Lotte, um sich auch dort eine Streicheleinheit zu holen, bevor er sich wieder zu Hugo setzte.

»Bedient euch bitte«, forderte Frau Nhuo sie auf. Doch Lotte und Nicolas schenkten sich nur aus den Kannen, die auf dem Tisch standen, Kaffee und Tee ein, da sie zu Mittag mit der Familie essen würden.

Die Leute an den langen Tafeln warfen ihnen und dem Tisch mit den Geschenken weiterhin neugierige Blicke zu. Den meisten von ihnen war anzusehen, dass sie nicht gerade auf der Sonnenseite des Lebens gelandet waren. Und doch herrschte eine gewisse Heiterkeit.

Schließlich kam Victoria mit einer stark humpelnden

Frau herein, die um die fünfzig sein musste. Sie führte sie an einen freien Platz am Tisch, dann setzte sich die Ärztin zu Lotte und Nicolas.

»Ihr wollt auch hierbleiben?«, fragte Victoria erfreut.

»Frau Nhuo hat uns zum Brunch eingeladen!«, antwortete Lotte, ohne ihr zu erklären, was es mit Noël und Hugo auf sich hatte.

»Schön, dann können wir später gemeinsam aufbrechen und zu euch fahren.«

Frau Nhuo trat nun nach vorne und lächelte zu den Leuten an den Tischen.

»Ihr Lieben, ich möchte gerne noch weitere Gäste bei unserem Weihnachtsbrunch begrüßen. Frau Dr. Duval, die einige von euch sicherlich kennen, und Nicolas und Lotte – leider kenne ich eure Familiennamen nicht.«

»Nicolas und Lotte reicht«, winkte Lotte ab.

»Jedenfalls haben die beiden Geschenke mitgebracht, die nach dem Brunch verteilt werden. Aber jetzt möchte uns Paulina gerne ein Gedicht vortragen«, sagte sie, und alle sahen zu der Frau mit den rosafarbenen Haaren, die nervös einen zusammengefalteten Zettel aus ihrer Umhängetasche holte. Sie öffnete ihn und strich ihn glatt, ohne auch nur irgendjemanden anzusehen.

»Paulina?« Frau Nhuo warf ihr einen aufmunternden Blick zu.

So schüchtern diese junge Frau auch wirkte, so klar und kraftvoll klang ihre Stimme, als sie das Gedicht vortrug. Lotte kannte es nicht, aber es ging darin um Hoffnung und verlorene und wiedergefundene Träume und Lichter, die einem immer den Weg weisen. Nachdem sie die letzten Worte gesprochen hatte, legte sie den Zettel wieder zusammen und schob ihn zurück in die Tasche.

»Wunderschön!«, sagte Victoria und nickte der jungen Frau zu.

Danach lief wieder Weihnachtsmusik aus dem Radio.

Lotte wollte unbedingt mehr über Hugo erfahren. Doch es sollte nicht so aussehen, als ob sie ihn ausfragen wollte.

»Ursprünglich komme ich aus Hamburg. Aber vor Kurzem hat es mich ins Elsass verschlagen. Sind Sie hier in der Gegend aufgewachsen?«, fragte sie deswegen unverfänglich.

Er schüttelte den Kopf.

»Ich komme eigentlich aus Lyon. Danach war ich in Paris. Erst vor einem Jahr bin ich ins Elsass gekommen«, erzählte er freimütig und schob sich eine Gabel mit Essen in den Mund.

»Der Liebe wegen? Oder aus beruflichen Gründen?«,

»Bitte entschuldigen Sie meine Freundin. Lotte ist manchmal ziemlich neugierig«, mischte Nicolas sich ein.

»Schon gut«, winkte Hugo ab. »Der Liebe und meines Berufes wegen ging ich damals tatsächlich nach Paris. Leider habe ich einige dumme Fehler gemacht und war zu stolz, um Hilfe anzunehmen. Deswegen habe ich beides verloren. Meine Liebe und auch die Arbeit. Und dann wurde mir auch noch die Wohnung gekündigt. Ich hatte nichts mehr, und eine Weile lang war mir das auch alles völlig egal. Doch irgendwann wollte ich nicht mehr so weitermachen, deswegen habe ich versucht, hier im Elsass noch einmal neu anzufangen. Aber meine Vergangenheit hat mich eingeholt. Letztlich ging wieder alles schief, und ich hatte eine Pechsträhne nach der anderen. Bis ich Esprit fand. Er hat mir wieder Lebensfreude geschenkt. Aber dann konnte ich nicht verhindern, dass sie ihn mir wegnahmen. Umso schöner ist es, dass es ihm gut geht und er versorgt wird. Auf Dauer hätte ich ihn sowieso nicht behalten können. Ein ungewisses Leben auf der Straße, vor allem im Winter, das hätte ich ihm nicht zumuten wollen.«

Lotte fühlte bei seinen Worten ein wenig Erleichterung. Er würde sie also nicht bitten, ihm den Hund wieder zu überlassen.

»Was haben Sie denn beruflich gemacht?«, fragte nun Nicolas interessiert.

»Ich bin Koch.«

»Aber da müssten Sie doch eine Stelle bekommen. Küchenpersonal wird immer gesucht«, sagte Lotte.

Hugo sah sie hinter seinem Bart versteckt mit einem fast trotzigen Blick an.

»Ich habe es immer wieder versucht. Nicht nur als Koch, auch für andere Arbeiten. Aber wenn man keine Wohnung hat, noch nicht einmal genügend Kleidung und Schuhe zum Wechseln für die Arbeit, dann ist es so gut wie aussichtslos, einen anständigen Job zu bekommen. Und eine Wohnung bekommt man nur dann, wenn man eine sichere Arbeitsstelle hat.«

»Ein Teufelskreis«, sagte Victoria mitfühlend.

»Ja. Aber irgendwann werde ich da rauskommen!«, beteuerte Hugo. »Das muss ich einfach.«

In diesem Moment meldete Victorias Handy eine Nachricht:

»David ist schon auf dem Hof und fragt, wann wir kommen«, sagte sie.

»Ich denke, wir sollten dann langsam mal aufbrechen«, schlug Nicolas vor.

Lotte nickte.

»Vielen Dank noch mal für den Besuch und die Päckchen«, sagte Frau Nhuo.

»Sehr gern«, antwortete Lotte.

Sie warf einen Blick zu Noël, der immer noch neben Hugos Stuhl saß.

»Hugo, könnten Sie mir bitte noch einen kleinen Gefallen tun?«

»Natürlich.«

Zehn Minuten später war Victoria schon in ihrem Wagen zum Hof vorausgefahren. Hugo forderte den Hund auf, in die Transportbox im Wagen zu springen. Der Kleine machte folgsam einen Satz hinein, warf aber trotzdem misstrauische Blicke zwischen Hugo und Lotte hin und her. Er schien zu ahnen, dass eine neue Trennung bevorstand von irgendeinem dieser Menschen, die er beide in sein Hundeherz geschlossen hatte. Lotte bedauerte es sehr, dass sie es dem kleinen Kerl schwer machen mussten.

»Danke, dass Sie noch mit rausgekommen sind, Hugo«, sagte Lotte.

Er nickte ihr zu, beugte sich dann über den Hund, streichelte ihn mit beiden Händen und gab ihm einen Kuss auf den Kopf.

»Für mich war es heute das größte Weihnachtsgeschenk zu erfahren, dass du lebst und es dir gut geht. Und dass ich noch ein wenig Zeit mit dir verbringen durfte. Pass gut auf dich auf, mein kleiner Esprit!«, murmelte er, offensichtlich bemüht, dem Hund zuliebe nicht allzu traurig zu klingen.

Dann wandte er sich an Lotte und Nicolas.

»Geben Sie bitte gut auf den Kleinen acht«, bat er und wollte schon zurück ins Haus gehen. »Also, dann …«

»Moment, Hugo«, unterbrach Nicolas ihn.

Er zog seine Geldbörse aus der Hosentasche, und Lotte dachte schon, er würde Hugo Geld geben, was den Mann vermutlich beschämt hätte. Doch Nicolas nahm nur eine Visitenkarte heraus und reichte sie Hugo.

»Ich habe zwar keine Stelle als Koch anzubieten, zumindest derzeit noch nicht, aber auf unserem Weingut brauche ich bald einen Helfer für alle möglichen Tätigkeiten in den Weinbergen, bei der Abfüllung und auch im Lager oder zur Auslieferung. So wie es aussieht, steht demnächst auch ein Umbau auf dem Hof an, und da könnte ich zusätzlich ein Paar Hände gebrauchen, die mit anpacken. Natürlich ganz regulär angestellt zu einem fairen Lohn. Falls so etwas für Sie als Übergangslösung in Frage kommt, rufen Sie mich an.«

Hugo schluckte, dann nickte er fast unmerklich.

»Danke für das Angebot, Nicolas.«

»Ich meine es ernst. Es liegt an Ihnen, sich zu melden. Hugo.«

»Und Sie wollen gar nicht wissen, warum mein Leben

so den Bach runterging?«, fragte Hugo, fast ein wenig ungläubig.

»Fehler und falsche Entscheidungen können leider jedem von uns passieren. Solange Sie niemand getötet oder absichtlich jemand seelische oder körperliche Schmerzen zugefügt haben und nicht vorhaben, den Staat auszuhebeln, würde ich Ihnen eine Chance geben.«

»Dann wären die Grundvoraussetzungen zumindest schon mal erfüllt«, sagte Hugo und lächelte.

»Das freut mich zu hören. Also, denken Sie darüber nach.«

»Außerdem würden Sie Esprit dann auch regelmäßig sehen können, wenn Sie auf dem Hof arbeiten«, warf Lotte nun ein, die überglücklich über Nicolas' Angebot an Hugo war.

Hugo schluckte und nickte.

»Ich werde darüber nachdenken. Wirklich. Frohe Weihnachten noch!«

»Ihnen auch, Hugo«, sagten Lotte und Nicolas gleichzeitig.

Er warf noch einmal einen Blick zu Noël, dann stapfte er durch den knirschenden Schnee in die Obdachlosenunterkunft zurück.

Lotte und Nicolas stiegen in den Wagen.

»Danke, dass du ihm eine Stelle angeboten hast, Nicolas!« Sie gab ihm einen Kuss auf die Wange. »Und ich hoffe, er meldet sich bald!«, sagte sie, ein wenig aufgeregt.

Doch Nicolas bremste ihren Enthusiasmus.

»Lotte, auch wenn wir von der Geschichte mit Noël und

Hugo berührt sind und er sympathisch erscheint, so kann es durchaus sein, dass er trotzdem noch nicht so weit ist, das Leben auf der Straße aufzugeben und sich einem Neuanfang zu stellen. Bitte erhoffe dir nicht zu viel.«

»Aber vielleicht tut er es ja für Noël. Für mich wäre das jedenfalls völlig okay, wenn die beiden Zeit miteinander verbringen.«

»Aber vielleicht ist es für Hugo schwierig, täglich zu sehen, dass Noël bei uns zu Hause ist. Lotte, hör mal, wir können ihm diese Chance geben, jetzt müssen wir abwarten, was er daraus macht, und dürfen erst einmal nicht zu viel erwarten.«

Lotte atmete tief ein und aus.

»Du hast recht, Nicolas. Ich bin mal wieder viel zu überschwänglich.«

»Aber genau das liebe ich ja so an dir. Hör bitte nie auf, so zu sein, wie du bist.«

Ein schöneres Kompliment hätte er ihr nicht machen können.

Sie drehte sich kurz nach hinten zur Transportbox. Der Hund saß ganz still.

»Hoffentlich hat ihn das jetzt nicht zu sehr durcheinandergebracht«, murmelte sie. »Ich habe wirklich kurz überlegt, ob wir Noël an Hugo zurückgeben sollen, weil er mir so leidgetan hat. Aber er hat ja selbst gesagt, dass das Leben auf der Straße für den kleinen Kerl auf Dauer nicht geeignet ist.«

»Außerdem hätte er nicht in der Obdachlosenunterkunft bleiben dürfen«, erinnerte sie Nicolas.

Sie seufzte.

»Manchmal ist das Leben wirklich nicht gerecht. Ich hätte so gern jetzt mehr für Hugo getan.«

»Wir haben das Beste versucht. Und Hugo kann nun in dem Wissen mit den anderen weiter Weihnachten feiern, dass Noël lebt und es ihm gut geht. Und er kann darüber nachdenken, ob er für eine Veränderung bereit ist.«

Kapitel 28

Eine letzte Überraschung

Als sie zurück zum Hof kamen, waren auch Lottes Eltern und ihr Großvater bereits da und saßen gemütlich im Wohnzimmer. Noël sprang zu Maria aufs Sofa, die mit Ella und Bernard das Album mit den Fotos aus ihrer ehemaligen Heimatstadt anschaute.

Victoria hatte den anderen bereits von der Begegnung von Hugo und Noël erzählt.

»Ach, wie schön. Das ist wirklich ein kleines Weihnachtswunder«, sagte Marion.

Lotte nickte. Sie hoffte, dass auch noch ein weiteres Wunder geschehen und Hugo sich bei Nicolas um den Job bewerben würde.

Julia streckte den Kopf zur Tür herein.

»In zehn Minuten ist das Essen fertig«, kündigte sie an.

Später saßen sie alle am Tisch im Esszimmer, und sie ließen sich in fröhlicher Stimmung das Essen schmecken. Es gab gebratenen Lachs mit Kürbis-Risotto und Entenbraten mit Kartoffeln und Rotkohl. Später zum Dessert Obstsalat mit Vanilleeis und Weihnachtsgebäck.

»Großes Kompliment an die Köchin. Es war ausgesprochen köstlich«, sagte Udo und sah zu Julia.

»Vor allem das Risotto«, schwärmte Marion, die sich vegetarisch ernährte.

»Aber die nächsten Tage brauche ich wohl nichts mehr zu essen«, meinte Sarah, die sich ohnehin zurückgehalten hatte.

»Ich bestimmt auch nicht.« Katja fasste sich an den Bauch. »Sonst platze ich.«

Victoria bekam eine Nachricht aufs Handy.

»Brigitte Nhuo hat mir geschrieben. Die Geschenke waren ein Volltreffer. Sie möchte sich noch mal ganz herzlich bei uns allen bedanken, auch im Namen der Leute im Obdachlosenheim«, richtete sie aus.

»Das freut mich sehr«, sagte Bernard.

»Darf ich bezüglich der Geschenke bitte für das nächste Jahr einen Vorschlag machen?«, bat Lotte.

Katja grinste.

»Ich kann mir schon vorstellen, was du gleich sagen möchtest.«

»Wir alle haben alles, was wir brauchen. Eigentlich haben wir von allem viel zu viel.«

»Genau das, was wir all die Jahre immer gesagt haben«, mischte sich Marion ein.

»Oft weiß man überhaupt nicht mehr, was man noch schenken soll. Das ist ja wirklich nicht der Sinn von Weihnachten. Den Kindern können wir ja weiterhin Geschenke machen. Aber wir Erwachsenen könnten doch stattdessen Geld sammeln und es einem guten Zweck spenden. Oder wir kaufen gezielt Sachen ein und bringen an Weihnachten wieder Päckchen ins Obdachlosenheim. Das wäre wirklich sinnvoll.«

»Kann ich meine Päckchen auch Menschen schenken, die nichts haben?«, fragte Ella.

»Klar!«, antwortete Udo.

»Das ist sehr lieb von dir, Ella«, fand Bernard.

»Vielleicht können wir beide auch was Hübsches zum Verschenken basteln«, schlug Julia vor.

»Au ja, Mama!«

»Das könnte ein schöner neuer Weihnachtsbrauch werden«, fand David. »Ich weiß sowieso bald nicht mehr, wohin mit den ganzen bunten Socken, die ich jedes Jahr kriege.«

Lotte sah Nicolas an und grinste.

»Also mir gefallen diese Socken«, erklärte Victoria.

»Siehst du!«, sagte Nicolas.

»Falls es jemandem trotzdem ein Bedürfnis ist, etwas zu verschenken, kann er das ja machen. Ein paar Päckchen unter dem Weihnachtsbaum sind völlig in Ordnung«, meinte David. »Aber eben nicht mehr solche Berge. Auch wenn das in diesem Jahr natürlich etwas andere Umstände waren«, ergänzte Lotte. Darüber waren sich alle einig.

»Ich finde es wirklich toll, dass wir unsere Geschenke weggegeben haben«, sagte Jonas. »Trotzdem wäre es natürlich interessant zu erfahren, was wir uns gegenseitig geschenkt hätten.«

»Wir können es uns ja erzählen!«, schlug David vor. »Wer fängt an?«

»Ich!«, rief Udo und verriet, dass er für Nicolas den Bausatz für ein Buddelschiff besorgt hatte.

Nicolas grinste.

»Ich weiß nicht, ob ich dafür tatsächlich genügend Geduld gehabt hätte«, sagte er offen. »Aber eine sehr schöne Idee. Vielen Dank, Udo.«

»Wer will als Nächstes?«, fragte Udo in die Runde. »Du, Katja?«

Sie nickte.

»David und ich hatten im letzten Jahr an Weihnachten einen etwas schwierigen Start. Deswegen hätte er in diesem Jahr eine Armbanduhr von mir bekommen. Weil ich mich so freue, wie wunderbar wir uns alle zusammengerauft haben nach den ersten Schwierigkeiten«, sagte Katja. »Aus diesem Grund habe ich vorhin ein wenig länger überlegt, die Geschenke wegzugeben. Aber vielleicht kann derjenige, der sie bekommen hat, die Uhr besonders gut gebrauchen.«

»Wow. Danke jedenfalls trotzdem für so ein tolles Geschenk, liebe Katja!«, sagte David.

Es wurde noch viel gelacht, während sie ihre Geschenke nun doch noch auspackten, wenn auch nur in Erzählungen.

Am Nachmittag war endlich die Sonne herausgekommen, und sie nutzten die Zeit für einen längeren Spaziergang in der Umgebung. Auf dem Rückweg bekam Jonas eine Nachricht aufs Handy. Nachdem er sie abgehört hatte, ging er zu Lotte.

»Kannst du kurz vor fünf alleine zu mir in die Wohnung rüberkommen?«, bat er leise.

»Warum denn?«, fragte sie verwundert.

»Erkläre ich dir dann. Also, kommst du?«

»Klar.«

Nachdem sie wieder am Hof waren, machten Maria und Bernard ein kleines Nickerchen.

Die anderen saßen im Wohnzimmer und spielten Kniffel oder unterhielten sich. Lotte rätselte immer noch, was Jonas denn vorhatte. Er entschuldigte sich gegen halb fünf, dass er noch was zu erledigen hätte. Als freiberuflicher Journalist betrieb er auch eine Online-Marketingagentur, und da war es nichts Ungewöhnliches, dass er auch an Feiertagen arbeitete.

»Hat vielleicht jemand Lust auf eine kleine Meditation?«, fragte Udo.

»Ich sehr gerne!«, meldete sich Julia.

»Dann mache ich auch mit«, meinte Katja. Und auch Nicolas und seine Mutter folgten Udo ins Büro, wo sie sich im Schneidersitz auf den großen weichen Teppich setzten.

Pünktlich kurz vor fünf kam Lotte in die Gästewohnung. Jonas saß am Küchentisch an seinem Laptop.

»Verrätst du mir jetzt, was los ist?«, fragte sie und setzte sich neben ihn.

»Mache ich.«

Er grinste.

»Lotte. Die Nachricht vorhin kam von einem Kollegen aus New York. Er ist mir behilflich gewesen bei der Suche nach diesem Jason Williams.«

Lotte war froh, dass sie saß, denn ihre Beine fühlten sich mit einem Mal wie Wackelpudding an.

»Und?«, fragte sie. »Jetzt sag doch schon!«

»Wir haben einen Treffer.«

»Wirklich?« Lotte wusste nicht, ob sie die Worte laut ausgesprochen oder nur gedacht hatte.

»Gleich um fünf will er sich per Skype mit einem Videoanruf bei dir melden. Dann könnt ihr miteinander reden.«

»Jetzt gleich meinst du?«, fragte Lotte. Sie war so aufgeregt, dass sie zitterte.

Jonas nickte.

»Ja. Mein Bekannter hat Jason meine Kontaktdaten gegeben. Du kannst über meinen Zugang das Gespräch führen«, sagte Jonas und schob ihr den Laptop hin.

Lottes Kehle war wie zugeschnürt. Der Moment, vor dem sie sich so lange gefürchtet und den sie gleichzeitig so sehr herbeigesehnt hatte, stand in wenigen Minuten bevor.

»Möchtest du alleine sein?«, fragte Jonas.

Lotte schüttelte den Kopf und griff nach seiner Hand.

»Nein, bitte bleib da, Jonas, ich könnte jetzt ein wenig Unterstützung brauchen.«

»Na klar. Deine Finger sind ja eiskalt. Hey, das wird schon nicht so schlimm werden«, versuchte er sie aufzumuntern.

»Ich weiß gar nicht, was ich zu ihm sagen soll.«

»Du musst ja gar nicht viel sagen. Er muss einfach nur wissen, dass du die Scheidung oder Annullierung möchtest«, sagte Jonas.

»Gleich ist es fünf«, sagte Lotte nervös. Ihr Herz klopfte zum Zerspringen.

»Noch zwei Minuten. Bleib ganz ruhig.«

»Das sagt sich so leicht.«

»Du schaffst das schon. Hier, nimm noch einen Schluck Wasser.«

Jonas reichte ihr ein Glas, und sie trank durstig.

Genau in diesem Moment ertönte der typische Skype-Klingelton. Lotte verschluckte sich vor Schreck und begann zu husten. Jonas klopfte ihr auf den Rücken.

»Geht's wieder?«

»Ja danke.«

Während es weiter bimmelte, räusperte sie sich. Dann nickte sie Jonas zu. Der rutschte aus dem Bild, und sie nahm das Videogespräch an.

Vor ihr saß nun leibhaftig Jason Williams auf einem Schreibtischstuhl. Obwohl zwölf Jahre dazwischenlagen, erkannte sie ihn sofort wieder. Er sah nur ein wenig älter aus, trug seine Haare kürzer, aber in seinen Augen lag dasselbe Funkeln wie damals, als sie ihm zum ersten Mal begegnet war.

»Hallo, Jason!«, sagte sie ein wenig heiser.

»Lotte Müller! Ich kann es kaum glauben!«, rief er auf Englisch. »Du bist es wirklich!«

Für ein paar Sekunden herrschte Schweigen, keiner der beiden wusste, was er sagen sollte.

»Wie geht es dir?«, fragte er schließlich.

»Danke, gut. Und dir?«

»Mir auch.«

»Bist du in New York?«

»In New York? Nein, ich bin in Mexiko.«

»In Mexiko? Was machst du denn da?«

»Ich bin Assistenzarzt in einer Klinik in Toluca.«

»Du bist Arzt geworden?«

»Ja ... Und du, Lotte? Bist du in Hamburg?«, fragte nun auch er.

»Nein, ich bin in Frankreich. Auf einem Weingut.«

Nun lächelte Jason.

»Das passt irgendwie zu dir. Zumindest zu der Lotte, die ich vor zwölf Jahren kennengelernt habe.«

Lotte wusste nicht, was sie darauf sagen sollte.

»Du hast damals mit deinen Freunden Billy und Jay eine Wette abgeschlossen, mich zu heiraten!«, platzte es nun einfach aus ihr heraus.

Sein Lächeln verschwand, doch er wich ihrem Blick nicht aus und nickte dann.

»Als du plötzlich verschwunden warst, war mir klar, dass du es herausgefunden haben musstest«, sagte er. »Das hätte so nicht sein sollen.«

Er stritt es noch nicht einmal ab.

»Irgendwie war mir hinterher erst richtig klar, wie sehr dich das verletzt haben musste. Ich bedauere es sehr, was ich damals getan habe. Was ich dir damit angetan habe, Lotte. Und dass du weg warst, bevor ich es dir erklären konnte.«

»Ich kann mir nicht vorstellen, wie du mir das hättest erklären wollen«, sagte sie und spürte einen Anflug jenes Gefühls, das sie damals hatte. Doch sie verscheuchte es. Jetzt war sie kein naiver Teenager mehr, sondern eine Frau, die wusste, was sie wollte. Und das war die Scheidung von Jason.

»Damals war ich finanziell total abgebrannt. Ich hatte

mir den Wagen eines Kumpels ausgeliehen. Aber bei einer nächtlichen Spritztour habe ich ihn zu Schrott gefahren. Ich musste dringend Geld auftreiben, um den Schaden zu bezahlen. Billy und Jay wussten das. Die beiden haben ständig auf alles gewettet, und dann haben wir euch beim Grand Canyon getroffen ... Den Rest kannst du dir vermutlich denken.«

Er wirkte verlegen.

»Ich kann mir selbst nicht mehr erklären, warum ich mich darauf eingelassen habe. Und das soll auch keine Entschuldigung sein.«

»Nein, das ist es nicht!«, sagte Lotte, die plötzlich ganz ruhig geworden war.

»Ich bin froh, dass du mich aufgespürt hast, Lotte. Vor vier Jahren war ich in Deutschland und habe versucht, dich in Hamburg zu finden. Ich musste mich einfach persönlich bei dir entschuldigen. Aber bei der Adresse, die ich von dir hatte, lebte jemand anderes. Und eine Lotte Müller in Deutschland zu finden war völlig unmöglich.«

»Zu der Zeit lebte ich in Brasilien.«

»Dann hätte ich dich sowieso nicht finden können, Lotte. Es tut mir sehr, sehr leid! Und ich schäme mich immer noch dafür, was ich damals getan habe. Vor allem, weil ich dich wirklich mochte. Aber das Geld, um den Schaden zu bezahlen, war mir leider wichtiger.«

Lotte schloss für einen Moment die Augen. War es ihm ernst damit, dass es ihm leidtat? Oder versuchte er nur, sie zu besänftigen, weil sie ihn über Jonas ausfindig gemacht hatte? War das überhaupt wichtig?

»Auch ich habe versucht, dich zu finden, Jason. Aber

ebenfalls vergeblich. Weil ich alles weggeworfen und am Handy gelöscht hatte, was mit dir zu tun hatte. Fotos, die Urkunde mit deiner Adresse, einfach alles«, sagte sie.

»Das kann ich dir nicht verübeln, Lotte. Nachdem du verschwunden warst, habe ich erst so richtig realisiert, was ich da eigentlich angestellt hatte. Und ich schämte mich. Ich konnte mich kaum mehr im Spiegel ansehen, hatte das Gefühl, völlig unnütz zu sein. Plötzlich wollte ich etwas bewirken im Leben. Für andere da sein und nicht sie ausnutzen. Und schließlich entschloss ich mich für ein Medizinstudium. Letztlich habe ich es dir zu verdanken, dass ich mein Leben total umgekrempelt habe.«

»Schön für dich, dass du aus deinem Leben etwas gemacht hast, Jason. Das meine ich sogar ehrlich. Aber mir ist es nur wichtig, diese bescheuerte Verbindung von damals zu beenden und uns scheiden zu lassen. Oder vielleicht kann man diese Ehe auch annullieren. Jedenfalls müssen wir das jetzt so schnell wie möglich hinter uns bringen.«

»Aber Lotte … Wir müssen uns nicht scheiden lassen!«, sagte Jason.

»Doch, Jason! Das müssen wir«, beharrte sie, nun ein wenig energischer. »Und zwar so schnell wie möglich. Es gibt da nämlich einen Mann, den ich sehr liebe. Und außerdem bekomme ich ein Baby. Und da kann ich nicht weiter mit dir verheiratet bleiben. Nachdem du mich damals so getäuscht hast, erwarte ich von dir, dass du keine Schwierigkeiten machst.«

»Du denkst, dass wir noch verheiratet sind?«, fragte er verwundert.

»Natürlich! Leider habe ich es damals versäumt, die nötigen Schritte einzuleiten, weil ich mich so geschämt habe, dass ich auf dich reingefallen bin, und alles nur vergessen wollte.«

»Ach, Lotte ... Das tut mir so leid. Eigentlich hatte ich damals von Anfang an vorgehabt, nach dem Essen im Diner mit dir zu reden, dass diese Heirat doch eine ziemlich blöde Idee war. Ich hatte dir schon angemerkt, dass du gar nicht mehr so begeistert darüber warst, als deine Freundin ohne dich weitergefahren war. Deswegen ging ich davon aus, ich könnte es so regeln, dass es für dich so aussieht, als wären wir beide rechtzeitig zur Vernunft gekommen, um die Annullierung der Ehe innerhalb der nötigen 24 Stunden beim Gericht in Nevada zu beantragen. Aber du warst verschwunden, bevor ich mit dir reden konnte. Deswegen habe ich es alleine gemacht. Dafür habe ich einen Teil des Geldes genommen, den ich gewonnen hatte. Nachdem du in den darauffolgenden 20 Tagen nicht reagiert und keinen Einspruch erhoben hast, wurde die Ehe automatisch wieder annulliert. Ich dachte immer, du hättest eine Kopie davon bekommen und wüsstest das.«

Lotte hörte zwar, was Jason sagte, aber sie konnte es nicht fassen.

Sie schüttelte ungläubig den Kopf.

»Annulliert?«

»Ja. Wir waren letztlich nur ein paar Stunden verheiratet. Und ich bin davon ausgegangen, dass du das erfahren hast.«

»Habe ich nicht ... Also ist das so, dass wir so gut wie gar nicht verheiratet waren?«, hakte Lotte zur Sicherheit noch mal nach. Womöglich hatte sie ja etwas falsch verstanden.

»Genau, wir waren so gut wie nicht verheiratet«, bestätigte Jason und lächelte.

»Und ich Dussel dachte all die Jahre ...«

Plötzlich löste sich ihre ganze Anspannung in Luft auf, und sie fing an zu lachen. Was für eine verrückte Geschichte.

»O Gott, Lotte. Es tut mir so leid, dass du all die Jahre dachtest, du wärst an diese Ehe gebunden! Das muss ja schrecklich für dich gewesen sein.«

Sie nickte.

»Das war es tatsächlich, Jason. Aber wenn ich der Sache einfach mal gründlich nachgegangen wäre, hätte ich das selbst herausfinden können.«

Für ein paar Sekunden schwiegen beide.

»Und du bekommst wirklich ein Baby?«, wechselte er ganz abrupt das Thema.

»Ja. Ich weiß es erst seit ein paar Tagen.«

»Das freut mich sehr. Ich wünsche dir, dass alles gut geht und du mit deinem Mann und dem Kind glücklich bist.«

»Danke, Jason. Hast du auch eine Familie?«, fragte sie, weil sie nun doch ein wenig neugierig war, wie sein Leben verlaufen war.

»Meine Frau und ich haben einen zweijährigen Jungen. Er heißt Bennet.«

Plötzlich eilte hinter Jason eine Frau in einer Schwesterntracht ins Zimmer.

»Dr. Williams, wir brauchen Sie dringend auf der Station«, sagte sie.

»Ich bin sofort da.«

Noch einmal wandte er sich an Lotte.

»Ich hoffe, du kannst mir das alles irgendwann verzeihen, Lotte. Alles Gute für euch und frohe Weihnachten.«

»Dir auch frohe Weihnachten«, wünschte ihm Lotte. Und dann schloss sich das Fenster am Computer, und Jason Williams war endgültig aus ihrem Leben verschwunden.

Lotte drehte sich zu Jonas und sah ihn sprachlos an.

»Ich hätte nicht gedacht, dass sich die Sache so schnell erledigen lässt«, sagte er, und Lotte konnte an seiner Stimme hören, dass er sich ein Lachen verkniff.

»Ich bin nicht verheiratet ... und war es irgendwie auch gar nicht«, murmelte sie.

»Nein.«

»Ich weiß gar nicht, wie ich das Nicolas und der Familie sagen soll«, überlegte sie. »Die müssen mich ja alle für völlig bescheuert halten.«

»Ach was. Und du findest schon die richtigen Worte. Am besten machst du aus der Sache einen riesigen Gag. Es gibt schließlich nicht viele Menschen, die zwölf Jahre lang denken, dass sie verheiratet sind, ohne es zu sein.«

Die beiden sahen sich an und fingen an zu lachen. Als sie sich wieder beruhigt hatten, umarmte Lotte ihn.

»Danke, Jonas, dass du Jason für mich ausfindig gemacht hast und ich das klären konnte. Das vergesse ich dir nie!«

»Hey, schon gut. Vielleicht darf ich aus der ganzen Story ja mal einen Beitrag machen? Natürlich mit geänderten Namen.«

»Darüber reden wir noch.«

»Und jetzt?«

»Jetzt wird es Zeit für eine hoffentlich letzte Weihnachtsüberraschung.«

Als sie die Diele im Haupthaus betraten, kam Noël ihnen entgegen und wedelte vor Freude mit dem Schwanz, als ob er Lotte schon seit Tagen nicht mehr gesehen hätte. Sie nahm ihn auf den Arm und streichelte ihn. Das unvermutete Treffen mit Hugo heute schien ihn glücklicherweise nicht sonderlich durcheinandergebracht zu haben.

»Soll ich schon mal Crémant und Wasser zum Anstoßen holen und Gläser?«, schlug Jonas vor.

»Das wär super. Ich trommle inzwischen alle noch mal ins Wohnzimmer zusammen.«

Grinsend verschwand er in die Küche.

In diesem Moment öffnete sich die Tür zum Büro, und ihr Vater kam heraus, gefolgt von Nicolas, Sarah, Katja und Julia. Die Yogastunde war offenbar eben zu Ende gegangen.

»Könnt ihr bitte mal alle ins Wohnzimmer kommen?«, forderte Lotte sie auf.

»Ich wollte jetzt eigentlich auf mein Zimmer gehen«, sagte Sarah.

»Es wär schön, wenn du mitkämst. Es dauert auch nicht lange«, meinte Lotte.

»Na gut.«

»Was hast du denn vor?«, fragte Nicolas.

»Es gibt noch eine Weihnachtsüberraschung.«

In einer Viertelstunde hatten sich alle im Wohnzimmer versammelt und rätselten, wieso Lotte sie zusammengetrommelt hatte. Lotte stand neben dem Weihnachtsbaum und verspürte inzwischen ein so intensives Glücksgefühl, dass sie am liebsten getanzt hätte. Und vielleicht würde sie das später ja auch noch tun.

»Was habt ihr zwei denn ausgetüftelt?«, fragte Katja, als Jonas Gläser mit Crémant und Wasser verteilte. Doch er zuckte nur mit den Schultern und grinste.

Lotte bat alle um Ruhe, und augenblicklich war es still im Zimmer.

»Nicolas?«

»Ja?«

Sie streckte die Hand nach ihm aus, und er kam zu ihr.

»Gestern fast genau um diese Zeit hast du mir einen Ring geschenkt und mich gefragt, ob ich die Gefährtin an deiner Seite sein möchte. Und ich habe Ja gesagt.«

»Ich hoffe, du hast es dir jetzt nicht doch anders überlegt«, scherzte er, und alle lachten leise.

»Nein, keine Angst. Hab ich nicht. Du hast auch gesagt, du würdest mir keinen Heiratsantrag mehr machen. Und ich habe daraufhin gesagt, vielleicht würde ich das irgendwann einmal tun.«

Er nickte nur.

Ihr Herz trommelte nun vor Aufregung gegen ihre Brust. Gleich würden sie alle Augen machen.

»Jonas hat Jason für mich ausfindig gemacht«, sagte sie.

»Was?«

»Das gibt es ja gar nicht!«

Alle murmelten plötzlich durcheinander, und Lotte bat noch mal um Ruhe.

»Es hat sich herausgestellt, dass er die Ehe damals sofort annullieren ließ. Das bedeutet, ich war eigentlich nie verheiratet und deswegen …«

»Was? Du bist gar nicht verheiratet?«, fragte Nicolas ungläubig.

»Nein!«

Wieder redeten alle durcheinander.

»Dann war die ganze Aufregung der letzten Tage völlig umsonst, und ich hätte dir den Heiratsantrag gestern machen können?«

»Hättest du. Aber jetzt muss ich das eben tun …«

Sie sahen sich an und lächelten.

»Nicolas Leclaire, möchtest du mein Mann werden?«

»Ja, Lotte Müller, ich möchte dein Mann werden.«

Nicolas zog Lotte an sich und küsste sie, während die Familie um sie herum klatschte.

»Heiratet Lotte jetzt auch?«, fragte Maria verwundert, als die beiden sich wieder gelöst hatten.

»Ja, Maria«, antwortete Bernard und legte einen Arm um seine Tochter.

»Meine Güte, hier ist wirklich jeden Tag was Besonderes geboten«, stellte Marion fest und wischte sich verstohlen eine Träne aus dem Augenwinkel.

»Gut, dass wir morgen endlich verreisen, wer weiß, was es hier sonst noch für Überraschungen gibt«, sagte David zu Victoria.

»Ich denke, das war's jetzt vorerst«, meinte Nicolas.

Lotte zuckte mit den Schultern.

»Wer weiß …«

EPILOG

Fünf Wochen später.

Lotte drehte das Autoradio lauter auf und sang mit zum Lied *Never Gonna Not Dance Again* von Pink. Der Gute-Laune-Song passte perfekt zu ihrer Stimmung, genauso wie das herrliche Wetter. Nach tagelangen Schneefällen strahlte heute die Sonne von einem tiefblauen Himmel. Eine Winterlandschaft wie im Bilderbuch.

Lotte war nur noch wenige Kilometer von zu Hause entfernt, da klingelte ihr Handy. Katja!

»Hi, Katja!«

»Hallo, Lotte, wie geht es euch?«

»Alles super. Ich komme eben von der Kontrolluntersuchung bei der Frauenärztin.«

Nachdem ihre Spirale gleich nach den Weihnachtsfeiertagen entfernt worden war, hatten sie noch ein paar Tage bangen müssen. Doch genau wie Lotte es von Anfang an gespürt hatte, war alles gut gegangen.

»Und?«

»Stell dir vor, heute konnte ich den Herzschlag des Babys zum ersten Mal hören«, erzählte sie glücklich.

»Ach, Lotte, ich freue mich so für dich.«

»Leider hatte Nicolas einen Termin und konnte nicht mitkommen.«

»Dann muss er eben beim nächsten Mal mit ... Eigentlich rufe ich wegen Bernard an. Geht es ihm wieder besser?«

»Ja. Er hat die Erkältung einigermaßen überstanden. Aber ich musste ihn fast zwingen, im Bett zu bleiben. Du kennst ja deinen Urgroßvater und weißt, wie stur er sein kann.«

»Hauptsache, es geht ihm wieder gut.«

»Ja, mach dir keine Sorgen. Und? Wie läuft es bei euch in Osterhofen?«

»Alles wie immer.«

»Das bedeutet, es ist alles gut.«

Katja lachte.

»Genau ... Allerdings ...«

»Was?«

»Julia, sie ... also, ich glaube, sie hat jemanden kennengelernt«, sagte Katja.

»Du meinst, einen neuen Mann?«

»Für mich sieht es jedenfalls so aus. Sie war abends ein paarmal aus und wirkt irgendwie aufgedreht.«

»Ich hoffe, das ist okay für dich? Ich meine, es ist jetzt fast eineinhalb Jahre her, seitdem dein Vater starb.«

»Aber klar. Ich würde mich freuen für sie. Auch wenn es anfangs für mich vielleicht ein wenig seltsam sein wird. Ich hoffe nur, dass Ella damit klarkommt. Sie vermisst unseren Vater immer noch sehr.«

»So wie ich deine Stiefmutter kenne, wird sie es bestimmt ganz langsam angehen lassen. Außerdem bist du als große Schwester ja auch für Ella da.«

»Natürlich.«

»Aber was anderes: In Colmar hat ein neues Tanzstudio aufgemacht, und die bieten einmal in der Woche auch einen Kurs für demenzkranke Menschen an. Da haben wir Maria angemeldet. Nächste Woche geht es los. Mal sehen, wie es ihr gefällt.«

»Hey, das ist super! ... Oh, entschuldige, Lotte, ich muss in den Laden rüber. Eine Kundschaft hat nach mir gefragt.«

»Schon gut. Bis dann.«

»Bis dann.«

Ein paar Minuten später war Lotte auf dem Hof angekommen und parkte den Wagen vor dem Haus. Schon seit Tagen hatte sie ständig Lust auf Blätterteig und sich deswegen heute auf dem Heimweg eine große Tüte Gebäck besorgt.

Sie griff nach der Tüte und stieg aus. Als sie auf die Haustür zuging, sah sie, wie Nicolas und ein Mann von der Scheune her auf sie zukamen. Er war groß und trug einen hellgrauen Anorak.

»Hallo, Lotte!«, rief Nicolas ihr zu.

Sie winkte den beiden zu, die immer näher kamen.

War das ein neuer Geschäftskunde?

»Guten Tag!«, sagte sie und streckte dem auf robuste

Weise attraktiven Mann um die vierzig die Hand entgegen. Er schüttelte sie. Irgendwie kam er ihr bekannt vor, doch sie wusste nicht, wie sie ihn einordnen konnte.

»Willst du uns nicht vorstellen?«, bat sie deswegen Nicolas.

»Vorstellen? Aber Lotte, ihr kennt euch doch schon«, sagte er.

Der Mann lächelte sie an, und in diesem Moment wusste sie, wer er war.

»Hugo! Sie sind Hugo. Entschuldigen Sie, aber ich habe Sie erst nicht erkannt«, sagte sie völlig überrascht.

Rasiert und mit frisch geschnittenen Haaren sah er tatsächlich ganz anders aus als der bärtige Mann am Weihnachtstag in der Obdachlosenunterkunft.

»Ging mir vorhin genauso«, sagte Nicolas amüsiert. »Hugo hat sich bei uns als Mitarbeiter beworben. Und ich habe ihn gerade herumgeführt und ihm alles gezeigt.«

»Wirklich? Das freut mich sehr!«

»Dass Sie mir diese Chance geben wollten, hat mich sehr motiviert. Und dann hatte ich auch noch das große Glück, dass in meinem Weihnachtspäckchen eine Armbanduhr war. Ich konnte sie verkaufen und mir von dem Geld einen Haarschnitt, eine Rasur und ein paar günstige Sachen zum Anziehen und Schuhe leisten.«

Die Uhr, die Katja eigentlich David hatte schenken wollen! Mit Hugo hatte sie einen noch besseren Empfänger gefunden. Und er hatte gleich Nägel mit Köpfen gemacht, um die Chance, die sich ihm bot, zu ergreifen.

»Und hier habe ich auch noch meinen Lebenslauf und

die Zeugnisse, bevor in Paris alles schiefging«, fuhr Hugo fort und holte ein Kuvert aus seinem Rucksack.

»Danke. Das schaue ich mir gleich im Büro an«, sagte Nicolas.

»Und ich mache mal Kaffee und Tee für uns!« Lotte hielt die Tüte hoch. »Ich habe jede Menge Gebäck dabei.«

»Danke, Lotte!«

»Ich möchte aber keine Umstände machen!«, sagte Hugo.

»Aber gar nicht«, winkte Lotte ab.

»Ab wann könnten Sie denn überhaupt anfangen, Hugo?«, fragte Nicolas.

»Jederzeit.«

»Sehr gut. Ich brauche nämlich wirklich dringend Unterstützung. Haben Sie schon eine Wohnung gefunden?«

Hugo schüttelte den Kopf.

»Leider nicht. Im Moment kann ich noch in der Obdachlosenunterkunft schlafen. Aber sobald ich eine feste Arbeitsstelle vorweisen kann, hoffe ich, etwas zu finden.«

Nicolas fuhr sich nachdenklich durchs Haar.

»Wissen Sie was? Wenn wir uns einig werden, kann ich Ihnen vorübergehend die kleine Gästewohnung im Anbau des Hauses anbieten, bis Sie eine eigene Unterkunft gefunden haben.«

Lotte hätte Nicolas am liebsten umarmen mögen.

Hugo sah ihn ungläubig an.

»Das meinen Sie jetzt aber nicht ernst, oder?«

»Doch. Das hätte auch den Vorteil, dass Sie keine Anfahrtswege haben und flexibel einspringen könnten. Allerdings würde ich dann einen kleinen Anteil, der zumindest die Nebenkosten deckt, vom Gehalt abziehen.«

»Damit wäre ich einverstanden. Denn das wäre einfach perfekt für den Anfang … Also, ich weiß gar nicht, was ich dazu sagen soll.«

»Sie müssen gar nichts sagen, sondern einfach nur zuverlässig anpacken. Arbeit gibt es genug, vor allem mit dem Umbau, den wir vorhaben. Ich habe Ihnen ja schon gesagt, dass wir ein kleines Weinlokal eröffnen wollen.«

Hugo nickte.

»Da brauchen wir später übrigens auch einen guten Koch, aber das ist alles noch Zukunftsmusik. Jetzt geht es erst einmal um die Arbeit am Winzerhof. Ab dem Sommer fällt auch Lotte als Arbeitskraft weg, und für die schweren Arbeiten schon jetzt, weil wir ein Baby bekommen.«

»Ich packe überall mit an, wo Sie mich brauchen können«, versprach Hugo. »Natürlich besonders gern auch in der Küche. Und herzlichen Glückwunsch zum Baby.«

Er nickte zu Lotte.

»Vielen Dank! Noch ist es ja nicht so weit.«

»Ich würde vorschlagen, dass wir eine Probezeit von drei Monaten vereinbaren. Und alles Weitere besprechen wir gleich in Ruhe bei Kaffee und Gebäck, was halten Sie davon?«, sagte Nicolas.

»Das hört sich einfach nur gut an.«

»Ich weiß schon, wer sich gleich ganz besonders freuen wird«, sagte Lotte.

Hugo lächelte und griff in seine Jackentasche. Er holte eine kleine Packung Hunde-Leckerlis heraus.

»Ich kann es kaum mehr erwarten, ihn wiederzusehen«, sagte er.

»Eines nur, Hugo. Ich glaube, wir sollten uns auf einen Namen für ihn einigen, damit er nicht durcheinanderkommt.«

»Das hab ich mir auch schon gedacht. Und da ich ihn an Weihnachten wiedersehen durfte, passt der Name Noël für mich jetzt noch viel besser als Esprit.«

Lotte hatte die Tür kaum aufgesperrt, da kam Noël in den Flur geflitzt. Als er Hugo sah, war er wieder ganz aus dem Häuschen vor Freude. Hugo ging vor dem Hund in die Hocke, und nachdem er ihn ausgiebig gestreichelt hatte, gab er ihm ein Leckerli.

»Hey, stell dir vor, wenn dein Herrchen und ich uns einigen, stehen die Chancen gut, dass wir uns in Zukunft öfter sehen werden, kleiner Noël«, sagte er glücklich.

Lotte warf einen Blick zu Nicolas, und sie lächelten sich zu.

Danksagung

Von Herzen möchte ich mich bei allen Menschen bedanken, die zum Entstehen des Romans in irgendeiner Form beigetragen haben:

Dem ganzen Team meines großartigen Verlags, vor allem meiner wunderbaren Lektorin Anna-Lisa Hollerbach.

Meiner Redakteurin Alexandra Baisch, der ich nicht oft genug sagen kann, wie gern ich mit ihr zusammenarbeite.

Meinen tollen Agentinnen Franka Zastrow und Christina Gattys.

Johannes Wiebel, der wieder einmal ein zauberhaftes Cover geschaffen hat.

Meiner Familie, die mich immer unterstützt und für mich da ist, auch dann, wenn ich kurz vor einem Abgabetermin ein wenig am Rad drehe.

Meinem Sohn Felix ganz speziell für das Rezept für den Weihnachtskuchen und die anderen Kochtipps.

Lucky und Jojo – die beiden Samtpfoten, die mich jeden Tag zum Lachen bringen.

Und natürlich meinen lieben Leserinnen und Lesern. Danke für eure Treue.

Rezepte fürs Buch:

Weihnachtliches Kürbis-Risotto mit gehackten Kürbiskernen

Zutaten:

200 g Risotto-Reis
800 ml Gemüsebrühe
1 Zwiebel
½ Knoblauchzehe
2 EL Olivenöl
1 EL Butter
200 g Hokkaido-Kürbis
130 ml Weißwein
1/3 Vanilleschote
1 Messerspitze Chilipulver
1 Messerspitze Piment
40 g Parmesan gerieben
1 kleine Lauchzwiebel
1 Handvoll frische Petersilie
1 Handvoll Kürbiskerne
Abrieb einer unbehandelten halben Orange
Salz/Pfeffer
Etwas Schmand oder Sauerrahm nach Geschmack

Zubereitung:

Zwiebel schälen und in kleine Würfel hacken. Kürbis ebenfalls in kleine Würfel schneiden und beides in erhitztem Olivenöl/Butter-Gemisch in einer großen Pfanne leicht anbraten. Fein gehackten Knoblauch und Reis dazugeben, glasig anbraten und mit Weißwein ablöschen. Vanilleschote an einer Seite aufschlitzen, Mark mit einem Messer herausstreichen und zusammen mit der Schote und den anderen Gewürzen zum Reis geben. Nach und nach mit heißer Brühe aufgießen und auf niedriger Hitze immer wieder umrühren (Dauer ca. 20 – 25 Minuten). Ca. 5 Minuten vor Ende der Garzeit die in feine Ringe geschnittene Lauchzwiebel dazu geben. Die sehr grob gehackten Kürbiskerne in einer heißen Pfanne ohne Fett kurz anrösten. Ganz zum Schluss Parmesan unter das Risotto ziehen und mit Salz und Pfeffer abschmecken. Vor dem Servieren etwas frischen Orangenabrieb, fein gehackte Petersilie und die gerösteten Kürbiskerne darübergeben. Nach Geschmack noch einen Klacks Sauerrahm oder Schmand dazu.

Statt Butter und Parmesan bzw. Schmand und Sauerrahm können auch vegane Alternativen verwendet werden.

Die Menge reicht als Beilage für ca. 4 – 5 Personen. Als Hauptgericht – z. B. mit Salat und Baguette serviert – reicht das Risotto für etwa 3 Personen.

Flammkuchenvariation

Rezept für 2 – 3 Personen

Zutaten Teig:
250 g Dinkelmehl
3 EL Sonnenblumenöl
100 ml Wasser
½ TL Salz

Zutaten Belag:

150 g saure Sahne
150 g Schmand
2 große Zwiebeln
100 g Speck (Je nach Variation)
2 Frühlingszwiebeln
Salz und Pfeffer
150 g Käse, Bergkäse oder Emmentaler
(Je nach Variation)

Zubereitung Teig:

Alle Zutaten zu einem geschmeidigen Teig verkneten. Teig halbieren und jeweils zu einer ovalen Form sehr dünn ausrollen. Jede Hälfte auf ein mit Backpapier ausgelegtes Blech legen oder hintereinander belegen und backen.

Den Ofen auf 250 Grad vorheizen.

Zubereitung Belag:

Schmand und Sauerrahm verrühren und mit Salz und Pfeffer würzen. Auf dem ausgerollten Teig verstreichen.

Zwiebeln und Frühlingszwiebeln in sehr feine Ringe schneiden und darübergeben.

Im vorgeheizten Ofen bei 250 Grad Umluft ca. 8–10 Minuten backen, bis der Flammkuchen eine schöne goldbraune Farbe hat.

Nach Geschmack kann man den Flammkuchen zusätzlich auch noch mit fein gewürfeltem Speck und/oder geriebenem Käse belegen. Backzeit wie oben.

Hühnchen in Estragon-Soße

(für 4 – 5 Personen)

Zutaten:

4 Hähnchenbrustfilets
2 EL Sonnenblumenöl
1 große Zwiebel
200 ml Weißwein
2 Knoblauchzehen
1 EL Butter
3 EL Tomatenmark
2 TL Currypulver
1 TL Paprikapulver
½ TL Zucker
2 – 3 TL getrockneter Estragon
400 ml Sahne
Salz und Pfeffer

Zubereitung:

Hähnchenbrustfilets in jeweils sechs Teile schneiden und salzen. Zwiebel schälen und in grobe Stücke schneiden. In einer Pfanne Sonnenblumenöl erhitzen und das Fleisch mit der Zwiebel und einer Knoblauchzehe mit der Schale von allen Seiten kurz anbraten, bis es Farbe bekommt. Mit dem Weißwein aufgießen und alles in eine Bratreine geben. Getrockneten Estragon darüberstreuen und ca. 30 Minuten bei 200 Grad in den Ofen geben.

Währenddessen in einem Topf Butter schmelzen und 1 fein gehackte Knoblauchzehe darin leicht anschwitzen. Dann mit Sahne aufgießen und Tomatenmark, Curry, Paprika, Zucker, Salz und Pfeffer dazugeben. Kurz aufkochen lassen und noch mal abschmecken. Nach dreißig Minuten über das Fleisch geben und noch mal ca. 10 – 15 Minuten bei ca. 180 Grad ins Backrohr. Bei Bedarf noch etwas Wasser oder Weißwein hinzugeben. Weißwein kann durch Brühe ersetzt werden.

Zum Hühnchen passen sehr gut Reis oder Ofenkartoffeln und Salat.

Patricias Weihnachtskuchen (Drip Cake)

Nach dem Rezept meines Sohnes Felix

Zutaten Boden:

50 g brauner Zucker
50 g weißer Zucker
4 Eier mittelgroß
120 g Mehl
1 Prise Salz
30 g Kakaopulver
2 TL Backpulver
2 gestrichene TL Lebkuchengewürz
1 TL Zimt

Zubereitung Boden:

Mehl, Backpulver, Kakao und Gewürze in eine große Schüssel sieben und gut vermischen.

Eier, Zucker und Salz ca. 5 Minuten mit dem Mixer schaumig schlagen, dann die gesiebten Zutaten vorsichtig unterrühren.

In einer gefetteten Springform ca. 25–30 Minuten bei 180 Grad backen. Danach aus der Form nehmen und gut abkühlen lassen.

Zutaten Füllung:

250 g Mascarpone
300 g Frischkäse
200 ml Schlagsahne
30 g Puderzucker
100 g weiße Kuvertüre
1 unbehandelte Orange
1 Päckchen Sahnesteif
¼ TL Lebkuchengewürz
½ TL Zimt
Marmelade zum Bestreichen des Bodens
(Aprikose oder Orange)
150 g dunkle Kuvertüre

Zubereitung Füllung und Zusammenbau der Torte:

Mascarpone mit Frischkäse, Puderzucker, den Gewürzen und Orangenabrieb mit dem Mixer verrühren. Sahne mit Sahnesteif aufschlagen und unter die Masse heben. Die weiße Kuvertüre in einem Wasserbad schmelzen, etwas abkühlen lassen und die geschmolzene Schokolade vorsichtig ebenfalls unter die Masse heben.

Boden halbieren und den unteren Teil in einen Tortenring geben (es geht auch ein Ring aus Alufolie). Boden mit der Marmelade bestreichen. Ca. 2/3 der Mascarpone-Creme (Rest wird zum Einstreichen benötigt) daraufgeben und verstreichen. Orange filetieren und die Filets auf der Füllung verteilen, leicht eindrücken, damit der obere

Boden besser hält. Den zweiten Boden vorsichtig auflegen und die Torte mindestens 3 Stunden kaltstellen. Anschließend kann der Ring entfernt werden. Kuchen mit der restlichen Füllung sehr glatt einstreichen. Inzwischen die dunkle Kuvertüre schmelzen. Für den Drip-Effekt die Kuvertüre mit einem Löffel am Rand der Torte herablaufen lassen, so dass ein Tropfenmuster entsteht. Abschließend die Oberseite der Torte mit der Schokolade einstreichen.

Zum Garnieren eignen sich kandierte Nüsse, Plätzchen, kleine Lebkuchen, Früchte und Sahne.

Ohne die weihnachtlichen Gewürze kann man das Rezept auch für einen leckeren Sommerkuchen mit frischen Beeren verwenden.

Viel Spaß beim Nachkochen und Nachbacken!

Die schönsten Wunder geschehen, wenn es schneit!

384 Seiten. ISBN 978-3-7341-0821-1

Katja liebt ihren Beruf als Goldschmiedin über alles und soll später einmal das traditionelle Schmuckgeschäft der Familie übernehmen. Sie erlernt in Brasilien die Kunst des Edelsteinschleifens, als der überraschende Tod des geliebten Vaters sie vorzeitig in ihre Heimatstadt zurückholt. Dort muss sie mit ihrer Stiefmutter Julia in der Vorweihnachtszeit um den Erhalt des Geschäfts kämpfen und sich auch noch um die demente Großmutter kümmern. Kurz vor Weihnachten erreicht sie die ungewöhnliche Nachricht des französischen Winzers Nicolas. Es geht um ein besonderes Schmuckstück, das Katja ins Elsass und zu einem dramatischen Geheimnis führt …

Lesen Sie mehr unter: **www.blanvalet.de**

Der neue Weihnachtsroman von Grimme-Preisträgerin Angelika Schwarzhuber ist einfach wunderbar!

400 Seiten. ISBN 978-3-7341-0631-6

Singlefrau Kathi arbeitet als Sekretärin in der Werbeagentur WUNDER. Dort heimsen andere regelmäßig die Lorbeeren für ihre kreativen Erfolgsideen ein. Ein neuer Auftrag führt sie mit dem Fotografen Jonas zusammen. Auf der Weihnachtsfeier der Agentur vermasselt es sich Kathi durch ein Missverständnis so sehr mit ihm, dass Jonas denkt, ihr liege nichts an ihm. Zudem gerät ihr Job in Gefahr. Unglücklich verlässt Kathi die Party und stürzt im dichten Schneetreiben. Als sie aufwacht, ist ein Mann über sie gebeugt, der sich als ihr Schutzengel vorstellt. Er will Kathi auf wunderbare Weise dabei helfen, endlich ihr Glück zu finden …

Lesen Sie mehr unter: **www.blanvalet.de**